# 凡人奇遇录

有一天发生的事 2

[法]皮埃尔·贝勒马尔等 著

孔源源 顾欣 译

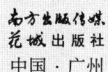

### 图书在版编目（CIP）数据

凡人奇遇录：有一天发生的事. 2 /（法）皮埃尔·贝勒马尔等著；孔源源，顾欣译. -- 广州：花城出版社，2021.9
ISBN 978-7-5360-9486-4

Ⅰ.①凡… Ⅱ.①皮… ②孔… ③顾… Ⅲ.①故事－作品集－法国－现代 Ⅳ.①I565.45

中国版本图书馆CIP数据核字(2021)第175725号

合同版权登记号：图字19-2018-075

C'est arrivé un jour. Tome 1 by Pierre Bellemare
ã Calmann-Lévy
Première publication：Éditions n°1, 1979
C'est arrivé un jour. Tome 2 by Pierre Bellemare
ã Calmann-Lévy
Première publication：Éditions n°1, 1980

出 版 人：肖延兵
责任编辑：林　菁
技术编辑：凌春梅
封面设计：庄海萌

---

| | |
|---|---|
| 书　　名 | 凡人奇遇录：有一天发生的事. 2<br>FANREN QIYU LU：YOU YITIAN FASHENG DE SHI. 2 |
| 出版发行 | 花城出版社<br>（广州市环市东路水荫路11号） |
| 经　　销 | 全国新华书店 |
| 印　　刷 | 佛山市浩文彩色印刷有限公司<br>（广东省佛山市南海区狮山科技工业园A区） |
| 开　　本 | 880毫米×1230毫米　32开 |
| 印　　张 | 12.5　1插页 |
| 字　　数 | 260,000字 |
| 版　　次 | 2021年9月第1版　2021年9月第1次印刷 |
| 定　　价 | 58.80元 |

**如发现印装质量问题，请直接与印刷厂联系调换。**
购书热线：020-37604658　37602954
花城出版社网站：http://www.fcph.com.cn

# 译者序一

因法语的魅力，我与邓祚礼老先生结缘，又因我们都从事旅游管理工作，便有了更多话题，亦师亦友。他于20世纪80年代就发表了译作，退休后翻译了法国广播和电视节目著名的创作人、主持人和作家皮埃尔·贝勒马尔（Pierre Bellemare，1929—2018）所讲述的很多传奇故事，将法式睿智诙谐传神再现，深受读者喜爱，特别是在学生、青年朋友中影响很大，为中法民间文化交流做出了自己的贡献，我由衷钦佩。我读过很多优秀的法语作品，也做过自己的文学梦。某个阳光静谧的午后，面对邓老的诚挚邀请，我欣然接受圆梦的机会，就这样与本书结缘。

在中国，了解皮埃尔先生的人恐怕不多，但他在法国是家喻户晓的传奇人物，可以说是"一代人的记忆"。2018年，他以89岁高龄逝世,法国文化部长尼森向"法国电台和电视台的这位先驱、讲述离奇故事的难忘的说书人"致敬,并强调"他的声音、他的节目曾陪伴法国几代人的日常生活"。40多年前,他与几位作家合作的《有一天发生的事》(C'est arrivé un jour)成为畅销书,一再重版至今。他当年持续数月在法国TF1电台的一档热门节目讲述这些故事,深受法国民众欢迎。这些故事为什么有如此大的魔力呢?

怀着探究答案的好奇心,我翻开了发黄的原版书,仿佛意外闯入了一条时光隧道,慢慢沉浸到奇谲而真实的经典故事里,鲜活生动的人物跃然于纸上,各式各样曲折离奇、有情有趣的情节,超乎想象。故事的视野非常广阔,背景涉及世界各地,时代跨度大,从一战前到20世纪70年代。比如有讲述一战对一位罗马尼亚小伙子的影响,以及他如何坚强面对生活;有重现1919年波士顿糖浆厂爆炸事件,揭露当时美国社会的黑暗;有描述20世纪30年代英国贵族庄园里,爷孙之间发生的趣事;有批判欧洲基督教陈旧礼仪;有描述一位作家与老鼠的奇妙友谊……

什么样的故事是好故事?我认为是真实的故事。怎样讲好一个故事?我觉得需让人听得轻松,笑着接受。皮埃尔先生极擅长幽默风趣地讲述真实的故事。有句话说得好,"比小说更离奇的是生活",现在年轻人面对生活的林林总总、光怪陆离,经常调侃一句"故事都不敢这么编"。如果"不敢编"的故事发生在我们周围,怎么办呢?本书给出了答案:笑着面对。

2020年初，全球突发新冠疫情，截至目前，全球累计确诊病例2亿多，累计死亡病例457万多。疫情让很多家庭失去了亲人，让每个人的生活发生了改变，人们更加懂得生命的价值、生活的意义。在此，介绍本书给中国的读者们，大家闲暇之余可以了解另一个时空的人们如何生活，如何笑对逆境或顺境。

　　原著是由口语改书面语编制而成，本人译文力求"信达雅"，并添加了分节及注释，以助读者获得更好的阅读体验。感谢邓祚礼老先生、花城出版社的编辑林菁女士、留法同学顾欣女士及我的家人们，谢谢您们的帮助与鼓励。

孔源源<br>
2021年9月27日于广州珠江畔

# 译者序二

在着手翻译本书前,我先通读了由邓祚礼先生翻译的本系列第一卷《有一天发生的事1》。仅看目录,我就预感这本书应该会大有读头,果不其然,在一口气读完全书后,我简直意犹未尽,回望书桌上那厚厚一摞法文原稿,感觉它们无比珍贵。

故事讲述者皮埃尔·贝勒马尔先生被誉为法国国民级说书人,经他口中讲出的这些奇闻,陪伴了几代法国人的成长。这些故事不仅独特,且具有鲜明的时代印记,每读一篇,都像踏进一个虚拟的场景般,让人得以沉浸式体验一把故事里的事。

《有一天发生的事》法语原书在当地出版后可谓好评如潮,其中一位法国读者留下的评论让我很有感触,他写道:

书中这些让人大吃一惊的故事、勇气的故事,时而绝望、时而又满怀希望的故事,它们提醒我们,人类社会是一个大家庭,悲喜相通。这些事件可能发生在我们任何一个人身上,我们不禁要问自己:如果故事当事人换成是我们,我们又会做些什么?

我所翻译的篇章中,主人公们多为生活在20世纪初期至中期的普通居民,大部分故事发生在法国美好时代末期(Belle Époque)、第一次世界大战及第二次世界大战期间。美好时代是西方国家公认的黄金年代,和平富裕的环境令科技、艺术与文化领域空前繁荣,涌现了一大批杰出的科学家、艺术家和大文豪。可随之而来的战争,让身处其间的凡人们命运坎坷,亦令本书凭添几分戏剧般的跌宕起伏。

难以想象几十年前的人们由于信息闭塞、交通不便,再加上残酷的战争,而错过多少人生的美好。在物质匮乏又沟通不畅的年代,没有人能确定未来的日子会是什么样。时光总如白驹过隙,从不会为谁停下脚步。如果不是通过这本书,我永远也猜不到这些人的生活状态。原书的叙述方式让人有一种身临其境的错觉,情节铺设出画面、文字又渲染了电影般的故事氛围:他们是生活在乡野不善社交的老夫妻,是用光积蓄刚购置了全家第一辆轿车就突遇战争的寻常百姓,是在一片汪洋中杀敌求生的士兵,是被家人呵斥后负气离家的孩童,是瘫痪却富有的贵族……每位人物都独一无二、活灵活现。这些故事言虽质朴,却感人至深,既有田园生活题材,又有战乱时期闹下的一些乌龙剧;既有普通法国人平日里的生活琐事,又有大西洋彼岸发生的不可思议事件。大事小事，悲欢离合，切实又迷人。

小人物们的故事通常会让人回味不已。闭上眼睛，依照原文描述的场景代入一番，就仿佛和他们所处的时代有了关联。生活不会总是一帆风顺，故事里也布满风风雨雨——他们那么努力地在地球上写下了生命的篇章，不论国籍，不分种族。生、老、病、死；善与恶；错过；失去；拥有；为理想献身；虚惊一场……所有这些往昔片段，都是让读过本书的人难以忘怀的存在。看似普通的小人物、小故事，组成了本书中的大世界。

翻译此书时正值新冠疫情期间，正是受到这种突发事件的影响，我第一次深切体会到历史正在发生，而我们都是历史的亲历者。

芸芸众生，大千世界，大家平日里再寻常不过的日子，在一夕之间就被拽离了之前的轨道，社交媒体时刻在提醒大家要适应这种"新常态"。人们变得惧怕外界，更害怕自己不能承受这一切。有的人自怨自艾，有的人对未来不抱期望，有的人愤怒、不安、对无辜的人恶语相向。可更多人选择站出来，带着家人、朋友、未曾谋面的陌生人们一起去面对。在漆黑一片的时候，总有人先擦亮一束光，这是希望的源头，之后一个接一个的光源会被更多人点亮，照亮这个世界前行的路，坎坷会被踏平，伤痛也会被慢慢抚平。这就是人性的坚韧。

我坚信未来的社会一定会更文明发达。

现在的我们，是未来。

就如此书记录的那些人一样，每个人都看似渺小，每个人却同样重要。

此书口语化风格较强，初译成中文后，往往读起来略感生硬，不少地方需要反复修改、润色，我常费时许久才能定稿。中文博大精深，三言两语甚至一个成语、典故就可概括一个法语段落的情况比比皆是，再加上故事年代背景各不相同、大量生僻地名、人名及特殊词汇的出现，都让我时刻提醒自己斟酌用词，力求文字风格统一。希望这些故事经我译成中文后，不脱离原作者细腻又诙谐的写作风格，能准确表达原书文意，还能贴近我国读者的阅读习惯。

最后，感谢本书责任编辑林菁和我的老同学孔源源，让我有机会遇上这些动人的故事，并译给读者们共飨。

顾欣
2021年8月于北京

# 目 录

一位女邻居 /001

一颗消失的子弹 /010

少校生气了 /016

艾兰娜-巴海的一天 /022

一个酒瓶塞 /029

24岁的新生儿 /035

冰冻的双脚 /041

一则重要的小公告 /048

红球 /054

女野人 /061

独自航行 /069

杀人的废糖蜜 /075

圣-乔治和轮盘魔鬼 /081

少了三厘米 /089

生命线 /096

惠而浦的箍桶匠 /103

另一个人的皮肤 /110

马桶里的蟒蛇 /118

海盗约翰 /126

来自维也纳的小矮个 /133

一个蓝色信封 /139

一辆罗森加特轿车 /147

好运小姐的彩票 /154

命运的安排 /162

冒名顶替 /170

护家猫神 /180

正午的钟声 /187

一记耳光 /195

不速之客 /203

下水道里的巨齿 /213

脑中的电台 /220

麦克-道格拉斯的生死抉择 /226

电视税风波 /235

假死真亡 /243

路德维格和施拉夫家的四姐妹 /249

马德莱娜小姐 /258

罗希姨妈的葬礼 /266

荒地上的故事 /275

往事笔记本 /283

搭便车的人 /290

钢琴上的老鼠 /297

毛发抢夺战 /304

相约在普瓦 /311

分期付款 /320

寻常的一天 /328

感谢您的不惊讶 /338

第十个人 /346

钢琴家之死 /354

一个真实的形象 /361

世界上最大的蜘蛛 /366

连续打嗝十五天 /372

充满希望的晚报 /378

# 一位女邻居

## 一

年轻的当特洛女士刚刚向同楼层年长的女邻居说道：

"重点是我的孩子们有父亲和母亲！相信我，这千金难换。这个道理我深有体会！"

这位来自同楼层的女邻居自称贝尔纳女士，至少在她的门牌上是这么写的。48岁的她如此回答当特洛女士。

"您是在对谁说！"

当特洛女士似乎没有在意这样的表达。"您是在对谁说！"是一句我们经常听到的话，通常是在一段交谈中，一方不想再说任何事情的时候会以这句话结尾。

但是乔赛特-当特洛不知道来自同楼层的女邻居，这么多年来完全中断联系甚至可以说是消失，但一直想尝试告诉她，

"她正是她的母亲",仅此而已。但是贝尔纳女士从来也不敢说,下面就是事情的缘由:

1936年,那时贝尔纳女士还是一位16岁的少女。她叫乔赛特-库特龙,一个特别善良诚实的来自布列塔尼①村庄的女孩。

"善良和诚实"是旧时代的老生常谈,这表露出了30年代的主流思想。在外省②,在乡下,这不是疯狂的年代,而是一切话题围绕着家庭、道德和工作的年代。

不要把法国电影新闻与教区公告混为一谈③。

在16岁的年纪,乔赛特-库特龙爱上了一个17岁的少年,他来自巴黎,在她所住的村庄度假。这个男孩是属于城堡的,就像大家所说的那样。那座巨大的房子位于村庄的高地,只在6月、7月的时候人们才打开那些百叶窗。10月份,乔赛特发现自己怀孕了。她"犯了一个错误",而且听好了,她不敢承认。

应该对此负责的人已经离开村庄去巴黎继续上学了,他什么也不知道,乔赛特的父亲非常生气,因为此事让他的家族蒙羞。

在那个时代,乡村里所有人都互相认识,这种意外可以称得上是灾难性事件。

乔赛特的父亲更加生气了,因为他发现她逃跑了,去了

---

① 布列塔尼地区,位于法国西北部。
② 法国人将巴黎之外的地区都称为外省。
③ 20世纪30年代法国电影业发达,是有声电影迅速上升期。

巴黎曼恩火车站①。乔赛特在一家收留"犯了错误"的年轻女孩的机构进行分娩。那里的气氛并不好，但乔赛特没有其他选择，她只有17岁，这个年龄在1936年仍属于未成年。

在巴黎，她迷失且不知所措，寻求不到任何帮助或是理解，她只能把自己的宝贝托付给了一家公共救济福利机构。

她给予孩子自己的姓氏——库特龙，还有自己的名字，孩子叫作乔赛特-库特龙，跟她的名字一样。当然，孩子的生父不详。

在巴黎，乔赛特努力尝试去找这个情况不详的爸爸，他住在16区，一幢漂亮的中产阶级的大楼里，女仆轻蔑地打量她，对她说：

"不管怎样，保罗先生是教会学校的寄宿生，如果您希望给他父母留下口信的话……"

乔赛特结结巴巴地说：

"不用了，没有必要了，谢谢……"

之后她再也没有回来。随后，她告诉公共救济福利机构：

"我希望我的小女儿继续保留她的名字——乔赛特，日后我会回来找她的。"

## 二

多年过去了，为了不再沉沦于巴黎的低贱工作，乔赛特回

---

① 曼恩火车站，现已改名为蒙巴纳斯火车站（La gare de Paris-Montparnasse）。

到了布列塔尼。父亲把她叫回家,经过多番思考和我们能想象到的多次威胁,他说道:

"你,你可以回来,但不能带那孩子,我不愿意看到她出现在这座房子里!"

50年过去了,"道德观念"能够把任何善良正直的人变得彻底愚蠢。

乔赛特到了法定年龄,仍然没有接回她的孩子,过了多年后她说道:

"一旦我赚够钱,我就去找我的女儿。"

她下定决心,但一切都太晚了。她错过了最后期限。因为她不知道有最后期限,她什么也不知道。与此同时,战争把一切打乱了。乔赛特有其他事情做而不是寻找她的孩子,她不知道孩子是否被收养,是在解放区还是战区,又或者是否在世。总之,这孩子成了萦绕她心头的困扰。

随着乔赛特-库特龙年龄逐渐增长和思想日益成熟,她摆脱了环绕在她周围的不理解、罪恶与虚伪,她只有一个想法:重新找到自己的孩子,离开这个巨大的是非之地。几年过去了,她坚持不懈地去寻找。她当销售员来谋生,之后又当收银员。终于,这样悲伤的生活结束了。在晚年,她在工作中认识了一个咖啡厅经理,她嫁给了他,但那是没有爱情的婚姻。她向这位善良的男人诉说着她的故事和忧虑:她要重新找到她的女儿。她的孩子在法国的某个角落,也许还没有结婚,也许还保留着她的姓名,跟母亲一样:乔赛特-库特龙。这是唯一的线索。

光阴荏苒，日月如梭，乔赛特每日仍一页页翻阅着电话号码簿和选民名单，用模糊的视线查阅着。

她的丈夫的想法有一些老旧，不时好心地对她说：

"我可怜的乔赛特，这样寻找好像在一捆稻草里找一根针！"

然而他仍然给予帮助，因为他清楚知道他们将不会有孩子——他年纪太大了。

## 三

而后，在1960年，有了惊人的发现！

乔赛特-库特龙在那儿，是她，在伊泽尔省①的一个城市。她24岁，还没有结婚，这不就是她吗！

随后，乔赛特成功说服她的丈夫卖掉了咖啡厅，在伊泽尔省的这座城市定居下来，并且就在她女儿所住的街区内。

一位母亲用几个星期或几个月去了解自己的女儿是远远不够的。她试图在路上"偶遇"，或者频繁出现在同一个商业区……一开始，她与女儿只是泛泛之交，随之一点一滴更加深入。而后，她作为新经理邀请女儿去她工作的咖啡厅。乔赛特-库特龙在不知情的情况下，逐渐成了母亲的朋友。母亲每次几乎要脱口而出她的真实身份时，却又没有勇气，因为，乔

---

① 伊泽尔省，位于法国东南部。

赛特每谈到家庭或者童年时光，都是同样的想法：

"您知道，我不愿任何人去了解我的童年……我被我的母亲抛弃，我不知道她在哪里，我也不愿知道！"

对于母亲乔赛特，现在的情况比之前更坏，因为她已经认识了女儿，而且还是她的朋友，但她不敢向女儿讲述事实真相，而且她的女儿永远不能独自猜到真相。她以贝尔纳女士的身份认识女儿，这位善良的女士与她的丈夫拥有着"终点站咖啡餐厅"。女儿只是知道她有着同样的名字——乔赛特，但是这不会影响什么。之后，事情发展得更糟：女儿订婚了，女儿将要结婚了。女儿非常自然地对这位善良的贝尔纳女士说：

"我们想把婚宴设在您的餐厅，我们人数不多，您知道，到时只有我未婚夫的家人出席！"她每次提起这个话题，都会加上辛酸的口吻，"您知道，我没有父母。"

女儿的婚礼、婚宴让贝尔纳女士处于一种极其痛苦的处境。

女儿感谢道：

"贝尔纳女士给我们安排了非常棒的婚宴，为贝尔纳女士鼓掌！"

母亲在端上婚礼蛋糕的时候，感触到从未体会过的那种被隔离在外的滋味。如何向这位正在婚礼的年轻女士说"我是你的母亲……是我把你抛弃……我们拥抱吧"？

但是贝尔纳女士没有放弃，相反，她继续努力。必须找天向女儿承认事实，她需要找到一个契机，一个合适的气氛，如果她不说出来,将死不瞑目。某天转机出现了:她对面的一套公寓空出来,就在同一层楼。这对于年轻夫妇太适合不过了,即使有一两个孩子也住得下。

她成功说服了女儿——如今的乔赛特-当特洛女士随即买下了这套公寓。

现在她成了女儿同层楼的女邻居,这是一个进步。她在寻找一个合适的机会讲述这一切。但相反,机会变得越来越渺茫,几年的时间又过去了。乔赛特-当特洛先有了一个小女孩,后来又有了一个小男孩。善良的贝尔纳女士,作为同层楼的女邻居,一直在给予帮助,她变成了必不可少的存在。她尽其所能提供服务,当女儿需要的时候,她来照看小宝贝。但面对女儿,她一直不敢说出这句话:

"我做这些因为我是你的妈妈啊,你让我照顾的是我的外孙和外孙女啊!"

为什么她说不出?因为乔赛特这种思想不停打消了她的念头:

"每当我看到我的孩子们,每当我想到我妈妈把我抛弃,我就想起了我妈妈,我不知道她是否还活着,如果她还活着,我会告诉她我是怎么看待她的!"

善良的贝尔纳女士有时候也想试图缓解一下怨恨情绪:

"你知道,有些事不能去随便评价,在那个时代,成为少女妈妈是件耻辱的事。"

但每次乔赛特的言语,好像一把短刀立马打断这样宽容的解释。

"即使是动物也不会抛弃自己的孩子。"

她的脸上露出一种鄙视的表情,从非常久远的童年时代起这种表情就烙印在她的脸上。圣诞节,当善良的贝尔纳女士送孩子们礼物的时候,乔赛特说:

"如果我妈妈当时是个正常人,她现在应该在那里跟孩子们一起,给孩子们礼物。因为她抛弃了自己的孩子,所以她简直禽兽不如!"

这晚,贝尔纳女士失去了希望。她每次听到女儿说这些,就感觉女儿在扼杀她。

## 四

现在,她就像被邻居角色框住的囚犯。而时间拖得越久,她越发觉得有必要把事情全盘托出,但她却越来越没有勇气!直到1968年,直到1968年2月17日!

这一天,善良的贝尔纳女士,当特洛女士的女邻居,被人行道上的摩托车撞翻。她当场死亡,享年48岁。

这个晚上,弥漫着悲伤的情绪。在她的灵床前,乔赛特-当特洛为她守夜,作为她的朋友,她同楼层的女邻居。这是乔赛特-当特洛觉得最起码能做的事。贝尔纳女士的丈夫也在那儿,这位善良的男人没有出现在故事中,但他知道这一切。

他流下了眼泪,为他自己的悲痛也为他妻子的悲伤。但他没有告诉这位年轻的女士,她在为谁守夜。

她的母亲,千万次想告诉她,如果有一点理解,即使不算是谅解,母亲也不会只字不提。

到了第二天,乔赛特-当特洛感到特别惊讶,当她看到报纸上的讣告:

"乔赛特-贝尔纳女士,原姓库特龙。"

她的女邻居竟然有着与自己同样的姓氏和名字?当人们抬棺材下楼梯的时候,乔赛特一语不发地看着,迟疑着,然后停下片刻。善良的贝尔纳先生,自然地把手搭在她的手臂上。她猛然间感到荒谬和混乱、愚蠢和害怕……

她把报纸上的讣告剪下来,读了上百次,以至于把讣告都弄皱了。她把讣告展示给贝尔纳先生看,希望得到他的最终确认。他扫了一眼,垂下双眼轻轻地点了点头,示意正确,然后向她做了一个简单的手势:"离开吧!"

孔源源　译

# 一颗消失的子弹

## 一

露西-威特曼是一位身体健康的年轻女子,自从怀孕后,她加倍关注自己的身体。露西为两个人吃,为两个人睡,为两个人呼吸。宝贝还有几天就要出生了,昨天医生说最多等待两三天,并且一切都非常好,他补充道。

露西不需要医生额外告诉她这些。她感觉一切都很棒。她20岁,无比幸福,且自认为漂亮,只是现在她的块头变得有点大,但她拥有着简单的幸福,那就是爱她的丈夫和即将出生的孩子。

露西不期待更多,她只有一个希望:愿乔治不要在晚上工作。

作为超市的运货员,她的丈夫通常在凌晨2点起床。露西在怀孕后期便难以继续入睡了,她害怕当他不在的时候,疼痛在夜晚袭来。还有她受不了那透不过气的热浪,纽约的夏天非常炎热。

这晚,露西又不能重新入眠。乔治已离开10分钟了,她在床上辗转反侧。气温让人感觉憋闷,即使微风透过阳台吹进来,也不能带来一丝凉意。她的睡袍贴着皮肤,她需要呼吸,无论如何睡意不会再来了,她索性起床。

露西的影子映在阳台上。她没有开灯,灯光只会让人有更热的感觉,而在房间外面也没有一丝凉意。露西看着布鲁克林区,她能从那些模糊阴影中辨别出一座座摩天大楼,那些星星点点闪烁着光的大厦。

同层楼的邻居也在阳台。露西透过矮隔墙看到他。他喝着细瓶装啤酒,朝她微笑。露西向他轻轻点了点头,然后又望向眼前沉睡中的城市。只听到城市远处连续鸣叫的警笛声和近处低沉作响的汽车轰隆声。

露西微微俯下身子,望着街道,望着眼前模糊的地面及远处的建筑……她伸个懒腰,抬高胳膊,一阵新鲜的空气让她的白色睡袍飘动起来。这一秒仿佛一切静止了,安静了。男邻居回到房间里,他的窗户开着,灯光在墙上映出一个圆形的光晕。露西站着面向黑夜,她的手臂慢慢地放下来,身体后倾,往后轻微退了一步,她惊讶地睁大了眼睛:发生了什么事?她刚发出了一声微弱的喊叫便倒下了。男邻居回到了他的阳台,听到了这微弱的叫声。他靠近并看到墙的另一边,露西躺在地上纹丝不动，背贴着地板，双手抓着自己的腹部。

"女士？啊！女士……还好吗？"

但他没有得到回应。

这位男邻居叫杜克。由于他已年过六十，犹豫着是否要爬过这面水泥矮墙。突然他发现白色的睡袍有一块血迹！他用尽全部力气去爬过这堵墙，小心翼翼地扶着年轻女子的头并呼唤她。她没有回答，血迹不断扩大，可怜的邻居不知道怎么面对孕妇，他自言自语道："好了，这位女士要生宝宝了，该怎么做呢？"他点亮了公寓的灯，屋内没有其他人，他出门来到楼道并敲响所有邻居的门。面对着一个个睡眼惺忪、生气或不配合的脸庞，他努力向他们解释发生了什么。最后一位女士决定控制局面，她叫了救护车，对可怜的杜克先生斥责道：

"找一条毯子或床单，把她裹起来，他们马上就来了。"

一刻钟已过，救护车的鸣笛声从楼下传来。现在，一切都发生得太快，两个男人抬着担架向上爬，但电梯太小了，只见一人抬着空的担架出来，随后一人抱着毫无知觉的露西，好似一件包裹，裹着她的床单已经被血染成鲜红。

露西女士的悲剧，可以比作凌晨三点钟布鲁克林地区，那众多救护车鸣笛声其中的一个。

## 二

现在露西躺在医院的活动病床上，一位护士推着它穿过医院的走廊，同时一位值夜班的外科医生也跟着活动病床奔跑着。没人知道发生了什么，没人能够明白。年老的杜克先生只是简单地说："她要生了。"但一个女人即将分娩不会在初期就流如此多的血。在手术台上，他们脱掉了露西的衣服。医生要求进行输血，随即发现这位年轻的女人并没有准备好分娩。更严重的是，在圆圆的肚子上有一个小洞，血持续不断地从那儿流出来。这是枪伤，一颗子弹进入了腹部但没有出来。露西处于昏迷中，医生试图通过X光寻找子弹确切的位置。他终于找到了：一个小小的阴影，微微靠右。他无法马上知道母亲受到哪些创伤，但幸运的是婴儿几乎没有受到影响。胎监器监听着婴儿小小的心脏，它持续发出跳动的声音。目前首要任务是救婴儿。外科医生决定实施剖腹产手术。手术进行得很顺利。露西打过麻醉后，在失去意识的情况下进行分娩，这真是令人又喜悦又焦虑。

外科医生双手把婴儿抱出来，剪断脐带，这是一个小女婴，比预产期提前了两三天，但健康健全，除了右面脸颊上有子弹造成的伤口。这个婴儿有着难以置信的幸运。

外科医生把婴儿递给护士，开始在妈妈肚子里寻找子弹。他之前通过X射线透视检查，清晰地看到子弹在右边，在肾脏旁边。但他什么也没有找到。太荒谬了！他没有找到子弹是不会缝合的！那子弹穿过去了，他看到了！整个手术室沸腾了，X射线重新透视一遍！没有！什么都没有！外科医生不相信自己的眼睛。这个该死的子弹到底去了哪里？这就是一颗子弹！

他看得很清楚，在腹部中央有一个小洞，但他没有找到任何病变。这里确实有一个小洞，他看到子弹，子弹没有穿出去。所以，如果子弹没有穿出去，子弹应该在……天啊！

婴儿的嘴巴！婴儿在哪儿？他们已经把婴儿送去护士站，放在保温箱里。外科医生像疯子一样在走廊里跑着，同时他的助手在完成妈妈的手术余下部分，因为外科医生认为妈妈没有危险了。婴儿在那小小的玻璃箱里，小手紧握着，右面的脸颊上带着伤。他把婴儿抱了出来。

大家用X射线从头开始细细检查，子弹不在脑袋，不在脖子，不在胸膛，子弹在胃里！放射科医生激动得说不出话来：这怎么可能？但，外科医生解释道：

"子弹进入妈妈的腹部，速度已经减慢，最后擦过宝贝的面颊，到达宝宝的嘴巴附近，婴儿先天就有吞咽反应，于是把子弹吞下了。这是唯一合理的解释！婴儿在妈妈的肚子里面就会吸吮自己的拇指，为什么不能吞下一颗子弹呢？"

## 三

当露西苏醒过来，为了避免造成恐慌，他们并没有马上向她解释全部过程。这样更加简单，因为她是不会立刻明白的。刚刚她还为看到自己空空的腹部惊讶不已。

她已经通知了丈夫，乔治像疯子般跑来医院。布鲁克林的黎明破晓了，警车在此区域巡逻，寻找那个隐形的凶手。但这里没有凶手。在距离露西的阳台超过200米的一栋建筑里，这晚只有一个希望呼吸新鲜空气的笨蛋。那笨蛋擦拭着自己的22寸口径的卡宾枪，枪里有着一颗子弹，这枪是为了比赛打靶用的。他清楚知道自己不小心开了一枪，他感到很害怕。但是什么想法促使他在这个夜晚，坐在窗边擦拭卡宾枪，又恰好瞄准了在两百米开外一座公寓里的孕妇，并且没有任何遮挡？作为一位比赛射击选手，他并没有恶意。子弹飞出去，正好射进了露西的腹部。这颗22寸口径的子弹在奈丽-威特曼婴儿胃部待了两天。子弹在没有损伤任何器官的情况下，通过最自然的方式出来了，那就是宝宝第一次呕奶。

孔源源　译

# 少校生气了

## 一

1912年5月12日,安德鲁-希金斯少校怎么也不会相信这样的事情会降临到他身上。

安德鲁-希金斯少校被派到印度驻军,他安排军队在恒河旁的平原上安营扎寨。

此地干旱炎热,他们离河流约20公里的距离。天气很糟糕,让人热得受不了。

但他们是英国军人。希金斯少校不仅穿着短裤和整洁的衬衣,还穿着及膝高筒棉袜和厚厚的行军靴,因为这是军队条例规定的。

在那个年代,英国军队战斗力颇为出名,这种细节的规范是为了让士兵们在野外作战发挥更好的战斗能力。

毫无疑问，正是这厚厚的军靴才让少校没有马上察觉到发生了什么。

再加上他正和三个战友聚精会神地玩英式惠斯特牌①。这种牌类游戏在印度驻军的军官群体里十分盛行，它要求极高的专注力。

为了能感受多一点自然风，四个男人坐在高地的帐篷里玩牌，两三个军官在旁观看。

突然，一个围观的军官无意识地低下头，他目不转睛，然后慢慢地抬起头思考一会儿，希望能找到最佳的方式去陈述。

必须让希金斯少校知道正在发生什么，但同时不能让他动弹。由于他比较情绪化、易怒，总是想发脾气，因此他必须很好地忍耐克制，此外，他是一位勇敢的男人，战友们总是拿他开玩笑，只为想看他像头勇敢的公牛一样往前冲。假设直接跟他说明危险，他可能会以为这是个玩笑，立马走开！如果他移动，必死无疑。

军官最后决定用一种特殊的语调小心地叙述：

"我请希金斯少校相信我，我将要讲的不是笑话。千万不要移动左腿。希金斯少校，恐怕有一条带角的毒蛇钻进了您的左靴。如果您不相信我，请问您其他的战友！但如果我是您，我是不会动的。"

安德鲁-希金斯之前遇到任何恶作剧，通常会离开，避免生气，但他现在已经适应了战友们的玩笑，并没有停下手中的

---

① 英国惠斯特牌，桥牌前身。

牌，只是简单地说：

"威廉，恐怕他在你身上没有发现什么异常。"

然而被点名的威廉，仅仅是中尉的他僵硬地说道：

"请尊敬的少校相信我：一条带着触角的毒蛇确实在您的左靴里！它看起来想要朝袜子上爬，我请坐在少校左边的中校转头看一下，确认我所说的情况，但动作不要太快。"

中校低头看了看，脸色变得苍白，轻声地说：

"安德鲁，威廉没有骗你！你不能动。这是一条带触角的毒蛇。它正极其缓慢地在你的袜子上爬，千万别动。必须在它爬到你膝盖之前采取措施！"

这一次是中校在陈述，千真万确！

勇敢的希金斯少校，从面红耳赤变成面无血色，没有一个战友敢动弹。

当地这种带触角的毒蛇，特别致命。几秒钟后，少校睁大的眼睛露出惊恐的神色。毒蛇在袜子上爬行，这次，他感觉毒蛇正爬向他的脚踝。

## 二

中校，作为唯一沉着的人冷静地说：

"我将轻轻地放下我的手，然后拔出我的左轮手枪。如果蛇头朝向侧面，我就射出一颗子弹！希望不要搞脏您的靴子。"

但2分钟过去了，当中校终于拿到他的左轮手枪，毒蛇朝向了希金斯的腿肚子。它大概有60厘米长。那恐怖的蛇头呈扁平的三角形，还长有两个小小的触角，在少校膝盖下方。

在帐篷里，军官们都沉默无语。只有中校始终保持十分镇静和礼貌，他用那不带任何个人感情色彩、带着英国口音的声音说道：

"希金斯，你愿意选择哪个？打碎你的膝盖还是让它爬到你的短裤里去？"

英国军队的短裤非常宽松，敞开的裤管在膝盖上方10厘米处，也就是说距离那个会射出毒液的蛇头才15厘米。少校的额头上渗出汗珠，他把扑克牌放在桌子上，伸直肘关节，这花了3分钟的时间，直到他静止不动。

他的战友们稍微改变了一下姿势。但他不能有任何大动作。当地没有这种毒蛇的血清，如果被这毒蛇咬上一口，三分钟内便会毙命。

可怜的希金斯缓慢地说：

"我的中校，打碎我的膝盖吧！"

但中校犹豫了。打烂他的膝盖，他此生便是个残疾人。另一方面，这里是野外驻扎营地，不是医院，没有任何医疗设施设备。

中校开始慢慢举起加农枪。这是一把大型左轮手枪。在一米之内，子弹会打爆毒蛇的头，但子弹残骸也会飞进希金斯的膝盖，仍会有毒液进入身体的风险！无论如何，膝关节、膝盖骨连同动脉都会被打烂！毒蛇必须移动一点。但如果它继续向上爬,就会钻进短裤里。

"希金斯,我将射中你的大腿,但如果射中你的膝关节,情况会更严重,如果我让它继续爬,过一会儿,我将看不到它的头了。"

可怜的希金斯无法再承受了,他说道:

"我的中校,在场的所有战友可以做证,是我要求您扣动扳机!"

中校射出子弹,打中了大腿骨,就在膝盖的上方。那毒蛇的头也被打烂。

## 三

6个月后,希金斯少校拄着拐杖回到了营地。他已经在新德里的医院完成了治疗。他步履蹒跚着向他的战友们道别,那些战友们还没忘记跟他开玩笑的老传统。

"好运的希金斯!来吧,在您回国前我们举办最后一次惠斯特牌聚会!"

他们坐在帐篷里,就像上一次那样。希金斯的战友们互相眨了眨眼睛。

勇敢的安德鲁!他们不开玩笑是不会让他这么离开的。必须最后看一次他发火的样子。而后,就在聚会的中途,一个军官突然大叫起来:"希金斯!一条蛇!那儿!又有一条!"

这玩笑起作用了,可怜的希金斯,这次他没有静止不动,而是从椅子上跳起来,手上的牌散落一地!他的脸色变得苍白,随即变得赤红。刹那间,他们看到那生气的脸庞愤怒地抽搐……

似乎他就要讲:

"啊!这太坏了!……啊!这太狡猾了!"

但他什么也没说,轰然倒地,猝死身亡。

因为,这一次,实在太过分了。他有心脏病,那些欢乐的战友们遗忘了这点。

孔源源　译

# 艾兰娜-巴海的一天

## 一

27岁的艾兰娜-巴海回到家中,身心疲惫!

在八小时的工作中,面对着堆积如山的蓝布裤子,她缝纫同样的裤子,往同样的方向,用同样的颜色,以同样的速度。艾兰娜-巴海是名裁缝。她必须做好裤子,必须赚钱养家,必须赶上火车和公交车回家,回到那个布满灰色建筑的郊区,那个住满了"灰色"人们的郊区。

天啊,为什么都是灰色的!这个10月的星期一也是灰色的。1965年,我们已经开始讨论妇女解放运动。解放艾兰娜-巴海?解放了她什么?什么也没有:

丈夫提着行李箱走了,她29岁,有5个孩子,到底解放了艾兰娜-巴海什么?

早上，6点半，不管情绪是否正常、头脑是否混乱、精力是否恢复，战斗已经开始。

卢多维克（男）9岁，让（男）8岁，瓦蕾伊（女）7岁，西蒙（男）5岁，他们都是学龄儿童。

早餐在狭小的厨房解决。谁在洗脸，谁不在那儿，不重要。一个小时后，他们一个接一个，形成一支小小的队伍，站在学校门前，准备接受义务教育，然后中午在学校饭堂吃饭。

啊，这对于妇女是一个解放！学校饭堂很重要！同时，母亲也在另外的饭堂用餐。

7点半，艾兰娜-巴海在紧闭的学校大门前与她的孩子们再见。学生们要等到8点才能进去。他们等待着。艾兰娜刚好够时间赶上她的公交车去火车站，再跳进开往Z工厂的火车……

在那里，在未来的8个小时中，成堆的裤子排在机器下等着缝纫。

下午5点，卢多维克、让、瓦蕾伊和西蒙一个接一个排着队，从学校步行回家。

艾兰娜6点才下班，她要乘坐火车和公交车至少到晚上7点才进家门。如遇到采购日，在7点半她会在超市里面奔跑，为了在关门前排队交钱，然后将商品扛回家。

## 二

但今晚，1965年10月25日，她不能考虑采购。

临近月底了，艾兰娜的钱包已经扁了。10月份的工资和家庭补助金已经不够花了，不过上学没有问题，学校是免费的，所有的妈妈都知道。

艾兰娜-巴海只有50法郎。她腰酸背痛加头痛，孤独一人。

艾兰娜在包里找到了钥匙。但听起来公寓很安静，太安静了……

发生了什么？孩子们在哪里？他们在那儿，4个孩子，在黑暗中。

为什么漆黑一片？艾兰娜用手摸索着电灯开关：噼，啪，什么光亮也没有，在卢多维克告诉她之前，她全明白了。通知单在那儿，贴在门上。

那张通知单着实令人烦恼：

中断供应……那公司，供电公司，明确表明几点切断供电，原因是没付电费单。

所以孩子们都在厨房里，卢多维克点燃一根蜡烛。他们等待着，他们没有通知任何人，他们在那里，在阴影里，不知道等了多久。瞬间，艾兰娜不再焦虑不安，她跑向最里面的房间，打开门，流下了泪水，那是混合了害怕和宽慰的泪水。

瓦蕾伊在那儿，她用她的小胳膊运转着可怕的机器，在漆黑中，瓦蕾伊对着机器讲话，讲述着学校发生的事情，一天的日程，仔细描述着微不足道的小事：谁是老师，为什么她不再喜欢同桌，课间休息怎么度过。瓦蕾伊对着机器讲述着，这个机器看起来很可笑，它像一个巨大的有着舷窗的金属蜻蜓。在这个拥有非凡技术的机器里，一个小小的身躯平躺着，这是11岁的帕特里克，艾兰娜的大儿子。自6岁起，他就在这个"铁肺"里生活，这正是艾兰娜所担忧的。

## 三

某天脊髓灰质炎袭击了帕特里克，没有机器[①]的帮助，他无法自主呼吸。为了能够让他离开医院，艾兰娜一直积极努力直到医院允许将此医疗器械搬到家中。帕特里克在家里，他的弟弟妹妹已习惯与机器里的哥哥聊天。

帕特里克的身子完全藏在机器里面，我们只能通过一个透明的舷窗看到他的脑袋。机器帮助他呼吸，日夜不停。

他一刻都不能离开机器，几分钟都不行。

这"铁肺"靠电运转，如果现在没电或是出了故障，必须靠手动运转，绝不能停歇。

瓦蕾伊正是这么做着，自从她回到家开始。

所有的孩子们，除了最小的一个，都知道在发生故障后，如何采取措施。艾兰娜给他们演示过，解释过。她心存担忧，害怕这机器的结构脆弱。为了让帕特里克留在家中，她必须考

---

[①] 在1928年，为了帮助因脊髓灰质炎引起的小儿麻痹症患者，美国哈佛公共卫生学院发明了一种称之为"铁肺"的呼吸装置，它的工作原理是通过圆桶内气压变化，强迫肺部呼吸，维持病人生命。

虑周全，确保万无一失。

一位女邻居在白天负责照看，孩子们放学回家后接班，一名护士每隔两天过来一趟……这太疯狂了！大家都这么说。

根据那张通知单，在下午5点半电源就被切断了，而孩子们恰好过一会儿就回到家中。幸好就相隔那么一点时间！

透过这机器的舷窗，帕特里克做了个鬼脸，瓦蕾伊向她妈妈解释道，她回来的时候发现他状况不好。机器不能正常运转，帕特里克独自困难地呼吸了一会儿，但现在一切都好了。

艾兰娜全身冰冷。疲惫和害怕瞬间让她的双腿无法动弹。

即使现在跑向电力公司去解释她家的情况，也太迟了，因为无论如何，就算明天借到了钱，支付了费用，他们恢复电力至少也要两天时间。

所有这些思绪使艾兰娜的脑袋混乱，这些问题互相碰撞。明天不能上班，需要找一个人留在帕特里克身边，需要借钱，需要去电力公司，努力，需要不断努力。

她早就料到了，她需要支付账单，不能等到月底才去求人。她必须寻求帮助。

只是现在，艾兰娜清楚知道她完全可以向社会服务组织寻求帮助，但她害怕失去帕特里克，他们会要求把帕特里克送回医院，他们会评估这种不稳定的状态，就像大家说的一样。

艾兰娜思想斗争了几个月，不停地盘算着。盘算着金钱、时间、风险、不便利性，她把一切都进行考量。

如果她愿意，她瞬间就可以哭出来，她可以放弃，可以叫消防员、警察、医生来送他去医院。但她没有这么做,因为她认为手动运转泵只是暂时性的,这是我们所知的较笨的办法,就像一个机器似的,艾兰娜代替了她的女儿来手动运转泵。跟平时一样,她同时说话,安排事项,与困难斗争着:

瓦蕾伊,给你的兄弟做饭……给帕特里克端一碗汤……哄小的睡觉……把煤气关了……不要忘记调好明天的闹钟……你们自己去上学……你向老师申请明天回家,就说我需要你的帮助,我给你写个便条,你去通知那个女邻居,当心蜡烛……你们乖乖睡觉,我要留在这儿……给我端一杯咖啡,我不能睡觉……

不,她不能睡觉,必须不停地手动运转泵。生命,取决于帕特里克的呼吸。他在那儿,躺在机器里,眼神充满了信任,他看到了妈妈,宽慰了很多。他小心地吃着东西,慢慢地入睡。艾兰娜僵硬地坐在椅子上,动作引发了有规律的痛楚。艾兰娜每隔50次就换手臂。她数着数,为了让自己清醒。吸气,呼气……一下……两下……三下……

就像她代替她儿子呼吸一样,同一个节奏。

艾兰娜变成了一个机器,她什么也不想,她数着数,她呼吸着,她换着手臂,她重新开始。

艾兰娜不再存在。

寂静里一片漆黑,"铁肺"发出有规律的噪音。艾兰娜大腿很沉,眼皮很重,有时她睡着了半秒钟,就好像做了一场噩梦……

"太疯狂了,这太疯狂了。"

## 四

这发生在1965年10月25日的夜晚,在美国的某个地方。1965年10月26日,星期二早上7点。帕特里克再也不能在他的"铁肺"里醒来了。艾兰娜记不起来到底是什么时候以及多长时间,她停止了运转机器……

她在椅子上究竟是什么时候睡着了,睡了到底有多久。

她什么也没有察觉到。她睡了一个小时还是五分钟……多么重要啊……

我们没法估量,之后这会有多么绝望。

孔源源　译

# 一个酒瓶塞

一

飞机投下炸弹产生的尖厉呼啸声朝维多欧-巴扎蒂袭来,随后变成震耳欲聋的爆炸声。突然,炸弹的呼啸声停止了,一轮炸弹袭击结束了。

维多欧-巴扎蒂在这仅有的一点时间里,在这片刻的寂静中,缩着头和肩膀向圣母祈祷。刹那间整个世界又开始摇摆,新一轮的炸弹袭击又开始了。

当意大利斯佩齐亚①造船厂遭遇空袭时,维多欧-巴扎蒂仍在一艘小型驱逐舰的船舱里,这艘舰艇停在码头,正在维修。维多欧是名海军军官,他没有时间离开船舱。现在船舱倾倒了,整艘船彻底地被波浪扬起。维多欧自言自语:"一切结束

---

① 意大利中北部港口城市。

了,我要死了!"随即陷入一片漆黑。

## 二

待恢复意识后,他看到一个奇怪的景象:那个看得到码头的舷窗,现在位于顶部。舷窗敞开着,圆形玻璃四周由金属圈固定,由一条金属铰链垂直地悬吊着。透过舷窗,维多欧看到天空,他立刻觉得惊慌失措。显然船已侧翻,从床铺的位置就能够看出来。这就能解释为什么舷窗在头顶了。由于他晕厥了一阵,听不见警报声或是爆炸声,现在的状况让他震惊不已。

他好不容易站直,但差点掉进船舱的门。敞开的门,如同脚下的一个长方形陷阱。维多欧只有一个想法:在船侧翻沉入港口之前,离开这个倾倒的舰艇。

头顶的舷窗对于他来说实在是太小了。他知道他的头过得去,但肩膀过不去,况且维多欧有点肥胖。他弯着腰双脚叉开站在门框上。他必须钻下去,然后在走廊爬行。因为这本来是个宽一米的走廊,但现在侧翻过来,变成了一米高、两米宽的长廊。维多欧让自己滑下去,并开始在长廊爬起来。他尝试去回忆。在黑暗里,船的内部也翻转了。在他的脑海里,这是个错综复杂的迷宫,他感觉自己完全迷失方向。所有之前平行的都变成垂直的,反之亦然。维多欧在船舱的门与门之间爬行着。他的前方有一个"井",这原是一个直角转弯的走廊。维多欧估摸这走廊有十米左右长,也就是说现在面前有一个十米深的井。就算是他毫发无伤地掉下去，维多欧知道他将在底部发现一个垂直的铁质梯子，但他不清楚这梯子通往哪里。在漆黑中去回忆侧翻的驱逐舰的内部构造，真是让人极度崩溃，维多欧彻底迷失在这充满了走廊和梯子的迷宫中，这翻转的几何空间里。

最糟糕的是，维多欧突然感到了害怕。如果他让自己掉进走廊里，就是那个现在变成10米深井的走廊，就算这里有奇迹发生，他没有摔死或没有流血，他也再无法爬上来了。还有，船侧翻过来，如果它在港口往下沉，水位会一直上升。况且，维多欧已经听到了咕咕的水泡声和低沉的啪啪作响声……毫无疑问，如果跌入沉船的深处，他就会像老鼠一样被淹死。维多欧寻思着是否在这种情况下只有他一个人，他呼喊，但没有人回应。最近驱逐舰正在维修，甲板上并没有什么人，纵使有人，此时要么已经身亡，要么已经逃生。

维多欧决定重新找到他的船舱，透过舷窗去呼救。现在解决方案是这样，他期望有人能在外部找到方法救他出来！过了一会儿，他的头穿过船舱的舷窗，探出了驱逐舰的侧面，他呼喊着：

"救命啊！需要帮助！"

他能暂且维持这个姿势，双脚踏着翻转铺位的边缘，头伸出去。但没人听得到他的呼喊。整个港口基本都遭受了炸弹袭击。终于，有人在码头上看到了他的头，并做出手势示意将会去帮助他。

## 三

一刻钟过去了,由于侧翻的船体表面十分光滑,两个护士小心翼翼地从船的侧面走过来,终于来到了维多欧的身旁。他讲述了自己的处境,也了解到确切的情况,那就是驱逐舰正在慢慢下沉。它将以侧卧的姿势沉入这个有15米深的巨大港口,而这艘船最宽也只有12米,它必然会消失于水中。必须要赶紧将维多欧从这个困境中解救出来。男人们试图要把他从舷窗拽出来,但没有结果。他的肩膀卡住了。人们搬运相关设备来这艘船的侧面花了半个小时,手持氢氧焊枪的工人队伍试图扩大舷窗。为了不被飞溅的火花烫伤,维多欧的头缩回船舱。

但水已将涨到了船舱门的位置,走廊已经淹没在水下。时间紧迫。哎呀!必须要面对现实了,氢氧焊枪的火焰无法马上将舷窗周围一圈的金属包边切断。没有什么好惊讶的,因为驱逐舰上的设施是为抵御炮弹而设计的。一个工人弯下腰向维多欧叫道:

"这是不可能做到的!……"这艘船确实太坚固了!

维多欧又把头伸出了舷窗。这太恐怖了,太愚蠢了。即使他的脑袋在外面,但由于他的肩膀出不去,仅仅是肩膀……

所以维多欧下了一个决定:死就死,不如选择一个千分之一的机会,一个可以活着出去的机会:无论如何,他的身子已经在水里了,侧翻的船即将会被水淹没,它沉得越来越快。维多欧猛然发出了一个指令:

"你们要听我的来做！即使你们要把我切成两半！向我发誓！"

两个男人激动地发誓，因为他们明白维多欧已经走投无路。维多欧的主意非常疯狂。五分钟之后，男人们把钢铁绳索从舷窗放下去：足够细，足够结实。维多欧用绳索仔细地把他的上半身绕了几圈，还打了结。然后根据他的指令，在他的头部上方，四个男人将绳索绑在了一个铁棍的中间，他们拉着横着的铁棍。舷窗的两侧分别站着两个男人。他们没有时间去找医生进行麻醉，即使维多欧现在非常需要。一个海员给维多欧一瓶格拉帕酒①，这是意大利酒，非常烈。他喝了两三口，不小心哽住，闭着眼咳嗽。在船舱里，水和燃料油现在已经达到他的腰部。在他头部周围的有四个海员，他们站在正在下沉的船的侧面，就像站在小岛上，眼看着小岛的面积越来越小。他们蹲着，拉着铁棍，就如同他们在拉杠铃。维多欧为了壮胆骂了几句脏话，然后他静默了一分钟，重新闭上了眼睛，突然大喊起来：

"来吧，以圣母玛利亚的名义！看看谁被拉出来了！"

四个海员数到三，然后一起发力提拉棍子。维多欧大声喊叫。随后，我们首先听到两下可怕的折断声，这是肩膀的粉碎声。而后是一系列的咔嚓折断声，这是来自肋骨粉碎声。现在他的一半身体已经在舷窗外，还剩下盆骨。现在海员们站立着，因为铁棍已经太高了。他们双手旋转这铁棍，好让钢绳索

---

① 意大利果渣白兰地酒。

盘绕在铁棍的中间，缩短绳索的长度，经过最后一次的努力，他们一下子把维多欧拔出来，但没有避免最后的折断声。为了穿过舷窗，这次轮到他的盆骨粉碎。

## 四

这事发生在1943年，如今维多欧仍然健在。他行走僵硬且不能挪动肩膀。在战时，尽管他们已经尽其所能去重新接上他的骨头。但有一件事，从此他不能做，那是一件非常简单的事，哪怕我们只是在他面前做，他都会打寒战：那就是用开酒器拔酒瓶塞，即使是一瓶香槟。

孔源源　译

# 24岁的新生儿

一

噪音震耳欲聋,直升机螺旋桨的叶片撞到了树枝上,飞机朝向地面坠落。而后一个螺旋叶片断成两半,紧接着一半飞到了驾驶舱,把驾驶舱摧毁,并砸向飞行员。几秒后直升机坠毁,地面升起一片浓烟。

当飞行员来到医院,确切地说是弗朗索瓦-巴尔博松,人们发现他的身体有多处问题:两条腿骨折,胸腔被扎破,特别是颅骨和脑部的一部分被一块螺旋叶片切断。所有这些因素让他的生存机会渺茫。在手术室,医生们连续几个小时,试图用各种方法去拯救这个年轻人,这个24岁的年轻人。

弗朗索瓦属于那批最年轻的飞行员。他勇敢、聪明、乐观,很受战友们的欢迎。他被分配到红十字会,负责撤离伤员。现在轮到他了,在阿尔及尔①医院的小病房里,他动弹不得,处于生死之间,在1958年初。

昏迷15天后,情况有了轻微的好转:伤员睁开了眼睛,动了动手指,但他的眼神仍旧模糊且空洞,表达不了任何东西。过了一些时日,他可以动了,他想滚下床,想发出叫声,想咬任何靠近他的人。

这些在他身上发生的残酷打击,以及在医院承受的痛苦,让他处于漫长的消沉中,他用绝望的眼神看向身边的人。他的体重从65千克下降到35千克。他没有活着的希望。

## 二

应他家人的要求,他被送往法国,那里有最好的专家继续为他治疗。一个叫鲍曼的教授对他的案例特别有兴趣,在长期观察后,他通知了伤员的母亲,他没有多大的把握能够治好他。他的诊断非常奇怪:

"我们说这种生命变得无法承受。"

但巴尔博松女士,弗朗索瓦的母亲,作为私人诊所的护士,已经习惯了面对困难,她认为必须要有足够的耐心。她相信还有一线希望,情况就能够好转。

在母亲面前,这个儿子的行为举止一点也不像成年人,鲍曼医生尝试解释这种状态。他谈到了植物人的情况,对比了弗

---

① 阿尔及利亚首都。

朗索瓦的脾气和新生儿的愤怒，鲍曼医生提出了一个惊人的结论，弗朗索瓦失去了一部分大脑，不管他现在的年龄多少，他已经变成了婴儿，他的心理年龄是一个刚来到世界上的孩子。

事实上，过了些日子，巴尔博松女士在儿子的床边睡觉，经常被儿子弗朗索瓦拍打醒，那是如婴儿般不自主的动作。他的睡眠很沉，就像新生婴儿一样。对于母亲来说，鲍曼教授说得有道理，按照这个推理，她认为如果将他的儿子比作一个刚刚出生的婴儿，他必然缺乏安全感，对安静产生焦虑，这是宝宝天生害怕的事情之一。除了她每天的探访，以及四五次医生或者护士的查房，其他时间弗朗索瓦房间都很安静，他因此感到孤独、焦虑。相反，当母亲梳着他的头发，他重温着25年前的场景时，他睡得很香。

弗朗索瓦需要母亲更多的安抚，也需要在房间里与其他人互动。巴尔博松女士有这种想法，也正是医生所犹豫的。毋庸置疑，不能将弗朗索瓦安置在刚动过手术病人的病房，或患有严重疾病病人的病房。他的那些叫喊声和发脾气时的躁动不安，对于那些病人来说是无法接受的。他只能待在康复室，即使在那里他也要控制情绪，因为那些病人要重新学习如何生存，他们也非常脆弱。在那里，在漫长的时间里，他需要重新适应用双腿走路，或者只是学会简单地用轮椅行走，他不愿忍受幽灵般的状态，他可能会在24小时里发两到三次脾气。

巴尔博松女士明白，但她坚持着。

"这些男孩子都跟我儿子差不多年纪。他们是战争的牺牲者，就像他一样。"

之后母亲发现所有人同意了这个前提。"这里是帮助康复像他一样的男孩们，他也会变成他原来的样子！"第二天，弗朗索瓦-巴尔博松来到12号房间。所有的病人已经知道有一位飞行员要过来与他们一起同住，他们打算跟他分享他们的故事，即使他们完全不同。

他到来后，两个病友过来坐到他床边与他聊天。他们讲述着他们的问题和他们的奇遇。弗朗索瓦一动不动。他的眼神依旧很空洞。但其中一个病友起身了，弗朗索瓦的头转向他，看到这个姿势，另外一个病友说：

"别担心，他会回来的。"

生活开始开花结果。过了一些日子，弗朗索瓦在24小时里只发了两次脾气。在白天，康复医生在他的床边。他们给他起绰号"直升机"，跟他说一些事吸引他的注意。每个病友都轮流着，教他用勺子吃饭，给他听收音机。他们放置一种摸上去很舒服的布料在弗朗索瓦的四周。

每天，巴尔博松女士都会过来探访，她从那些士兵口里听到，儿子的病情有好转。12号房每一个男孩都成了专业的康复助理，他们积极鼓励，观察并记下弗朗索瓦的反应。弗朗索瓦睡得更好了，就像个孩子一样，没有噩梦的睡眠。当他以婴儿姿势睡觉的时候，他吮吸自己的拇指。但当他醒着的时候，就像一个新生婴儿。弗朗索瓦以成年人的身体与大脑猛然地来到这个未知的世界，他看着这个世界，一个等着他来探索的世界。

## 三

终于有一天,奇迹发生了。巴尔博松女士进入12号房,像往常一样跟大家问好。她走到她儿子坐的安乐椅前。他激动地看着她,张开嘴巴发出声音,似乎想说"你好"。母亲震惊了,跪在地上,试图让他再说这词,证明他重新回归生活。

"是的,你好,弗朗索瓦,你好,你好……"

一瞬间,这个像小孩的男人用尽全力重说了一遍。他的嘴巴张开,整个脸因为全神贯注而紧绷,他的脑袋垂到了胸口,耗尽全部力气。但第一步已经迈过去了。教授的这些理论被证实了,他开始对这个24岁的新生儿进行肢体康复训练,全部都要让他重新学。如何拿勺子,如何把食物送到嘴里,如何按时满足生理需要。同时,巴尔博松女士和12号房热心的康复助理们教他讲最基本的单词。他们给他一支笔,他开始从画横杠,到后来书写字母。所有这些训练,都需要大家巨大的努力,弗朗索瓦作为一个新生儿也非常出色。

就像所有的孩子一样,他很容易厌烦。字母交叠,句子难以理解,必须不停地重新练习。但12号房的病友们太棒了。在这一年中,他们照顾"直升机"就像对待自己的儿子一样。弗朗索瓦有十来个妈妈。

花费了三年时间,弗朗索瓦彻底康复了,重新变成了类似正常的成年男人,之所以说类似,是因为他没有童年和青春期的记忆。他只是存储了近期的记忆,那就是当他恢复意识后在医院12号房里与他的病友们发生的事情。这就是他的童年。就在12号房里，他进行了第一次的回访。他带着我们能想象的复杂情感推开了门，他的那些病友们从残障人群中冲出来给他大大的拥抱。对于整个医院，这是一件大事，消息传开了："直升机在那儿，那个以24岁的年龄来到世界的小士兵！"大家紧紧地挨着他，大家摸着他，好像要去确认是否真实，这个起死回生的人，之前好像婴儿吮吸着手指睡觉的人是否真的变成与所有人聊天、开玩笑的27岁男人。

在这几年内，弗朗索瓦-巴尔博松重新投身于学习中，那全新的大脑运转得不错，他获得了心理咨询师的证书。

这很棒，也许他会帮助其他人，有着与他之前类似症状的人，前提是如果我们承认心理学和友情能够完成同样的任务。

一则来自书本上的官方科学资讯表明，也许某天能发现弗朗索瓦的大脑上有一个极小的按钮，一旦按下大脑就不能正常运转，之前的记忆归零……如果未来科学真的发展到那一步，我们要防止人们不要随意胡乱地去按那个按钮。万一制造出一个新生的军人队伍……这将是一部多么可怕的科幻片啊！

孔源源　译

# 冰冻的双脚

## 一

我们要向鲁昂的一位观众胡伯特-卡尔先生讲述这个惊奇的故事。故事背景发生在新成立的捷克斯洛伐克①,这个于一战后诞生的国家。

那天晚上,一位来自罗马尼亚瓦拉几亚山地的约瑟夫·波斯皮查尔,打算在一间乡村客栈歇脚。他计划去集市上卖牛。在那个年代,运送牲畜唯一的方法是由人们步行护送。

他把牛赶到谷仓里,给它喂了点食物,然后步入客栈,这里人声嘈杂,所有旅行者都在兴奋地讨论着,因为这才刚入冬,外面已经结冰了。

---

① 第一次世界大战后奥匈帝国瓦解,捷克与斯洛伐克联合,于1918年10月28日成立捷克斯洛伐克共和国。

当一个旅行者在大壁炉前慢慢地烤手取暖时，门被一群人推开，从他们的口音可以辨认出是斯洛伐克人。

由于新来的这一群人在进门时耽误了些许时间，约瑟夫附和其他人一起抗议道：

"关门！"

这呼喊声令那群斯洛伐克人有点恼火，但确实情有可原。其中一个斯洛伐克人要约瑟夫证明天气恶劣，"这样的寒冷在这种季节不常见"，约瑟夫的同伴们都不出声，为了证明寒冷，那个斯洛伐克人走上前脱下鞋子，解开用来当作袜子的帆布条，然后把脚摆到约瑟夫的桌子上。

它散发出的气味使约瑟夫的鼻子发痒难受，他的怪表情激起了所有人的大笑。

"我的脚趾结冰了，你能吹我的脚来让它暖和点吗？"

这让大家爆发出更多的笑声。这个男人身材魁梧得像个巨人，而约瑟猜到了这是挑衅，他即刻想到把滚烫的红酒倒在这个斯洛伐克男人的脚上，而且他觉得浪费这好东西也不可惜。同样，当他看到这个如此怕冷却又有很多脂肪的人时，他用嘲笑的语气表达了他的惊讶。

另一个人辩驳，在这种天气下，一堆脂肪和一堆骨头抗冻效果都一样。约瑟夫反驳道，瓦拉几亚人的骨头比斯洛伐克人的脂肪抗冻，他愿意打赌，他将在室外待一夜，且不会冻僵自己的双脚。人们哄堂大笑。农夫约瑟夫愿意下注。大家笑着一起鼓掌，当客栈老板问起这喧闹的原因时，有人回答：

"约瑟夫·波斯皮查尔刚刚拿自己的公牛去赌小母牛，他将在野外度过一夜,让双脚放置在冰水里。"

约瑟夫本着严肃认真的态度,要求事先看看赌注。因此,一队人前往牛棚,斯洛伐克的奥加雷克指定了一头健康的小母牛。在另一边,瓦拉几亚的年老公牛,看起来外貌普通。但奥加雷克非常确定自己会赢得赌局,所以丝毫不在意这些。在客栈里,所有认识约瑟夫·波斯皮查尔的人都一致认为这完全是疯狂的举动。不用费劲猜都知道,之后的漫漫长夜,温度会降到-5℃或-6℃,对于人类来说,这种寒冷是根本无法忍受的,冻僵双脚是意料之中的事。

为什么一个在家乡被公认为通情达理的人,会做出如此荒诞的行为?

赌徒们的归来重新激起了见证者们的惊讶之情。约瑟夫不仅会在星空下过夜,而且他的双脚还将放在水中。一小队人已经标注好他想要待的准确位置,就在水鸭池塘的边缘。这真是彻底的疯狂,因为夜幕降临后水塘会结冰,这是不可避免的。乡村客栈的老板本来想说些什么,但看到约瑟夫的决心如此坚定,就马上放弃了。瓦拉几亚农民的坚韧与顽强众所周知,他们在上一次战争中的勇猛赢得了所有战士们的尊敬。

## 二

约瑟夫·波斯皮查尔享用了美味的煎蛋卷,喝了三杯红酒和一杯加烧酒的咖啡。他确保自己的烟草、烟斗和打火机在口袋里。他挂着拐杖，穿上外套，戴上裘皮帽，宣布：

"好啦，出发吧！"

在令人印象深刻的寂静中，波斯皮查尔在奥加雷克的出乎意料的陪伴下离开了旅舍。

"如果那个顽固的魔鬼成功了怎么办？"

"他将失去那头三色小母牛！"

一出门，那干燥和强烈的寒冷空气刺得鼻子难受，但他仍保持着乐观的心态。这个愚蠢的瓦拉几亚人一意孤行，那愚蠢的自负使他陷入无法取得成功的处境。在一个小时，最多两个小时内，他将会敲响客栈的门，拖着冻僵已变成冰块的双脚。

当奥加雷克看到约瑟夫迈入池塘，他的眼神重新变得平静。薄薄的冰层在约瑟夫的双脚下破裂，黑色的混着泥浆的水淹没了他的脚踝。

约瑟夫从边缘走向水塘几米远，双腿踩在仿如半软荷兰干酪的淤泥里。他停下脚步，带着非常冷静的表情望向那一小群人。

"这位置你觉得合适吗？"

约瑟夫语气是如此清晰和傲慢，以至于斯洛伐克人交换了担忧的眼神。那里不会是有魔法吧？有着深色眼睛的奥加雷克俯下身，把手伸进水塘，探测其温度。天哪，真的很冷！

"别忘了，瓦拉几亚人，你必须待在原地，直到明早7点！"

作为回应，约瑟夫·波斯皮查尔掏出自己的烟斗，开始认真地将它填满烟草。

"晚安,先生们!"他镇定地说。

这一队人回到客栈暖身子,奥加雷克看了看他的手表,已经10点多了。

直到午夜,每半小时,以给他送热咖啡为借口,那个斯洛伐克人扮演着好人,为了确保约瑟夫仍待在池塘中。在长木板的帮助下,他把咖啡递过去。

"还好吗?""非常好,你的小母牛还好吗?"

午夜,奥加雷克宣布他要睡觉了。无论如何,现在监视已没有用了,因为那个瓦拉几亚人在没有外部帮助下是无法走出来了,因为他的双脚应该已经被冻住了。

## 三

对于约瑟夫·波斯皮查尔来说,最漫长的夜晚开始了。他像一个榙阜人站在如镜子般的冰面中间,一般人是无法在寒冷中思考的,特别是寒风如针扎着他的脸,将他的鼻子变成插针用的针垫。为了不让自己泄气,防止这种寒冷蔓延到全身,他自言自语,开始讲述自己的人生。他的童年时代在农场度过,他在少年时当上了山区农民的办事员。之后他为军队服务,然后战争爆发。他初次参加作战时,一枚炮弹让他在医院待了好多个月。度过了康复期之后,他重新过上了正常的生活。血管里流着瓦拉几亚人的耐心、毅力、恒心与自豪,同样使得他在此刻情愿死在寒风中,而不选择放弃斯洛伐克人的那头母牛。

当他再次回到他父母的农场,她的母亲默默地靠着他的胸膛抽泣,像念经一样嘟囔着:

"约瑟夫,我的儿!我的小乖乖!"

啊!回来第一天,邻居们全来了,大家宰了肥牛,在宴会上欢歌笑语,翩翩起舞,直到深夜。当所有人都离开了,母亲走近他,手中拿了一个蓝色釉的大水盆。三年来最害怕的时刻到了。根据当地的传统风俗,为了向客人表示尊敬,女主人会给客人在睡前洗脚。水盆冒着热气,一大块肥皂在旁,有着蓝色眼睛的妈妈跪着请求道:

"来吧,我的儿子,脱下你的鞋!"

而后,他抽泣起来,被压抑了三年的情绪迸发而出,再也无法忍住。他慢慢地卷起裤腿,展示了他从来没有告诉过家人的秘密。他在战争中失去了双腿。医生为他做的截肢手术非常成功,完整地保留了两个膝关节,这样胫骨和腓骨可以很好地适应假肢,使得他行动起来虽有点蹒跚,但有着几乎正常的步态,让人无法察觉出他异于常人。但除了他的母亲,没有人知道这个秘密。确切地说,没有任何人知道这个秘密。在黎明时分,当客栈老板认为已经大概率赢了赌注,过来用斧头砸开解救冻成冰块的双腿,并把他抱在火炉前时……所有人发现了真相。奥加雷克试图抗议:

"如果我早知道你有一双木腿!"

但是没有人附和他,在上午,约瑟夫•波斯皮卡尔牵着他自己的公牛和那头三色母牛,步履蹒跚地离开了客栈。他绝不会把母牛卖给肉店。母牛会在农场里过着美好的生活,然后会生产很多小牛,产很多牛奶,然后它会在美好的清晨平静地死去。整个村庄都会记住约瑟夫,那个在冰上度过一个夜晚的人,为了向胖胖的斯洛伐克人证明,虽然没有脚,但瓦拉几亚人仍不失勇气。

孔源源 译

# 一则重要的小公告

一

米妮这名字取自小老鼠。实际上米妮看起来也像只老鼠,一只努力工作不会停歇的老鼠。

从晚上10点到凌晨6点,米妮在纽约东街56号的一栋大型建筑物的第四十层,进行打扫、清洁、洗刷、冲洗。从上午10点到下午5点,米妮会在42号街上的一家夜总会里进行打扫、清洁、洗刷、冲洗。在污垢与尘土中,米妮做着繁重的劳作。她把那些拖把变成美金,把那些扫把变成储蓄。纽约女佣工会身份证上写着:米妮·劳斯,白人,现年58岁,居住在布鲁克林。

身份证上的信息仅涉及米妮。18岁时,她在布鲁克林大桥下有一次糟糕的会面。这次糟糕的会面让她生下一个儿子。为了纪念有着奥地利血统的祖父,米妮将他命名为蒂尔。58岁减去18岁，米妮已从事清洁工作40年了。由于长年繁重的劳作，她已磨损了膝盖与指甲。她辛苦工作首先为了抚养她的儿子，其次是为防止儿子遇到不幸的遭遇。

她没有成功，蒂尔入狱了。米妮知道他没有杀人，没有偷东西。米妮知道一定是场误会让警察抓错了人。但只有米妮心存希望。

1932年12月的一天，蒂尔对母亲说：

"妈妈，你必须相信我，我刚卸完煤块回来。除了家，哪里都没去。我不知道他说的什么铺子，也不知道是谁死了。"

米妮相信了。米妮更加卖力地擦地板，因为蒂尔留下一个年轻女人和一个婴儿。然后，一种强烈的想法、一个坚定的主意占据了她。为了救儿子出狱，她必须找到犯罪分子，这需要美元，非常多的美元。每晚睡三个多小时没问题，每日两餐没问题。每周，米妮都会去银行柜台存上十分之九的工资。银行柜员看着这个过早衰老的妇人，用她那磨损的手指数着钞票和硬币。他打趣道，她是纽约最富有的女佣。但米妮并不富有，她只是充满希望。至少需要5000美元，才能将她的想法付诸实践。蒂尔被判处无期徒刑，自1932年以来一直在监狱中。12年过去了，米妮攒够了5000美元。她不再工作了。

"我正在休假，"她告诉她的众多雇主，之后消失了。她将自己锁在布鲁克林的简陋小屋中，独自一人，因为她的媳妇早就放弃了抗争，她太年轻，太漂亮了，无法等待判为无期徒刑的丈夫。

## 二

纽约的另一端,在一家雄心勃勃的报业公司乱糟糟的办公室里,人们都在搜寻轰动的故事,一个年轻的记者咬紧牙关。在40年代,作为一名女性记者,需要的才华、胆量、智慧比任何人都要多。

上帝知道伊丽莎白·法尔什现在已变成了什么样。但是,如果她仍活着,她就必须成为美国新闻界的知名人士。1944年,她只有22岁,她的那些男同事们热衷于政治阴谋、黑帮故事和工会故事,主张谈论战争的权利。伊丽莎白·法尔什并不希望写关于时尚、食谱—烹饪、美容的专栏文章。她的想法是,写出来的报道能让人们了解其他读者的生活,例如特殊的离婚案、好莱坞的泳池、亿万富翁的抑郁、石油大亨女儿的婚姻。人们的生活本身就有很多新奇的故事,只是人们无法看到,必须向大家展示出来。

伊丽莎白每天早上都会浏览所有不同种类的报纸,而10月20日,她在《芝加哥时报》上读到了这样一则消息:

"悬赏于1932年12月6日当天杀害警察的犯罪嫌疑人,酬金5000美元。知情者请拨打电话522-44-16,全日恭候。"

伊丽莎白拿起她的电话,以为对方是个男人,没想到是一个有点颤抖的声音在回答:

"我是米妮·劳斯,您想要什么?"

可怜的米妮。自投放公告以来,她已经接听了各种来电,骗子、窥探者、侦探和虚假证人。如何分辨？米妮只能凭直觉，为了安全起见，她将5000美元存入银行。

"我不想浪费我的时间，"米妮对着电话说，"如果您有证词，请写下来，寄给检察官。若查证属实并予以抓获犯罪分子，信息提供者将获得奖励。"这就是米妮的想法。她只有一周时间去发布每日公告。而且由于她不想动用5000美元的酬金，因此，如果那办法行不通，她将重新开始工作，并开始新的一周。伊丽莎白作为记者，她基本上无法提供什么证词，米妮不能将时间浪费在这些人的好奇心上。但伊丽莎白坚持：

"我要见您。您对这样的司法系统有什么期望？您想通过这样的小公告去寻找杀人犯，就好像那些职位发布公告一样？"

米妮回答，如果面对机会和金钱，人们是诚实的。她寄希望于见证人的贪婪之心，而不是对她儿子的忏悔之情。

伊丽莎白坚持要见她，但米妮强烈反对。

"当我儿子被判刑时，报纸什么也不报道，每个人都保持沉默。你去警察局吧，他们能更好地讲述这个故事。我还有其他事情要做，我必须待在那儿接听电话。每小时，只要没有工作，我就相当于损失了50美分。我花了12年才攒到5000美元，请好好计算清楚！"

## 三

米妮挂断了电话，伊丽莎白开始着手调查，好像这就是她生活的全部。她的上司问她为什么如此确定这个"傻老太婆"是有道理的。

伊丽莎白回答:"因为她相信自己。"……蒂尔·劳斯的卷宗讲述了一个非常卑鄙的故事。

1932年12月6日:一名警察进入酒吧喝啤酒,两名男子袭击收银台,他们杀死了想阻止他们犯罪的警察,之后消失了。那个女经理把蒂尔认成了那两个男子的其中一个,因为她只认识他。

蒂尔声称他当天运送自家的煤块,而他的妻子将在医院分娩。冬天养育新生婴儿将很艰难。当晚,一个男人敲响了他家的门,他隐约看到他的模样。

"他们在追我,"他说,"把我藏起来吧,求求你了。"

然后,蒂尔告诉巡视小区的警察,该男子在地窖里藏了一段时间,然后什么也没说就走开了。他把这事告诉邻居们、母亲、妻子。但是警察们都说:他是你的同伙。酒吧的经理说:"是他!"仅此而已,什么也没做。审理此案的法官是唯一一个被说服此案存在误判的,但在能够成功修改诉讼之前,他已经去世。律师们费用昂贵。每个人都知道那个男人杀死警察理由不充分。由于证词证据不足,蒂尔逃过了死刑,因为女经理无法确定就是他开的枪。

几个月以来,伊丽莎白和她的报社,都在努力收集新的证词并重新寻找当年的陪审团成员。而米妮一无所获，回到扫帚里，再次开始：

"悬赏于1932年12月6日当天杀害警察的犯罪嫌疑人，酬金5000美元。知情者请拨打电话522-44-16，全日恭候。"

伊丽莎白重新找到邻居们。所有人都说：

"他整个下午都在卸煤块。第二天，他说有个人躲藏在他的家中，之后离开了。"

伊丽莎白找到了酒吧的经理……她最后表示：

"警察们劝我指认他，他长得像那个人，只不过他个头更小一点……但我看不清……"

1945年9月16日，复议委员会将蒂尔·劳斯送回了他的家乡。调查，反调查，新闻界的动荡使他成为本年度最著名的犯人。他用因误判坐牢的补偿金在布鲁克林租了一间小屋，但他不再有妻子、孩子、房子或工作。他只是被教导要等待。

离开法院时，她的母亲米妮含着泪，双臂夹着一个包裹。她去找伊丽莎白·法尔什，并将包裹递给了她。

"这是您的5000美元，孩子，您赢了！"这是需要她拼搏奋斗12年，每天工作15个小时，存下来的血汗钱。

该报纸的头条标题为："65600小时的洗刷为了洗去儿子的嫌疑。"……毕竟谁都喜欢耸人听闻的故事。

孔源源　译

# 红球

## 一

红球在小男孩的脚下发出轻快的回响声。它弹到空中,在佛罗里达蓝天的映衬下显得格外好看。突然红球弹在一堵爬满美丽藤蔓的围墙顶部。在两米高的围墙下,孩子的双眼望向天空,双臂伸出,注目着,但球落在了围墙的另外一侧。没有球玩了。

乔治八岁了,他有一头金发,身高1.1米,如果站在2米高的围墙上会使他头晕目眩。该怎么办呢?他很了解这圈围墙,它属于邦妮·布兰查德家。没人去过她家。大人们说邦妮·布兰查德脾气不好,她非常富有,但非常吝啬。乔治绝对没有勇气去敲门取回他的球。

但偏偏他喜爱这个球,这是他的生日礼物。这个崭新的球不仅像空气一样轻盈，还有着如此美丽的红色，他想取回它。由于他无法攀爬或按门铃，乔治打算像老鼠一样——挖洞。为此，他必须找到符合有利条件的位置，寻找墙上有一个小孔或有一块松散石头的地方。

这圈围墙很长。所属物业位于下城区时尚高档的社区，价值数百万美元，而乔治很难找到围墙的瑕疵。最后，他发现一个存在可能性的地方，在封锁的小门旁边有一个约20厘米的空隙。

晚上，乔治回到父母家，说他已经把球放到了车库里。实际上，他用手指把洞仅仅抠大了几厘米，这是他花费一下午时间取得的成绩。四天内，洞口已经能通过他的肩膀、头部，他成功了，只要球还在那儿。

即使这样，乔治一点也不安心。在这个小男孩幼稚的思想中，邻居对邦妮·布兰查德的评论使她看起来像某种老巫婆。她一直住在这栋别墅中，其豪华程度似乎与她那如农民般吝啬的形象不符。没有丈夫，没有孩子，没有仆人，没有园丁，她就像幽灵一样在十个房间、露台、游泳池之间徘徊。乔治从自己所在的角落观察到那边有个泳池，他犹豫要不要前往空旷地。如何找到他的球？无论用什么办法也要找到它。在泳池左侧有一间小屋，由砖块和铁皮筑成，毫无疑问，这是一个园丁的工具房。他有一个绝妙的主意，乔治打算跑到小屋那边躲藏，因为他幸运地发现了那个红球，它隐藏在一堆野花中。

## 二

孩子面朝下爬了几米,抓起球,迅速来到他的临时避难所——那间小屋。气喘吁吁的他靠在砖墙上休息片刻,突然一个奇怪的声音让他浑身颤抖。在他的背后,在小屋内有东西在移动。某物或某人,也许是一条狗。孩子用耳朵仔细听,发现是一种呼噜声。

好奇心战胜了恐惧,乔治小心翼翼地绕着小屋走了一圈,唯一一扇门被铁条和挂锁封锁。没有窗户,不可能进入。乔治看向铁皮之间的缝隙,里面黑乎乎的一片。一开始,孩子什么也看不见,过一会儿,阳光从某个角度透过缝隙照射进来,乔治看见了一个老爷爷。对于他来说,一个留着白胡子、有着白头发的男人就是老爷爷。他完全就是那个样子。乔治仔细地注视了他几分钟。正是他在打呼噜,他看起来不坏。乔治扒开铁皮。

"嘿,老爷爷?……老爷爷?您被关起来了吗?"

那个老头没有回答,但是孩子看到他朝着声音爬过来,便鼓励老爷爷。

"我就在这儿。嘿!您怎么了?有人把您关起来了吗?"

现在,老人和孩子四目相对,在隔板的两侧,两对蓝眼睛相距几厘米。

希望得到答案的乔治很失望。老人什么也没说。他盯着他,一动不动。因此,乔治试图推开铁皮以便看得更清楚。他的小手用尽全力紧紧抓住一块铁皮往旁边推。在另一边,老人也同样这么努力。憔悴苍白的手试图穿过去,但是铁皮太坚固了,能穿过的只是手指头。老人的和孩子的手指头互相触碰,年老的手指头抓住年轻手指头。乔治不再害怕,毕竟这只是位老爷爷而已。

"嘿!您不能出去吗?这是禁止的吗?"

终于,老人的眼神在那一刻闪耀了光芒。他明白了"禁止"一词,然后重复着这词,点了点头:

"禁止……禁止……"

"等等我,我马上回来……"小男孩手臂下夹着球飞奔起来。五分钟后,他来到父亲的车库里,放下球,随手拿了一个工具,一把可调节的扳手。他再次穿过围墙,匍匐爬到小屋,满头大汗,努力扩大两张铁皮间的空隙。

在一个小时混乱无序但高效的工作结束后,老人和孩子通过一个扭曲的"铁皮窗"交谈着。这是一段奇怪的对话。孩子能通过几个关键词本能地去理解对方。他观察到绳子绑住了老爷爷的脚踝,便说:

"绑住了?"

老爷爷重复道:"绑住了……绑住了……"

他露出被链条缠绕的脖子,链条的另一端挂在屋顶上,根本无法碰到。"食物呢?"乔治问。那个老人展示了一个空饭盒。

乔治从口袋里拿出一块有点融化的巧克力递给老爷爷,他看着老人默默地一点点啃着，就像没牙的狗。两颗大泪珠流淌在苍老的脸颊上。男孩也默默地哭泣。

"你很不舒服吗？"乔治问。

老人示意没有。

"你痛苦吗？"乔治问。

"痛苦……痛苦……"老人不理解地重复道。也许他很痛苦，但他不知道那是什么。乔治嗅到：

"这儿很难闻。"他面露难色说道，然后高兴地说：

"这样吧，我明天会回来……我给你带些可丽饼。你喜欢那些可丽饼吗？"

"可丽饼……"老人面露喜悦地重复着。

乔治离开了。晚上回到家时，他对母亲说：

"妈妈，我看到一个老爷爷被绑在小屋里。他饿了，明天你能帮我做些可丽饼吗？"

他妈妈笑着答应给他做可丽饼。她心想，这个小家伙会发明任何理由来吃可丽饼。

第二天，乔治用餐巾包上三块可丽饼，再次穿过围墙。他看着被绑住的老爷爷，一边吃一边默默地哭泣，像前一天那样。

"你口渴吗？"乔治问。

"渴。"老人爬向一个金属盆里，痛苦地将他的饭盒浸入其中并拿起喝起来。

乔治在整个下午的时间里都在努力扩大铁皮间的洞，直到傍晚，他才能清楚地看到小屋的内部。一股恶臭刺激喉咙……面包渣撒在布满污垢的地上。没有床，没有椅子，没有桌子，啥都没有。一个10平方米布满了垃圾的房间，还有一位老人被从天花板上垂下来的链子绑住脖子，这就是全部。

"你想出去？"乔治说。

"出去……"老人重复道，"出去……出去……"

"你想脱下锁链吗？"

"链子……出去？……出去！"他眼神疯狂。

"等一下。"乔治说，"我会回来的……"

## 三

小乔治用了几个小时说服自己的老爷爷（祖父），他独自一人在家，坐在舒适的椅子上，而在邦妮·布兰查德家，另一个老爷爷却又肚又饿且被绑住脖子。祖父必须跟着他穿过围墙的洞，爬到小屋那儿。

之后他们两个去探访了佛罗里达州迈阿密高档社区的警长。

第二天，邦妮·布兰查德气急败坏，她明确告诉郡长，她接待寄膳宿者，这跟其他人无关。

恰恰相反，这跟所有人有关。

64岁的邦妮·布兰查德，丑陋的她，薄嘴、斜眼，不得不面对法官，面对着这些证据，她开始撒谎。

25年来,她一直非法囚禁维克托·哈特曼,以领取他每月150美元的退休金。一个头脑简单的男人,在1948年,以50岁园丁的身份来到她家工作。1973年,他已经变得年老和疯癫,80岁,体重40公斤。"监狱看守"只给了他面包和水,仅够维持他的生命以便领取退休金。邮递员每月都会无辜地投放这笔养老金,以那个老人的签名来交换,而那个老人一如既往,刚好在花园的另一头。

在法官面前,邦妮仍在撒谎。维克托·哈特曼是寄膳宿者!

"那为什么要把他绑起来?"检察官问。

"这样他就不会掉进游泳池……不然他会淹死的……"

小乔治和他的祖父像两个孩子一样跳了起来!

"骗子!泳池里根本没有水!"

孔源源 译

# 女野人

一

172年前①的阿里埃日省②,有一个奇特的故事。家乡的人们没有忘记它,他们给子子孙孙讲述着这段往事。1807年的夏天(那一年,拿破仑赢得了在弗里德兰③的战役),在比利牛斯山脉下的苏克村,猎人们在岩石山顶上发现了一个全裸的女人。她那浓密的头发遮住了肩膀,在悬崖边上注视着风景。其中一个猎人向她发出了呼唤,那个女人循声望去,随后也回应了一声,紧接着,她如同野山羊般跳跃着,在布满岩石的峭壁

---

① 此书原著于1979年首次出版,文中所指172年前,为1807年。
② 阿里埃日省,法国人口最少的省份之一。全省约三分之二的面积为比利牛斯山区,和西班牙接壤。
③ 弗里德兰,德国下萨克森州的一个市镇。

间逃走了。这事件被众人热议,以我们能够想象的疯狂程度。一个光着身子的女人生活在山间,好似动物,半人半猴,这充分点燃了大家的想象力。随即,人们决定立刻对其进行抓捕。夜幕降临,一群猎人带着支援部队,把那个可疑生物曾出现的山顶包围起来。清晨,那个裸女重新出现在同样的地点,当她察觉到危险已经太迟了。她试图逃跑,但猎人们已经拦住了她的去路,不管她如何尖叫、挣扎也无济于事,最终,猎人们把她捆绑起来,用毯子卷起运往村庄。

在运输过程中,猎人们相信他们辨认出,那个可怜女人奇怪的叫声中,混杂着几个法语单词。到了村庄,来到神父家,人们放下了这个未驯化的"动物"。眼见为实,她的眼睛闪耀着浅黄褐色的光,她的嘴唇布满皱纹,她的指甲尖锐得像猛兽的爪子,她全身的皮肤被太阳晒成古铜色,且很粗糙,显然是在恶劣的环境下形成的。她大概在30~40岁之间。神父的出现似乎让她安静了一点,这个勇敢的男人温柔地对她说话,这个"动物"马上悲伤地抽泣起来。

"大家对她的出现应给予极大的包容。"神父这样对猎人们说道。

他建议先让这个女人独自冷静片刻,再松开她的绳子,并让所有人去隔壁房间回避。现在猎人们已经抓住了猎物,他们在想现在应该做些什么。把她安置在哪里?她会信任谁?

神父,一个考虑周全且总能出谋划策的人,坚持认为首先不能以大家的想法为出发点,而是要根据她即将要说的话、所讲述的故事来决定该怎么处理。若有新情况，他会通知大家。

下午，一个代表团过来拜访这个"女野人"，这是当地百姓给她起好的名字。她看上去恢复了平静，他们解开了绳索，她不再反抗。神父递给她一些食物，但她把头扭向一边，不回答任何提问，却以轻蔑的眼神回应，这让在场的人印象深刻。可以确定，这女人不是一直生活在野外环境，她披着毯子站在紧闭的窗后，令人有一丝敬畏之情。村民们远远地围着她看，她一直待在窗后直到夜晚降临，面对各种提问她面无表情，不看任何人也不听任何人的话语，她迷失的眼睛朝向山峦望去，那双眼睛一点一点被暮色笼罩。在这种无言的等待中，她好像一只被困在陷阱里的动物。

夜深了，他们请这个女人移步至楼上的卧室，神父在那里安排了丰盛的晚餐并准备了一些衣物。大家把她围了两圈，她跟着看守，没有表现出反抗情绪，只一副沉着冷静的样子。

"夜晚会给出答案，告诉那些人，明天事情将会明朗。"神父宣布。

晨曦来临，神父来到房门前，房内没有一点声响，那可怜的女人肯定还在睡觉，昨日让她筋疲力尽。他轻轻地打开门，却发现房间空无一人，那个"女野人"从窗户逃跑了。他们在山野森林小道上，发现之前向圣器室管理员妇人借的衬裙和裙子，它们被系得紧紧的，可能用来当作绳索。有了这个线索，猎人们又开始搜索，尽管进行了部署，放出了猎狗，花费了几天时间，大家还是没有找到逃跑者的踪迹。但她不可能彻底地消失。几个星期后,一个牧羊人在一个人烟罕迹的山峰上看到了她。猎人们远远地朝她示意好几次,这里或那里,每次都是转瞬即逝。一旦看到了人,她便快速地跳着跑着,消失在山林里,就像猎豹或羚羊,我们不得而知。

## 二

冬季来临了,白雪覆盖了整个村庄和山峦。寒冷让家人都围绕在火炉旁。大家谈论着"女野人",或是怜悯她,或是祈祷她的灵魂。因为毫无疑问,她肯定已丧生。如果寒冷的环境没有让她丧生,那么她也会死于饥饿。如何在几米深的雪下找到食物?如果她没有死于饥饿,她也会被熊吞食,在那个地区有许多熊。

春天,雪开始融化,一个羊倌跑来村庄,激动地朝山顶指着:

"你们看啊,在那上面,是那个'女野人'!"

在布满岩石的陡坡上,我们确实看到一个黑影子在岩石间跳跃,神父用望远镜确认了事实。这看上去很像是去年夏天逃跑的女人,动作比之前更加敏捷,但仍是裸体,这让神父特别悲伤。

面对这个女人不可思议的再次出现,苏克村的村民们震惊了。一个人如何独自在冬季的山中生存,况且还赤身裸体?简直让人无法相信,这对于他们来说不是一个女人,而是一只动物。

## 三

"女野人"重新出现的消息成了奇迹，传遍了整个区。维尼埃，维克代索市①的太平绅士，他决定采取一些行动。他动员了一个配备跟踪器和地图的军队，在一段难忘的追捕经历后，"女野人"重新被抓住送往了维克代索市。维尼埃把她关在一个房间里，那儿的窗户上都装有栏杆。他立马着手开始与她交谈，并付出了足够的耐心。他白天多次过来与这个被关着的人交流，她慢慢习惯了他的出现。他给她生肉和生鱼，她大快朵颐。一天，他说起山中狗熊的恶行，这个女人突然站起来第一次清楚地说话，她的声音嘶哑。

"这是假的。"她表示。

她至少不是哑巴。太平绅士对于这个结果很高兴，他继续询问关于熊的话题，目前，这个话题看起来是她最感兴趣的。

即使她的嗓音依然嘶哑，但她努力地继续讲述，且用词清晰：

"那些熊是我的朋友。他们为我取暖，与我分享食物。"

维尼埃一点点地得知，发生在这个可怜的女人身上难以置信的故事，显然，一切都事出有因。

她在法国被革命军驱逐，与丈夫在西班牙避难。几年之后，他们决定悄悄回家。在回家路上，他们穿过比利牛斯山脉的时候遭到了走私者的袭击。在斗争过程中，她的丈夫被杀

---

① 维克代索市，法国阿里埃日省的一个市镇。

害,她成功在山中逃脱。自从那个时候开始,事情变得有点混乱。她迷路了,或者是她不再敢露面,我们不得而知。她开始过上野外的生活,并持续了两年。这个女人在两年里独立生活在大山中,吃树根,抓小鸟,掏鸟窝,在激流中用手捉鱼,冬天与熊一起躲避在洞里,熊将它们的食物分享给她,并予以完全的信任。太平绅士的结论是,这个可怜的女人回归到了我们遥远祖先的原始状态,重新找到潜意识深处的求生行为。

最离奇的是她与熊之间真实的友谊,这些动物在过去的时代被人类凶狠地追捕,而现在,它们把她完好地交出来。

## 四

尽管做了很多努力,维尼埃还是没有能掌握她和她丈夫的身份信息。一旦涉及这个主题,"女野人"就会哭泣或是发呆。因此,我们猜想维克代索市的太平绅士已经尽力了,他决定将借住在这里的女人移送至政府部门。但也许是阿里埃日省的收容所已没有床位,又或是,在过去,阿里埃日省没有这样的机构,而图卢兹市①拒绝接收其他省的病人。总而言之,政府期望甩掉这种负担,虽然最后接收了这个不知名的野人,但要把她送到位于富瓦市②的监狱。

这简直是无法想象。但没有人同意要放她回深山去,即

---

① 图卢兹市,位于法国西南部,为南部-比利牛斯大区上加龙省省会。
② 富瓦,法国阿里埃日省的一个市镇。

使在山里她不会伤害任何人,她也成功地适应了环境。在那段随心所欲的日子里,自由不受限制,她不会感到束缚。但不可以。放走一个女野人,不能这么做。这些野人必须去笼子里。

旧时代的富瓦市的监狱在一座古老的封建城堡里。这个"女野人"被四堵墙围住,没有新鲜空气和阳光,她绝望地喊叫。在之后的几个小时中,她的叫喊声在城堡的走廊里回荡,没人能让她停止。过了几天后,看守对她的叫喊声感到厌烦,便把她带到城堡主塔的楼梯上,用两扇门把她围住,这样她被困在楼梯里一个一米见方的空间内。但即使这样,在夜晚,看守仍能远远地听到那些叹息声。最后,监狱行政管理部门决定利用城堡里那些臭名昭著的地下密牢(只有牢房顶部有出口)。没有比这个更合适的了。

次日,他们把她当作包裹一样扔进了这个又黑又冷的洞。看守在她旁边放了点面包和水,然后重新关上了地板门。对于看守来说,最重要的是能够让他安静地睡觉。但几天之后,当看守想要为她补给食物等必需品时,发现那个野人已经死去。她承受不住这个没有光线,充满了寒冷与绝望的牢笼,她的疯癫已经达到了人类承受的极限。

就这样,比利牛斯山的"女野人"带着身份之谜而死去。今天,人们仍然不知道她是谁,她来自哪里。也许在某个地方还有她的子孙后代,他们其中的一个也许正在读着却不知道这正是自己祖先的故事。

这是一个悲惨的故事。结局的凄惨在于，她死在那个地下密牢里，而她生前却得益于动物们的"热情"与"理解"，度过了深山中的两个冬季。

孔源源　译

# 独自航行

## 一

这个开端很神奇,就像他梦到过的一样。

理查德看着远去的康沃尔①海岸,听着完全展开的风帆发出的噼啪响声。一段独自航行,一次伟大的环球旅行开始了。

这艘三体帆船在1968年11月1日启航。在此之前,它从未发挥过自身价值。理查德花费了他全部的时间、金钱和精力,并在资助者的帮助下完成了航行准备工作。

理查德情不自禁地对他的船感到自豪,对即将发生的事感到骄傲。他将在未来的几个月独自航行,成为英国最出名的人。他在儿时便下定决心并始终抱有期望,他需要向自己证明,他将带着环绕他的荣光与大海搏斗。

---

① 康沃尔,英国西南部地区名。

理查德从小就是个奇怪的男孩。那固执、棕色的眼睛如同暴风雨时的天空一样阴暗。如今他25岁了。

现在他独自一人在三体帆船"电子号"上。

从今开始，他会每天在甲板上写日记，陆地也将有规律地收到一些电报，内容诸如每天的行程等。

航海日志的作者理查德，专心致志地进行写作，日志中记录了大量生活细节。

11月30日：顺风，风速逐渐减弱，两只小鸟陪伴了我一个上午。

12月15日：我位于葡萄牙的南边。这个深夜让我陶醉，我朝着一颗星星航行。

1月25日：印度洋几乎是紫罗兰色。我看到一条似乎全身蓝色的鱼。我的闹钟每两个小时响一次，因为担心偏离了设定的航线。

1月30日：那流血的脚后跟让我疼痛难忍。我应该在第一天就把这根刺拔掉。下午两点，天空乌云密布，只见一团团的积云和积雨云。

字里行间洋溢着他作为船长的巨大喜悦之情。理查德同样记下许多旅程上的细节，还有些船上的琐事。这些信息同样传达着他强烈的热情。

最后一条信息发自印度洋，但这是最后一条。几个星期过去了。没有任何消息来自这位孤独的英国航海者。在这11个星期里没有任何消息。

没有遇难的消息,没有沉船的残骸。但孤独的航海者在11个星期里没有发送消息,这没有什么奇怪的。理查德的亲朋好友们不要太过担心,我们有理由相信他还活着,因为在1969年3月29日,理查德给英国广播公司发送了一个电报,声称他已经绕过了合恩角(智利)①,所以一切安好。在第一本日志上,他继续记录着独自旅程的细节。

理查德看到了科科斯群岛(澳大利亚)、大溪地(法属波西米亚)和马克萨斯群岛(法属波西米亚)。他在日志里讲到,一群鸟围绕着他的帆船飞翔。他写道:"电子号"在强烈的后侧风下,自由地在水面上驰骋……我睡着了……他写道:信风让缆绳打了六个结。烈日当空,我看到了好多飞鱼。

他写道:我刚刚看到了一座岛,它好像一个白色的贝壳在绿色的水面上。我朝南方航行。

在电子号上,第二本航行日记诞生了。它开始于1月30日。

> 现在是中午时分,我心里一直觉得这艘船不能坚持住。在这两个月里,我不断发现问题。这艘破船不适合环球航行,它同样不适合沿海航行。

---

① 合恩角,智利南部合恩岛上的陡峭岬角。位于南美洲最南端,是太平洋与大西洋分界线。

在第二本日志后几页这样写道：

3月10日：我开往福克兰群岛（加拿大）。

3月12日：我不打算去福克兰群岛了，我改变了航向，打算在阿根廷停靠，这艘讨厌的破船需要进行一些修补。

3月29日：我把船停在巴拿马进行维修检查。

然后，在同一天3月29日，一条信息传到了英国广播公司："一切顺利，我已经绕过了合恩角（智利）……"

## 二

接下来必须读第三本航海日志了。

理查德在这本日志里写下了他的焦虑和失望、他的期望和疯狂。

他期望能够独自环游世界。他的愿望非常强烈，以至于他没有考虑自己是否有这个能力。

在风帆的噼啪响声中，他出发了，随着时间的流逝，他逐渐变得瘦弱，胡子拉碴，皮肤被晒黑且对浪花开始厌烦。他已经在大西洋行驶了几英里，他感到害怕，他担心他的帆船，所有的一切都让他焦虑。

刚开始，他想原路返回，承认自己的害怕恐惧，打算告诉那些看着他启程，充满热情的人们："我只是一个胆小鬼，一个畏惧大海如蚂蚁般的人。害怕海洋,害怕孤独。我绝对横跨不了太平洋。"

在第三本航海日记的最后几页中,他不再害怕谈论这事,他开始发送一些不再关于他的电报。

那个孤独、兴奋的航海者,在印度洋上看到几乎全身蓝色的鱼,这不是他。这是他希望成为的人。那个温和的航海者在科科斯岛屿附近航行,看着鸟儿在他的桅杆旁飞翔,这也不是他。

这个冷静的帆船手声称:"我跨过了合恩角(智利)。"这只是一个梦想,理查德没有做过这一切。他只是在大西洋上绕圈航行了243天。方向一会朝东,一会朝西。他变成了疯子。他让世人相信他在做环球航行,但他就像水池里的塞子在转圈。

他写道:"上帝看着我,我就像宇宙中的一个玩物,我什么也不是。"

在1969年6月24日,理查德收到一条来自这趟航行组织者的电报:"预计在锡利群岛(英)[①]会面。英国广播公司期望访问。出版社对独家故事有兴趣。祝凯旋。"

理查德回复:"我再说一次,我不愿见任何人。"他知道大家等着他,他知道梦已结束。拿什么来继续欺骗?我们可以拿根本不存在的环球航行来欺骗吗?

在第三本航海日志中,6月30日他这样写道:

---

① 锡利群岛,位于英格兰康沃尔郡西南方岛群。

我的灵魂从今天开始休息了。我把航海日志交给你们。它只有一种美，就是真实的美。人们只能做力所能及的事。一切都结束了，我的游戏结束了，我再也不想玩了。我在11点50分放弃了。

两个星期后，三体帆船"电子号"独自漂在加那利群岛（西班牙）西边500英里的位置。船被抛弃，无人。

人们在床铺上发现了那些航海日志。写第一本时，他启程环球航海。写第二本时，他实际上在大西洋转圈游弋。写第三本时，他已经朝疯狂和失望航行。理查德已抵达独自航行的尽头。

孔源源　译

# 杀人的废糖蜜

## 一

废糖蜜是甘蔗汁提纯制糖时产生的废料。这是一种糖浆状、深褐色的来自蜜糖的浓稠物。在20世纪初，这种废糖蜜是穷人的食用糖，他们把它放入咖啡。在一些贫穷地区，小孩子将它涂抹在黑面包片上。而制酒厂则将其提取制作出塔菲亚酒①和朗姆酒。

1919年1月15日的美国波士顿，杰夫-乐卡不能再忍受废糖蜜的气味。他在李斯特制酒厂工作，每天中午，当他打开妻子为他准备的饭盒，就会闻到废糖蜜的味道。有时是来自炖肉、香肠、韭葱，有时来自番茄意面，所有都混杂着那讨厌的糊状物的味道，整个饭盒都渗透了那个气味。

---

① 塔菲亚酒，西印度群岛产的甘蔗酒。

1月15日这天，整个制酒厂充斥着甘蔗剩余物。3天以来，一些来自波多黎各的罐车将货物倾倒入制酒厂的储存罐里。上午他们完成了工作，在巨大的五层楼高储存罐留下了878.1万升的废糖蜜。这些由压榨产生的巨大黏稠物接近2万吨，而在储存罐的底部，过滤黏稠物的则是薄钢板，它由一些铆钉来固定。在这种令人不安的现象前，杰夫-乐卡警告了工头。

他感觉将会有一次大规模的泄漏，认为必须减少储存罐的压力。

但工头粗暴地打发了他，要求他做好分内事。杰夫耸耸肩膀，决定去他母亲家吃盒饭。现在是12点35分，必须走10分钟才能到老港口，散步让他有了食欲，他感觉轻松了很多。杰夫-乐卡走下坡，来到一条商业街，他背着包，感觉1月份的天气很棒。商店在太阳的照耀下有了春天的气息，店门都是敞开的。波士顿是一座繁荣的城市，空中轨道火车在高架桥上行驶，人们对此感到特别骄傲。

## 二

正当杰夫-乐卡来到港口的时候，一阵巨大的咔嚓响声让他赶紧回头张望。紧接着是一系列的爆炸声。杰夫停下来，脑中只有一个想法，制酒厂的那个巨型储存罐爆开了。远处的叫声来自高处的商业街，这让他马上确认了情况。装有废糖蜜的储存罐确实破裂了，那些爆炸声是由于钮钉一个一个接连跳出来导致的。近900万升的废糖蜜即将涌向波士顿街头。

此时杰夫唯有听从自己的内心，他鼓足勇气跑上坡，一路迎面碰到许多惊慌失措冲向港口的人们。到达制酒厂时，杰夫停止了脚步，他感觉好像做梦一样。一幢幢建筑被这个黏稠的怪物推倒、坍塌在他的眼前。那些建筑物被糖蜜洪水冲到街上，朝向钢铁高架桥，屋顶撞上了铁轨的梁。制酒厂爆炸了，就像纸牌城堡一样，在三米高的废糖蜜洪水中消失了，被吞没了。此刻，杰夫察觉到事态无法扭转。没人能够阻拦，黏稠的浪潮吞噬所经之处。路人、马匹、汽车，在人们试图弄清这是什么之前，便消失了。在几秒钟后，杰夫-乐卡惊呆了，愣在原地，他从未看到过如此情景：一个男人爬到车顶，车被糖蜜洪水往前推了几米，继而翻转，把可怜的人抛在了糖浆里。他的头马上将被淹没，双手还在绝望地挣扎，试图抓到一切触手可及的东西。另一边，一匹马冲出了糖浆，如同褐色的雕塑。那个男人的手试图抓住它，就像去抓住逃离死神的最后机会。但一阵糖浆漩涡让他们都瞬间消失不见。一个女人在那边跑着，手里推着婴儿车，巨浪在她身后几米，但糖蜜洪水流动速度很快，她的奔跑速度随即减慢，她无法从黏稠的糖浆中拔出双脚，那些糖浆让她无法动弹。当她转身回头，只见一个巨大的糖蜜浪潮向她扑来。

杰夫正考虑如何应对这种危机时，他听到第二次爆炸声。废糖蜜存储罐彻底坍塌了，一次性将所有存储的废糖蜜释放出来，新一轮难以置信的压力推动着它。这一次总量接近900万升的废糖蜜汹涌地迸发出来。杰夫-乐卡以最快的速度奔跑，杀人糖蜜巨浪席卷而来。它超过10米高，杰夫听到了流动声，距离他只有5米。他的步伐重重地落在地上，胸膛里的心脏好像要爆炸了，他拼命地奔跑，扔掉了背包试图跑得更快。他超越了那些逃生的人们，那些朝港口奔跑的人们。他听到了来自后面的叫喊声，这些叫喊声让人毛骨悚然。他需要跑得更快。杰夫不再往后看。他能感觉到背后糖蜜巨浪的气息，他必须深深呼吸，迈开腿，好似一直在冲刺的赛跑运动员。人们冲进房子，身后的门被重重地关上。毫无疑问这是一种解救方式。杰夫双眼搜索着可以冲进去的门，却突然感到自己的双腿不属于自己。一波质地趋向于水状的糖蜜小浪潮，几乎就要将他杀死了，他向后摔倒在糖蜜洪水里。在这种绿色的粥状物里，他只想一件事：保持平衡，不要恐慌，不要挣扎。他就要被粘住了。他任凭自己好像一根稻草被卷走，飞快地滚向商业街，而在两米之后，有一波糖蜜巨浪吞噬了道路上的所有东西。杰夫的双手张开，好像钟摆一样，他试图保持身体平衡，以坐姿维持在50厘米宽的胶水般的糖浆上，这成了最疯狂的平底雪橇。

临近港口，斜坡越来越陡，速度越来越快。巨大的糖蜜浪潮就要超过他了。杰夫已虚弱无力，他看到翻腾的糖蜜巨浪朝他靠近。糖浆已经溅到他身上，他的头发、后背布满了废糖蜜。死亡只有一米之遥。他就像一个陀螺在旋转，来到了港口码头。那些船松开了缆绳，拼命地划出港口。随着糖浆洪水流入大海，杰夫也坠入了港口，他用尽全力只靠双臂游泳，因为他的双腿已经被粘住,不听使唤了。他游了一米、两米,突然一股巨浪推着他向前,他抓住一条缆绳,人们把他拉上来,抬到船的甲板上——杰夫-乐卡从近在咫尺的死神手中逃脱。

## 三

多数人并没有这样的好运,已发现21人丧生于这种特殊的液体中。废糖蜜洪水的强大力量让钢铁高架桥好像普通的铅块一样容易弯折。十来匹马被找到,但已被轧伤或是窒息而死。来自糖蜜洪水庞大的压力,致使许多房屋坍塌。在1919年的波士顿,废糖蜜造成了至少100万美元的损失。八天之内,没有人能够避免在公共场所或公共交通工具坐下而不被粘在座位上,没有人能够避免在电话亭拿起电话而不被粘住手指。波士顿的消防部门花了一个月时间,才把污渍清洗掉。但他们没有其他办法对抗恶心的气味,这气味将一直持续几年漂浮在商业街上。

李斯特制酒厂的老板们试图拒绝承担这场灾难的责任。即使有杰夫-乐卡的指控,老板们仍企图去证明,这是一个被煽动的无政府主义者投放一颗炸弹而制造的一起事故。但调查证明,存储罐由不够牢固的材料制成,这是在查看成本费用账目中发现的,而杰夫-乐卡的老板们被判处缴纳超过100万美金的罚款给死伤的市民。关于这场夺走21人生命的灾难,新闻报道很刻薄,比任何时候都刻薄,仅仅是事故发生的几天后,我们无法想象波士顿日报写了这么条不知廉耻的新闻:"保险公司评估了所有死伤人员,认为他们不值得赔偿这么一大笔费用,因为大多数受难群众是工人阶级。"

这发生在1919年!

孔源源　译

# 圣-乔治①和轮盘魔鬼

一

孟葛耶上校是一位朝气蓬勃的先生。他70岁,眼神闪烁,留着两撇小胡子,戴着鹿皮手套,搭配银灰色圆帽和同色护腿套,他确信,在1927年,他属于摩纳哥公国的酒店里最帅气的那群人。上帝知道这里的竞争是多么激烈。

我们每天都可以在海边碰到他,他凝视着蓝色波浪。他在佐阿夫兵团②服役了40年后,在佩里戈尔德③的城堡过了10年的

---

① 圣-乔治,基督教著名烈士、圣人。经常以屠龙英雄的形象出现在西方文学、雕塑、绘画等领域。
② 佐阿夫兵团,创建于1830年的法国轻步兵团,原由阿尔及利亚人组成,1841年起全部由法国人组成。
③ 佩里戈尔德,法国地名,位于法国西南部。

退休生活，如今他决定认识一下这著名的蓝色海岸①，全世界都赞颂她的温柔美丽。他每天习惯散步三次。一天晚上，他那如鹰般的眼睛长久地注目着闪烁的赌场招牌，上校扪心自问：

"赌场！看啊，看那赌场通向何方，大家都说那里是可以一夜暴富或破产的地方？"以他丰富的阅历，和对一切了然于心的年纪，孟葛耶上校决定深入这个如洞穴般的赌场。一个小时内，年老的军人观察着、听着，全身心沉浸在里面。他以极大的兴趣看着绿色桌垫上来回移动的筹码，当他发现自己在大街上时，赌博魔鬼已经刺中了他盔甲上的弱点。孟葛耶上校，在佐阿夫兵团服役40年，四次被授予奖章，三次被表彰，在阿尔贡②战役上流血受伤，染上了最致命的疾病。每一次，上校都不会在黑暗里横冲直撞，同样，在铺着绿色桌垫的赌台上撞好运也是如此。这个老兵知晓"永远不要低估敌人"的道理。而轮盘赌就是一个可怕的敌人。

接下来几晚，上校一到赌场，就站在环绕轮盘赌桌的第二排人群中，谨慎仔细地将每一个转出来的数字记在一个小册子上。第四晚，当他正准备开始记录时，一个男人拍了拍他的肩膀。他惊讶地注视这个敢打扰他思考的陌生人。这个男人自我介绍，他是便衣警察阿米乐。

---

① 蓝色海岸，位于法国南部地中海沿岸，西起土伦，经尼斯、夏纳和摩纳哥，东到法国与意大利边境，以灿烂阳光、蓝色海岸和宜人的气候著称于世。

② 阿尔贡，法国东北部的一丛林丘陵地区，位于默兹河和埃纳河之间。该地区在第一次世界大战期间是主要战场之一。

他们走到旁边，上校问道：

"啊，我的朋友，赶紧地，什么事！"

这个警察被这么粗鲁的语气吓到，他指着孟葛耶手中的小册子嘟囔着。

"这些笔记是没用的，我只是想警告一下您。"

"无用！不可能，我搞错了什么？"

上校趾高气扬地说："难道我们没有权利去记录这些赢了赌局的数字吗？你这是刁难吗？"警察试图耐心地解释自己不是这个意思，他误解了用意，老兵急躁地低声埋怨而后大发雷霆。

"但是，我亲爱的先生，您不知道您的对手是谁！"

尴尬到脸红的便衣警察说完，便从口袋里掏出了一张对折了再对折的纸片，交给了上校，便转身离去。孟葛耶静静地把纸打开，他惊呆了。这张纸印着昨晚所有轮盘赌桌转出来的数字。他连续四晚悄悄地记卜数据，而赌场早在1890年1月1日就公开且免费提供所有的数据，也就是说已经持续40年之久。

## 二

这个事实让上校陷入了深深的思考。经过几天的斟酌与核对后，他有理由确信长达40年的官方档案是最可靠的数据来源。总而言之，孟葛耶上校找到了一个方法去战胜赌博恶魔。或者确切地说他将找到，因为此刻，他就在制订方案计划。

这件事情将花费大量的时间与金钱。首先他需要把40年间蒙特卡罗①赌场的轮盘赌转出来的数字重新抄写一遍，按照顺序分类、归档。然后，需要对比、重新剪切、叠加所有的这些纸张，在那些纸张里，幸运的军人可能将拥有通往财富的钥匙。这是用概率计算法下赌注。

为了达到目的，他必须要有时间、耐心、可用的场所还有劳动力。他有耐心，他的城堡是当地普通的类型，面积够大，至于劳动力，孟葛耶没有一丝迟疑，他马上想到了玛汉兄弟。玛汉三兄弟出生在他家城堡的农场，上校成功地把他们招入自己的团队。最后一件事，就是他要着手进行安排了。他们是群勇敢的小伙子，可以贡献出身体与灵魂，而且还是单身。他只用支付他们更新文件纸张的费用，之后他一旦赢了赌局，便要支付他们一大笔奖金。

一切已经安排妥当，勇敢的上校与三个"佐阿夫兵"出现在蒙地卡罗赌场的档案室。超过一年的时间，他们抄写着赌场行政部门制定的没有尽头的表格。每天早晨，档案室的门一开，玛汉三兄弟就在上校的指挥下，像洞穴里的老鼠似的，奋力地在那些满是中奖号码的小册子上填写数字。在办公室职员的眼中，他们花费了成吨的纸张，耗费了大量的铅笔。之后的一个美好的早晨，这些抄写员因为某些特殊的原因突然消失了，就像他们之前突然出现一样，只留下了一片狼藉。

上校的帮手们并非完成了全部工作，最难的部分被留下

---

① 蒙特卡罗，位于摩纳哥公国内，是世界著名的赌城。

了。在佩里戈尔德的城堡，那个勇敢的军人在搬运堆积如山的资料，四个男人将继续完善工作。在未来的两年里，70多岁的老人和他的同伴们，如石头一样顽固，他们剪切、对比这些表格，粘在城堡的墙上，挂在梁上，贴在玻璃上。几千个附上准确日期的小表格被交错、叠放、展开、蔓延到整个城堡。上校重新把一张张纸放置，标记着重复出现过的数字组合。

## 三

在乡村，传闻上校已经完全变成疯子。他不相信任何人，他的窗子都被紧紧关闭，因为流动的空气会令纸张飞得到处都是。一天晚上，孟葛耶叫玛汉兄弟过来，他们是唯一相信他的人。他对他们说：

"以圣-乔治的名义发誓，孩子们，我准备好了！"

几天后，上校在三个"佐阿夫兵"的陪同下来到了赌场。他们的到来引起了大家的注意。没有人会认不出这些在档案室里花费超过一年以上时间的疯子们。在大家差点就要忘记他们的时候，他们又出现了。一个"佐阿夫兵"拍了拍坐在赌桌第一排的年轻人的肩膀。

"请让一下？"

这个男士愣了一会儿，而后把位置让出来给尊敬的老人，老人安顿好后，从口袋里掏出了一张写满数字的卡片，举到自己眼前。在上面，有两个日期：1890年9月3日、1910年9月3

日。两组同样的一系列6个数字，出自20年间的两天。现在是1930年9月3日，只需等待同样的一组数字重新出现。这就是全部，这也足够简单。孟葛耶上校已经花了生命中的三年时间去获得这个高明的解决办法：一系列数字遵循遥远宇宙的某种规则，它们有规律地每隔一段时间就会重新出现。中奖数字档案表向他证明每20年出现一次，这就是证据。只需要过来赌上同样的数字，遵循同样的间隔规律，就会有好运来赢得赌局。这样的话，在这个1930年9月3日，在任意的一个时刻，先是16，然后是3、10、25、8、20将会被摇出来，就像之前每隔20年，在1890年9月3日和1910年9月3日一样。

终于，在40分钟的等待后，16被摇出来了。上校一直靠玩一些押颜色的小筹码来打发时间，他与站在身后的三个"佐阿夫兵"交换眼神。终于等来这一刻了。经过三年的努力，回报就在眼前了。孟葛耶用一个夸张的手势把1000法郎的筹码押在3上，这个数字就在这组数字里，即将出现在16后面。轮盘转动了，弹球被发射出去。

"赌局已定，不能下注！"

弹球停住了，四个男人屏住呼吸。成功了！3出来了。赢了3.6万法郎。三个"佐阿夫兵"高兴地轻吻了上校的光头。赌桌主管望向荷官，露出忧虑的眼神。难道年老的狂妄者已经发现了概率计算法下注？上校面前堆积着各种颜色的筹码，他带着近似一种英国人的冷静，漫不经心地将1000法郎的筹码推到了荷官面前。

"谢谢。"

他表现得慷慨大方，心想还剩下5个号码将会被摇出。他看了一眼卡片。在3之后，是10，他把1000法郎押在10上。

"50个路易金币①全部押在10上。"荷官大声说道。

轮盘。弹珠。围绕着赌台的交谈声停止了。玛汉三兄弟微笑着，弹珠的滚动声停止了。荷官的声音提高了：

"34！"

声音如刀般划过上校的心脏……在他身后，三个"佐阿夫兵"不理解地看着这个愚蠢的弹珠在34号前停下。上校看着卡片，期待着号码有错误。毫无疑问，10应该出现。10之后，是25。尝试一下25，孟葛耶想着。但这回是14出现了。过了一会儿，16又出现了，上校重拾希望，真正的数字系列可能就在那儿。在16后，应该是3，他押上3，可这次出来的是0。回酒店的路上，四人沉默无语。上校脑袋放空，他让三个"佐阿夫兵"跟在几米之后，突然他停住脚步，拍了拍自己的脑门，爆发了巨大的怒火。看吧，这很显然是轮盘作弊了！为什么它会不一样？他发狂了，大喊大叫发泄内心的失望、沮丧。啊，这些恶棍！啊，这些坏蛋！要给他们看看孟葛耶上校不是好惹的——40年在佐阿夫兵团，4个奖章和3次表彰。他又踏上了去赌场的路，忠实的士兵们跟在身后。

他如插上愤怒的翅膀，丧失理性的怒火推着他向前。赌场就在眼前。正在这个时候，在十字路口，一辆汽车突然出现在

---

① 路易金币，一个路易金币等于20法郎。

眼前。刹车，偏转，碰撞！昏迷的上校被运往医院，如此的一个传奇英雄，孟葛耶上校在清晨死去，战死在"荣誉的战场"上，距离赌场敌人200米的地方。

## 四

今天，在佩里戈尔德村庄，只有一个家庭认为上校是理智的，并讲述着他的故事。在城堡的谷仓里，堆放着几吨写满了数字和日期的纸张。孟葛耶上校的概率计算法是不会错的，他死了，是车祸的牺牲者，然而，如此这般的"圣-乔治"，他的出现要么是战胜轮盘恶魔……要么是被恶魔吃掉。

如果这里没有不确定性，那这就不是赌博了。

孔源源　译

# 少了三厘米

## 一

碧卡迪夫人现在是世界上最快乐的女人：她的儿子乔凡尼被找到了。那不勒斯[1]警察总署刚刚电话通知她：乔凡尼在警察局局长的办公室里，等待着他的母亲。

她匆匆地从粉色大理石铺设的楼梯跑下前厅，一台希斯巴诺-苏莎[2]牌轿车快速地停到台阶旁。司机罗贝托打开车门，夫人立刻坐到座位上。

"快点，罗贝托，去那不勒斯警察总署。"

乔凡尼十二岁了，他在五岁的时候失去了父亲，现在的

---

[1] 那不勒斯，意大利南部的第一大城市。
[2] 希斯巴诺-苏莎，老牌西班牙汽车厂商。此品牌曾在20世纪初期为西班牙皇室生产御用座驾。

姓氏来自那不勒斯地区最富有的家庭之一：碧卡迪，钢铁碧卡迪。他是商业帝国仅有的、唯一的继承人。1928年10月28日星期天，男孩失踪了。夫人与叔叔安吉罗和他的妻子做完弥撒回来，乔凡尼去了附近公园骑自行车。家族别墅坐落在一块高地上，可以俯视那不勒斯最美的港湾，景色一览无余，没有任何遮挡。人们在公园的边界发现了自行车，那里除了高低起伏的小山丘，还有一条小河流向大海。没有孩子的任何踪迹。接下来的数小时内，每一处悬崖峭壁和洞穴都被探查过。驾驶着汽艇的海军士兵和蛙人直到夜晚还在搜寻着男孩。必须面对事实了，因为多日的降雨，孩子可能掉入湍急的河流，尸体可能已被冲入大海。萨尔瓦托-碧卡迪女士已服丧多日，现在只能由她带领着丈夫创建的钢铁帝国继续前行。叔叔安吉罗接手了一些市场业务，而夫人仍过着没有意义的生活，思考着不堪一击的幸福。报纸杂志、广播、教士变成了可怜寡妇碧卡迪不幸遭遇的回声，提醒着这个被残酷命运打击的女人。

现在，奇迹发生了，她被告知儿子已经找到了。如果说碧卡迪夫人没有感受到警察局局长的语气是有多严肃认真，她也许会觉得这只是一个低级玩笑。但警察局局长很笃定地说："这真的是乔凡尼，毫无疑问。"

在警察总署，母亲拥抱儿子，流着眼泪狂吻他。这是他的乔凡尼，他就在那里，是他本人，他的心脏感觉要窒息了，一堆问题使他头昏脑涨，但这就是他：

"乔凡尼，你之前在哪儿？你从哪儿回来？你做过些什么？有人欺负你吗？乔凡尼，告诉我他是谁！"

这些问题合情合理，孩子似乎仍封闭自己，支支吾吾地回答：

"我就住在那些人那儿！……"

警察局局长也没有成功获得他的信任。孩子仍在不安的情绪中。也许现阶段不要强迫他，应让他休息一下。碧卡迪女士停止了发问，留给警察局局长一张支票，感谢警察们所做出的贡献。母亲和孩子踏上回别墅的路。途中，碧卡迪女士拟定了未来的计划。

"我们会一直照顾你。我们会去奥斯塔①山谷过圣诞节，你会喜欢上滑雪。这看起来像是我们的双脚固定在一块板上，从雪山滑下来，那个板我们称之为滑雪板，这很好玩儿！"

碧卡迪女士看着孩子，看得出他的儿子似乎被一堆话语淹没。在6个月期间他改变巨大。他的声音变得更加低沉，他的头发很茂密且乱糟糟的。他的衣服看起来糟透了。而且他缺了一颗门牙。"可怜的孩子，他思念着母亲，谢谢上帝，噩梦结束了，我们将从零开始。"

## 二

之后的日子里，碧卡迪女士成功地拾起一块块记忆碎片，

---

① 奥斯塔，意大利双语政区瓦莱达奥斯塔的主要城市，是阿尔卑斯山区的旅游中心。

拼凑起了那些发生在她儿子身上的事。

　　1928年10月28日，躲在公园的吉卜赛人把他劫走，塞住他的嘴巴，装进一个袋子里。之后他发现自己被锁在一辆已旅行多日的房车里。乔凡尼被绑住，他不能从绑架者那儿获得任何解释。几个星期过去了，他们穿过重重山峦，然后到了国外。这个团体的头目告诉他，他必须靠自己谋生。在大量的棍棒敲打下，他们教会他一个用小手鼓和山羊表演的杂耍节目，他必须在一天内表演多次，且被严密监视着。一天，乔凡尼在大型火车站前进行表演，他发现一列火车上写着"罗马-米兰"。而后，他成功逃出，躲在了一节车厢里，就这样回到了那不勒斯。

　　这是一个美丽的故事。碧卡迪女士应该满足于这样的故事。但很明显，她的儿子不喜欢讲他的冒险经历，她再三恳求他，希望能了解额外的细节。

## 三

　　他还是接受了作为幸运继承人的身份。但是，自从乔凡尼回来，他便不再是之前的他。比如在学习过程中，他的行为有点改变。这都是些微小的差异，没有确凿根据，但母亲有责任去找到证据。乔凡尼，他之前不懂数学，现在可以解决很难的题目。相反，之前他在拼写方面能力很强，现在总是有很多的拼写错误。

碧卡迪女士同样观察到他儿子的日常行为有所改变。是否因为拐走他的人让他体验到了贫苦，激起了他之前不曾有的欲望？这样才能解释在六个月里，他会忘记规则和一些生活最基本的常识。他不知晓如何使用餐具，如何优雅地享用面包，而不是扯断。他的喜好，同样不可思议地改变了。他喜欢上了鸡蛋、鱼和带血的肉。以前，所有这些都让他害怕。而且在娱乐爱好方面，这种变化更为明显。

乔凡尼之前喜欢花很多时间看书，而不是运动。现在他喜欢在公园跑步、爬树、玩球。毋庸置疑，他的经历让他完全改变。他仍然性格温顺，但不像之前那样无拘无束。他的母亲感觉出了他的沉默。而最困扰碧卡迪女士的是每次提到往事，他的儿子表现出厌恶的情绪。当她问道："你记得吗，乔凡尼？"孩子的脸上就愁眉不展，好像这些过去的事让他不舒服，让他很抗拒似的。一天，碧卡迪女士，讲到堂兄李奥纳多（她老公的堂兄，有50多岁），让她惊讶的是，她听到乔凡尼提问道：

"你认为现在他比我大很多吗？"

关于堂兄李奥纳多的提问就像得了奇怪的失忆症一样，对于母亲来说，这是一种事情败露的迹象。为了接近事实真相，碧卡迪女士故意把堂兄的太太描述成李奥纳多的母亲一样。

"你想起来了吗，我亲爱的，这个可怕的女人有一个红酒般颜色的胎记在脸上！她总是因为你跟她的儿子打架而大吼大叫！"

乔凡尼想起来了，他还说她让他害怕。碧卡迪女士的血液在血管凝固。难道这个孩子不是他的儿子？

这脸庞和笑容看起来不可能不是他。而后，她搜集了所有乱七八糟矛盾的细节：有点扇风耳，眼睛有点小，大脚趾有点扁平，某些元音的音调拖长……焦虑的情绪仿佛掐住她的喉咙："你认为现在他比我大很多吗？"这句话在母亲的脑海里一直转来转去，突然，她有一个想法可以弄清楚真相。

在乔凡尼的卧室里，在挂衣壁橱的门后，会发现很多铅笔画的横线并附上了日期：这是他儿子的身高成长记录。碧卡迪女士控制着焦虑情绪，她让孩子来到卧室，让他靠着门。以最自然的方式，她拿了一本书放在他的头上，然后用一支铅笔画了一道。这孩子就在那儿，在她面前，他比她儿子矮了3厘米。于是，碧卡迪女士打电话给警局，她置疑这个孩子，他在这些证据面前不堪一击。

他撒谎了，他不是碧卡迪女士的儿子，但，正相反，他是碧卡迪先生的儿子！

## 四

调查揭露出，事实上碧卡迪先生与女仆有着不正当的关系，她怀孕了。这个女人养育她的孩子，在乔凡尼消失的时候，她发现自己的儿子非常像乔凡尼，她有了一个疯狂的计划，为他的儿子争得碧卡迪的财富。

两位母亲应法官的要求被传唤出席，但碧卡迪寡妇的态度让她的情敌感到疑惑。不知道碧卡迪女士是被说服或是假装被说服，她认为这起案件被告人没有表现出真正想敲诈的意图，她撤销了控诉，孩子默默离开，回到他之前所在的地方。

多年过后，1958年，迪诺，那个女仆的儿子，已经忘记了在碧卡迪家的经历。他40岁，在罗马的政府部门工作，已婚，作为三个孩子的父亲，他过着平凡的生活。

在1958年的5月，他收到了一封来自公证人的信，那位公证人声称因为碧卡迪女士去世了，她的财产给了两个外甥，安吉罗的儿子们。同时，她留下了6000万里拉[①]给他。

迪诺从公证人的手里拿到了支票。虽然已经沉默了30年，但这个钢铁帝国的女人没有完全遗忘她丈夫的儿子。6000万里拉，这笔遗产当然比其他人所得的少，但30年前，迪诺在那条横杠下面，他是那个少了3厘米，差点就骗到财产的人。

孔源源　译

---

① 里拉，意大利在1861—2002年使用的货币单位。

# 生命线

## 一

贞德芳龄二十四，她独自一人，一切都很糟。这无关金钱、情感或是工作。

这只是一种厌恶，一种广阔、无限的厌恶。对所有一切的厌恶。

贞德生活有保障，收入不多不少；感情处于空窗期；工作单调，但不太辛苦。换而言之，没有什么太困扰她的事。但对于她来说，一切都没意思，生活空虚。

抑郁悄悄地占据了她的生活，已有几个月之久。

这晚，在巴黎的午夜时分，抑郁让贞德变成失眠的鬼魂，她有了寻死的念头，这显然是厌世的最终结果。24岁的贞德准备做一件非常蠢的事情：桌子上放着一杯水和一些药片，她连着吞了5枚药片。她清楚地知道这种剂量不会让她死去，但她希望这小小的毒药能够给她勇气，这正是她缺乏的，她想死得更加干脆利落。

随后，她在床上耐心地等待，思绪混乱的她用一片剃刀割开了左手腕的静脉。这无疑非常愚蠢，现在是0点10分。

## 二

在床头柜上，黑色的电话机是唯一连接世界的物品。但贞德知道它不会响。没有人知道这个新的地址。

贞德现在感到虚弱。这种虚弱竟会让她在这几个月里，第一次想要跟人说话。现在是0点15分：她看着电话机，但能打给谁呢？

她很想跟别人说："听我说，我就要死了，我需要讲讲为什么……但不要动，什么也别做，只是听我说。"

但此时此刻的巴黎，所有人在睡觉，且没人能明白发生了什么。贞德在电话本里搜寻着世界另一端的某个电话号码。这是克劳德的电话号码，一个多年未见的朋友。他在纽约，而此时的纽约时间为18点15分。在纽约傍晚，克劳德努力工作着、生活着；而在巴黎午夜，贞德一心寻死。

拨通电话，她首先听到是国际长途电话中惯有的噼里啪啦的杂声，然后听筒传来的"哔哔"回响声就像来自遥远的洞穴。这些在空中的信号线路，让纽约的办公室传来了电话铃声。

贞德清楚地听到接线员的声音，但她重复了三次克劳德的名字后接线员才听清。克劳德接了电话，用带着美国口音的法语说"你好"，这让贞德觉得好笑。她现在意识到距离是这么遥远，他在纽约一座57层的玻璃钢筋大厦里。他没有料到会接到她的电话，非常惊讶，准备用这样的开场白："最近如何啊？你变成什么样了？"等等。但他没有机会说。贞德用昏昏沉沉的微弱声音说出他的名字，随即开始讲起了那些让她生厌的事情。

小贞德在巴黎，她从巴黎打电话来想对克劳德说她割开了静脉，她在等死，她想跟他解释，为什么她要这么做。她需要跟别人说，她想起了他，因为在他的国度美国，所有人还在奋斗，没有进入梦乡，他不能为她做任何事情，只能听她讲。而这里，在午夜的巴黎，所有人在梦乡中。整个城市都在沉睡……

克劳德首先想到的是一个玩笑、一个恶作剧，但没多久，这单调的声音一直述说着绝望和无助，这令他突然害怕起来。

在美国这样一个喧嚣的傍晚，这通电话太不可思议、太奇特了。克劳德决定采取行动。他先结结巴巴问了一些愚蠢的问题，诸如"为什么你要这样做，现在有其他人跟你在一起吗"，之后他的大脑飞速思考。

如果他挂了电话去通知其他人，这将会是场灾难。另外，去通知谁呢？克劳德脑海里没有法国朋友的电话号码，而且他们什么也不会明白，因为他们根本不认识贞德。

她在哪里企图自杀？已经流血多久了？贞德没有说细节，她一边抽泣着，一边结结巴巴地讲述着她的生活。

克劳德打电话给相邻办公室，那是他脑海里第一个想起的人：他的老板，尼尔-亨利。他的办公室在楼上。尼尔-亨利听到："赶紧下楼，我这里有个紧急的问题，您赶快……"

他马上下楼来，而克劳德试图跟他解释目前的状况，但这有点困难，没办法同时跟贞德讲法语，跟尼尔讲英语。他拿了一张纸，写下了所有他知道的信息，用电报体：

"她叫贞德……法国人，来自巴黎的电话，她割开了血管……独自一人……不知道能做些什么？帮助我……"

轮到尼尔来写："问清楚地址，必须通知警察！"现在是巴黎午夜0点45分。贞德已经变得虚弱。她不知道有人要求克劳德做些什么。她住在哪儿？这么重要的信息，他不知道，这是新的地址。克劳德花了5分钟搞清楚了街道名称和门牌号码。最后，他以胜利者的姿态在记事本上写下来。而尼尔-亨利，面对着他，拨通了另一个电话，打给了纽约警察局。他试图做根本办不到的事，解释一个在巴黎企图自杀的人，且要求给予救援。他们可能会把他当成一个疯子或者把求助当作是一个恶作剧，但这是他唯一想到的解决办法。

现在全看警察的反应了，以这个警察的性格、理解力和效率该如何处理此事。

## 三

警察名叫戈登,他全神贯注地听着。他没有把尼尔当成疯子。他很快就了解清楚情况并记下了地址,而后他建议:克劳德要继续讲电话,不要停,为了防止挂电话后年轻女孩晕倒,必须跟她讲话,无论什么都好,为了保持她清醒。

戈登表示他会处理后续的事情,要尼尔不要挂电话。尼尔一直握着电话听筒,随时待命。

现在是纽约时间18点55分,巴黎时间午夜0点55分。贞德的生命靠着电话线维持着,这通电话信号依靠通信卫星绕着地球一圈,好像是浩瀚宇宙中的一颗小球,在纽约弹了起来。

球第一下弹到了戈登警官这边。与时间的赛跑,每一分钟是如此宝贵。戈登打通了跨越大西洋的电话。

他的想法是直接联系贞德所在的巴黎社区警察分局。但戈登气得跺脚,因为他无法接通电话。线路先是发出咔嚓声,然后出现哗哗声。电话是个可恶又神奇的机器。对于此时此刻,它的神奇在于能连通巴黎和纽约,它的可恶则刚刚相反。戈登生气了,然后决定请求接通国际情报部门。没有其他的解决办法了。

## 四

他会碰到谁呢?遇到一个皱着眉头且不想搭理他的接线员?不,接线员约瑟夫-马克洛,服务于机构30年,她通常不用一分钟就能了解情况。这是小球的第二次弹跳。现在球来到了约瑟夫-马克洛，一个高大严肃的黑人妇女这边。她思考着，戴着听筒，在一堆发着亮光的插头里，有一通来自喧闹的纽约电话线。

她发现了这个电话线，并将这条越洋电话线连接到法国情报部门。

"说话！"她对戈登讲。

在电话线另一头，戈登试图解释，但他发现这个来自奥弗涅①的接线员完全不懂英语。她会置之不理吗？

约瑟夫-马克洛一直在监听这条电话线，她发出了呼救：

"紧急，打给法国警察局。"她用最简洁的电报话语喊道。

球现在来到了奥弗涅接线员这边，她把球同时踢向了两个不同方向，这对于旧时代的法国电信堪称奇迹。

三分钟内，来自奥弗涅的接线员在电信网内找到了一个会说英语的同事，她能够与克劳德警官交流，与此同时来自奥弗涅的接线员成功与紧急救援警察署沟通。做得真棒。

# 五

现在是巴黎时间凌晨1点40分，纽约时间19点40分。

贞德仍然与克劳德通话，断断续续地说着，言语中能感受到她越来越弱的气息，克劳德与尼尔-亨利对话，尼尔-亨利与

---

① 法国中部旧省名。

戈登对话，戈登与约瑟夫-马克洛对话，这个奥弗涅接线员成了会说英语接线员的中间人，她还与法国的紧急救援警察署保持通话。现在是1点42分，救护车冲了出去。响着鸣笛声的救护车在1点47分到达贞德居所的楼下。只见一个微小的光芒还在五楼闪烁。

身处纽约的克劳德，在电话里依稀听到各种嘈杂声、撞门声、警车的鸣笛声，最后一个不知名的法国警察对他说：

"她还活着，没问题了，您可以挂断电话了！"

在跨越大海连通巴黎-纽约的通讯网里，这通电话长达一个小时，至少有7个人同时在电话线上，现在他们准备挂电话。

最后，约瑟夫-马克洛在这跨越大西洋的电话线中，对着电话里的同伴们大喊了一句：

"法国小女孩得救了……孩子们，多么美好的一天啊！"

孔源源　译

# 惠而浦①的箍桶匠

## 一

查尔斯-格兰汉不是一个冒险家。他的身材或是精神面貌看起来都不像那种人。这位个头不高、略显瘦弱的忠厚老实人，身高大概1.65米，留着八字胡，头发有点稀疏。他46岁，已为人父，在费城从事箍桶匠这一职业，有着极强的荣誉感。查尔斯-格兰汉不是个冒险家，但他易怒。他的敏感易怒很容易让这个男人超越自己。这天晚上，在几个朋友的陪伴下，他坐在一家酒吧的露天座位上。此时天气炎热，最快乐的事莫过于喝下一杯清凉的啤酒，气氛逐渐变得活跃起来。他们刚刚就一个政治话题争论不休，为了换个话题，穆勒，作为啤酒制造商定期找格兰汉买酒桶，他提出上一批酒桶中的其中一

---

① 惠而浦，美国尼亚加拉瀑布附近地区，有着著名的河流大漩涡。

个有点小瑕疵。这话语激怒了箍桶匠,他狠狠地摔下了手中的啤酒杯。

"其中一个酒桶有小瑕疵?你开玩笑还是想找茬?"这话语明确地显示出,大家不能随便开关于酒桶话题的玩笑。

格兰汉的语气如此毋庸置疑,这让穆勒马上躲闪到了后边。他太了解朋友那出名的暴脾气,立即尝试缓和气氛。"毫无疑问,那小裂缝应该是在运输时造成的。"他微笑地解释。

但这并没有平息箍桶匠的愤怒,而是在火上浇油。格兰汉坚定地表示他的那些酒桶非常坚固,即使从高高的钟楼上扔下来,都会完好无损。他要其他人做证,认为穆勒在质疑他的职业道德。朋友们都在劝他冷静,格兰汉气愤得说不出话,心中都是满满的怒火,他声称即便他的酒桶从惠而浦快速火车大桥上扔下来,都不会有任何破损。

"你会钻在酒桶里吗?"一个酒鬼笑着问,他期望这个玩笑能够让箍桶匠冷静下来。

"是的,先生。"箍桶匠举止夸张地回答,"我会在酒桶里。这是我的承诺,如果你们愿意,我可以签下承诺书。"

"好,那马上签吧。"罗根接上话头,作为记者,他抓住机会拿出笔和纸递给了格兰汉。

第二天早上,费城所有的人都知道他们的一个同乡要准备钻进自己做的密封酒桶,从惠而浦快速火车大桥跳下去。这消息引起了轰动,特别是对于格兰汉一家。而查尔斯酒醒后,只知道向埋怨他的家人重复道:

"这确实是真的,但我的酒桶足够坚固,可以应付这一切!"

他的妻子用一个坚定不移的逻辑反驳他:"也许吧,除非你不在酒桶里!"

查尔斯-格兰汉易怒傲慢但信守诺言,晚上在酒吧与他的朋友们相聚,赞美与鼓励的话语更加坚定了他的想法:他将要钻进他的酒桶里,从惠而浦快速火车大桥跳下去。惠而浦快速火车大桥位于著名的尼亚加拉大瀑布和安大略湖之间。这个区域的水流湍急得让人眩晕,布满岩石的河床上产生巨大的漩涡。几年前,一个男人冒险尝试在这里游泳。这位名叫韦伯的船长是所向无敌的冠军,他是第一位从英国多佛尔出发横渡了加莱海峡的人。一位狂热的粉丝向他欢呼后,冠军潜入了河流中。我们看到他用力地在浪花激起的泡沫中游泳。一开始,他便消失了,被漩涡卷走,而后,我们再也看不到他。韦伯船长曾经在世界上完成了一系列壮举。我们赋予"他的时代最伟大的游泳健将"的称号,但惠而浦的水战胜了他,他的尸体在几天后被找到,在刘易斯顿[①]附近,安大略湖[②]入口处。这段往事让格兰汉的家人不安,但格兰汉并没有忘记他的誓言。

小箍桶匠开始思考筹划。他拿起铅笔,画满了一张张草图。为了完成这一壮举,他不停地想象、绘画完美的酒桶。木

---

① 刘易斯顿,美国城市。
② 安大略湖,世界第十四大湖,北邻加拿大安大略省,南毗尼亚加拉半岛和美国纽约州。

桶的桶身形状、强度、轻便性、密封性都要一一考虑……它必须引领格兰汉成功。几天后，计划准备好了，现在只剩下行动。在制作酒桶期间，格兰汉谢绝了所有的探访，在他的作坊度过了几个白天黑夜。为了赢得荣誉，为了在这样不可思议的冒险中活着回来，他亲手打造这个作品。一天晚上，他与朋友喝点小酒，轻松片刻。但面对他们的提问，他不正面回答，只是兴奋地说：

"到时你们来看吧，我相信你们会惊呆的！"

终于，一天晚上，穿着隆重的格兰汉出现在小酒吧。他大喊道："完成了！你们来看吧！"混乱的人群开始在街道聚集，他们走得比小箍桶匠还快。人群的喧闹声好像导火线一样，随着查尔斯-格兰汉打开了作坊的大门而炸开。当大家看到了酒桶，在场的群众立刻传来阵阵惊讶的叫声和赞美声。

这是一个从未见过的酒桶。一个类似2米长的石棺，桶身是圆形的，用铁片箍紧，形状又像是鸡尾酒调酒器。底部填满了铅块，以便让它能够保持竖立浮在水面上。内部装满吊钩和绳网，以确保他处于中间位置，同样也防止他撞上内壁，抵御在岩石间不可避免的撞击。最后，酒桶上方由一个密封完美的盖子盖上，它能从里面固定。

所有都准备妥当。查尔斯-格兰汉，来自费城易怒的小箍桶匠，只剩下面对死亡的挑战了。

## 二

大日子来临。这是1886年7月11日,成千上万的围观群众占据了快速列车大桥附近的河岸,连绵几千米,许多全员出动的家庭早早就来了,在好似民间游乐会的气氛中进行野餐。人们在危险的地方设置了看台。所有费城的居民似乎都出来观看小箍桶匠的壮举,或者说见证他的死亡。因为危险的惠而浦大桥将要被征服,或者将会增加一名殉难者。

如果说成千上万的观众心中有悬念的话,格兰汉的心中同样有悬念。为了避免受到来自撞击的伤害,他站立在酒桶里,全身都绑着绷带。目前,他什么也看不到,只看到木板一片一片紧密地被铁片箍在一起,这都是他一锤一凿亲自去加固的。他对自己的工作质量很有信心,但如何评估耳旁的轰隆声,那激流冲击所产生的惊人力量?如果一块木板在对抗尖锐的岩石时塌陷了,他就必死无疑!他被捆绑着,哪怕稍微动弹一下都不行。难道他不是美国西岸最好的箍桶匠吗?难道他不能确定人们把酒桶从高高的大桥上扔下来就没有一点风险?然而,落棋无悔。

格兰汉紧紧地关上了头顶的盖子,然后叫喊了一声,示意他已准备好。两个男人小心翼翼地搬着酒桶,人们注视着,开始站起来窃窃私语。这个位置正是不幸的韦伯船长出发的地方,人们把酒桶推到河里,酒桶继而消失,几秒后又浮出水面。然后酒桶又沉下去了,那同样是韦伯船长沉下去的地方,而后大家看到它浮出来，越漂越远，突然平衡了，又马上好似陀螺一样旋转起来，在岩石间弹跳起来，或是在暗礁上滚动。在很长一段时间里，我们看到它在同一个地方慢慢地自转。人们不禁自问，他还在里面没完没了地转圈吗？不，酒桶漂走了，它直立起来好像一个普通的软木塞。水流把木桶卷走，激起四溅的泡沫，撞击声十分巨大。木桶继而又失去平衡，头朝下完全地翻倒过来，消失了好几秒。人们认为木桶已经被撞碎，但木桶又重新出现，继续它疯狂的路程。成百上千的支持者都欢呼起来，每个人都为这个小箍桶匠向惠而浦快速列车大桥挑战的勇气而激动兴奋。

最终，经历了35分钟的撞击和各种漩涡激流，酒桶最终被冲到了安大略湖的入口。小箍桶匠有点头晕但并没有受伤，他打开了盖子。人们担心地望向他，让大家惊讶的是，这个刚刚拿生命冒险了半个小时的人说出的第一句话竟然是："你们看到了，先生们，我的酒桶里没有一滴水！"这证明了查尔斯-格兰汉会制造坚固的酒桶，而这也带给了他最好的回报。随着人们激情与欢呼的退却，让他感到意外的是来自观众的巨额订单。他用35分钟赚到的份额接近他10年间卖出去的总量！

查尔斯-格兰汉没有让自己一直沉醉于此。他利用赚到的这笔钱去拓展他的公司，加上运用广告宣传，格兰汉的酒桶卖到了整个美国。

这个小箍桶匠曾经根本不是冒险家，现在甚至开始喜欢上冒险表演。在接下来的几年，他重新表演了三次从惠而浦快速火车大桥跳下去。为了呈现更加精彩的表演，有次他将头露在外面。每一次，他都不出意外地完成了冒险，但只是为了证明或是宣传格兰汉家的酒桶是最坚固的，同时也告诉世人，没人能有胆量说他制造的任何一个酒桶有"小瑕疵"。

孔源源　译

# 另一个人的皮肤①

一

菲利普已经连续两天呼吸着充满粉尘的空气。这种黄色浓密的粉尘能穿透衣服,钻进眼睛、鼻孔,使皮肤干燥,甚至损伤肺部。人们无论是吃东西还是呼吸,粉尘无处不在。这是小麦的粉尘,它漂浮在堆积如山的小麦上空。

菲利普来到得克萨斯州时已是5月,这是棕地②收割的时节。他17岁了,在巨型储藏塔工作。这些新建成的堆放小麦

---

① La peau d'un autre,双关语,字面意思是另一个人的皮肤,实际意思为另一个人的生命。
② 棕地是指被废弃的、闲置的或未得到充分利用的工业和商业设施,由于这些设施已存在严重的或潜在的环境污染,因而难以利用或再开发。这是1992年6月28日,在美国国会东北和中西部联合会主持的一次国会现场听证会上首次提出的。

的谷仓由混凝土砌成,有好几层楼高,存储着几千公担①的谷粒,那些谷粒从传送带源源不断地流入。

菲利普在储藏塔的最高处工作,距离地面51米。通过一个通风窗,他能看到脚下得克萨斯州的平原,大地被6月骄阳烤得炙热,哪怕在阴影处,气温都高达38度。

就在这个窗口下20米处,有一个水泥平台。这个平台其实是另外一个谷仓的房顶,距离地面30米高。菲利普在高处,笼罩在粉尘里。他时不时把头伸出窗外呼吸一点空气。他负责监管货物的进出。如果谷仓着火,这将非常可怕,因为一星半点的火花便能点燃小麦粉尘,就像煤气爆炸一样。鉴于现在这种高温,所有人都担心出事故。

火花不知道从哪里来的,但可知爆炸发生在储藏塔底部。强烈的爆炸冲击力将半径200米内的房屋玻璃震碎,随后升起一股超过50米高的圆柱形热浪,以至于窗边的菲利普差点失去平衡。

此时此刻,他完全不明白发生了什么事。但烟雾已经逼近他,马上就要将其笼罩。他想要下来,但升降机已被卡住,而现在再去拿梯子也来不及,火焰就在下方燃烧,目前绝对是下不去的。现在唯一能救菲利普的是窗户,假设他从窗户跳到下面的水泥平台,这20米的高度足以让其丧命,无异于自杀。

在储藏塔下,人们已经开始着手开展各种救援工作。有两个男人被炸飞,丧命于爆炸,第三个男人被埋在成吨的小麦

---

① 公担,计量单位,1公担等于100公斤。

下，那些小麦从传送带流下，没有人触碰开关，闸门却开着。那个男人被小麦慢慢地覆盖，逐渐消失，没人知道该怎么做才能救他。

现在，人们都在抬头望向窗户内的菲利普。水泥塔内的火焰发出轰隆隆的声音，消防员赶到了，但此时此刻，他们已无法入内。尽管多个消防水枪喷洒着底部的火焰，但没有多大的效果。菲利普嘶喊着告诉人们他喘不过气来，位于底部的人用扩音器回应，要他保持冷静，耐心等待，一架直升机就要飞过来，将放下一条绳索，这样他就能够顺着绳索爬到20米下的平台，消防员们将在那儿等着他。因为储藏塔这座建筑物有其特殊的角度，梯子无法到达他的位置。

菲利普没有确定自己是否明白，在底部的人们也不确定他是否明白。小麦粉尘劈啪作响，浓烟呈螺旋状扩散，可怕的热浪至少高达50米，这里如同人间地狱。

二

救援队已经通知了附近的航空基地，此外一名飞行员已驾驶着一架老旧直升机起飞：这个男人主要从事农业工作，他是目前唯一一个有空闲的飞行员。当大家等待军队直升机的时候，这架老旧的直升机朝着储藏塔飞来。10分钟后，人们在火灾现场附近听到了轰隆声。飞行员在储藏塔附近徘徊，试图透过窗户观察菲利普。但他不能真正接近菲利普，因为有个长达几米的无线电天线在储藏塔的顶部，成了飞机垂直路径上的障碍。

终于，飞行员看到了菲利普，他的上半身越过了窗户。他似乎很难保持那个姿势，火焰应该就在他身后，无法忍受的炙热里外都一样。

根据现场判断，飞行员松开了绳索，他希望绳索底部的钩子能够摇晃至菲利普的位置，以便他抓住。

但这个操作非常危险且令人沮丧，因为柱形热浪让直升机来回摇摆，导致直升机与菲利普的距离太大，远远超过有效距离。同样，热浪让绳索飘动、扬起，往各种方向扭转，但就是无法接近菲利普的双臂。

经过三次没有结果的尝试，直升机决定降落。在储藏塔的顶部，它差点撞上了天线，一个螺旋桨轻微受损，飞行员感受到了直升机正在失控的边缘。如果继续的话，后果将无法想象。

菲利普看着飞机越来越远，以为自己被抛弃了。与此同时，人们在平地上聚集，惊恐得大叫，因为他的一条腿已经跨过了窗户，上半身已经在外面，似乎就要往下跳。他应该已被灼伤，虽然火焰没有接近他，但炙热的空气足以侵蚀皮肤，烫伤肺部。在储藏塔底部，消防队长用扩音器对他大喊着一些建议，并祈求他不要往下跳。大家向他保证，直升机将返回。

菲利普将另一条腿跨过了窗户，双手扶着窗户框。这样，只有背部承受着那可怕的滚滚热浪。

很显然,他再也不能待在室内了。他好像一只猴子在栖木上,因为他的双腿、双臂、脸和胸膛的皮肤都已赤红。户外的空气也是无法忍受的炙热,因为火炉已经越烧越旺。

他依靠在窗户上已经有一刻钟,军队的直升机终于来了。这是一架巨大的双叶片直升机,有两名机组成员,其中一名配备了电子扩音器。飞机驾驶员先对菲利普说了些安抚的话语,并跟他解释道他们会重新放下一条带抓钩的绳索。

同样的场景再次上演,虽然军队直升机非常坚固,但由于那热浪旋涡,它如同暴风雨中的小鸟般猛烈地摇晃。军队直升机下的钢缆绳也飘了起来,但无论怎么飘,始终碰不到窗户。

如果在储藏塔上没有这个讨厌的6米高的无线电天线,这个阻止飞机垂直下降的天线,菲利普早就被营救了。直升机的飞行员用无线电广播详细地汇报这次失败的任务,只要天线在那儿,他们就无法靠近。

## 三

在附近的机场,那个疯子再次驾驶直升机起飞了。他是第一架直升机的飞行员。这次,他驾驶着用来喷洒杀虫剂的老式双翼飞机,一条底部装有一个大钩子的钢缆绳被绑在飞机上。他清楚地知晓即将而来的问题是什么,直升机即将像火流星般猛冲向无线电天线,以180千米/小时的时速。两件事可能会发生,要么抓钩钩住天线,要么飞机坠毁。菲利普紧紧抓住窗户，抬头只见那飞机掠过储藏塔的顶部，在巨大的轰隆声下，在人们的尖叫下，飞机重新上升。疯子胜利了，运气不错，他钩住了天线，抓住了二分之一的机会。飞行路线被清理干净了。菲利普大声朝下面的人群叫喊着一些听不明白的话语。他必须用尽全部的力气。他重新把一半身子缩回到房间内，人们看不到他的头，他的双臂仍在外面。军队直升机进行了新一轮的尝试，但这次缆绳仍然无法就位。热浪让这缆绳好似一根在空中飘动的羽毛，距离菲利普伸出的手臂就差2米。情况又变得很糟糕。超过60分钟紧张的救援行动没有任何结果。每个人都在寻思菲利普是否会绝望地跳到水泥台上，或是被活活烧死。

突然，一个男人有了主意。他站在人群里，起初跟其他人一样观望着，但突如其来的一个灵感在其脑海中产生。这个男人是名电工，他是高压线安装人员。在他的车里有相关工具设备，他向救援队长陈述了他的想法。这是今天第二个疯子，这是今天第二个疯狂的想法，但这可能是唯一的解决办法，也是最后一个。这个男人决定将自己绑在直升机的缆绳上，以便给予绳索一定的重量。然后他将摇晃至窗台，双手抓住菲利普，随后在不远处的平地上将其放下。

为了实现这个疯狂的想法，他决定绑一个安全皮带，这是高压线工人必须配备的皮带，其作用是确保其在电缆塔上安全作业。他计划将直升机的缆绳绑到这条皮带上，这样才能解放他的双手。

直升机停好了,而这个男人,45岁的米切尔-迪蒙,一位父亲,带着他的皮带和勇气登上飞机。

在储藏塔窗边的菲利普不再移动了,他的双臂和头耷拉下来,好像死去一般。

直升机重新飞到了与地面垂直的适当高度。米切尔先把绳子放下去,然后慢慢地往下爬,花费了5分钟达到与窗台同一水平的位置。

他是对的,他的重量的确可以让缆绳不乱晃动。剩下的事全靠他自己了,在他前面还有一两米的距离,他要摇摆进炙热的空气中,冲进窗户里。第一次摇摆,因为位置有点高,双脚撞到墙上。

直升机领航员朝飞行员大喊要求重新调整飞机位置。

米切尔等待着,好似一条被吊着的鱼。他的皮肤开始变红了。他重新又摇摆一次,双臂伸出去,这是一次精彩的跃进,他紧紧抓住了已经没有力气做出任何反应的菲利普。在最后一次摇摆中,米切尔一口气用双臂将菲利普抱起,用双腿把菲利普夹住。这是一个由直升机提起的人类包裹,直升机突然垂直下降三米。一股热浪让飞机有所偏离,缆绳被吹得异常弯曲,但米切尔没有松手。由于缆绳绷紧,他感觉到腰部的强烈震动,只有这种皮腰带才能承受得住如此强大的拉力。但他依旧没有松开菲利普。

人们在飞机上用绞盘把绳索收起,将这两个人一起拉上来。终于到达直升机机舱,米切尔有一个想法,他说:"不要把他放在地板上,让他躺在我身上,因为他四肢的皮肤已经粘住我的皮肤,他烫伤了,不能频繁地移动。"也正因为如此,人们运送年轻的菲利普去医院,同样也是让他躺在这人身上,他那灼伤的皮肤挨着米切尔的皮肤。但无论如何也要让他从救援者身上剥离开。他差点在17岁死去,也许差一分钟就死去。虽然他花了一些时间修复皮肤,但这与两个疯子冒着生命危险去救他相比,不值一提。

孔源源　译

# 马桶里的蟒蛇

## 一

"那么,您的意思是您在洗手间养了一条蟒蛇?"面对加利福尼亚州索诺拉小城探长的提问,这个男人站在那儿,一本正经地纠正道:

"不好意思!听好了!我没有养蟒蛇!我们发现在洗手间里有一条蟒蛇,但它的存在并没有经过我的允许!如果我同意了,我会知情!如果是那样,我不会跑到警察局来投诉!总之,无论如何,我绝不会放任那个东西在洗手间安家!而且,怎么说呢,这也不是一个合适的地方!"

1970年8月,在加利福尼亚州中心区域,天气炎热,沙漠就在不远处,阳光炙烤着大地。众所周知,这位索诺拉小城警探是位精明且有见识的人,他不经过深思熟虑是不会轻举妄动的。而且他身材肥胖,也不希望有太大幅度的动作。

在警探帽子下的阴影处可以看到那眯起来的眼睛,虽然他没有对任何事情表态,但他开始打量这个矮小且紧张的男人,这个男人在下午3点过来警局打扰了他的午休,只为了告诉他,家里洗手间有一条蟒蛇。

这是个沉着镇定的警探,为人正派,有口皆碑。他的妻子是一位脾气暴躁的女人,她喜欢戴着卷发筒在超市上班。他还有三个吵闹的孩子,总之,他的生活一切正常。

"您是说有一条蟒蛇在你的洗手间里安家。您说的是安家?您的意思是长期生活在那里吗?"

韦伯利先生听得很清楚,他能非常真切地感受到这语气带着讽刺!他明白警探根本没有认真对待这事!他明白对于其他人来说这不算什么。但这让他恼火……然而他必须解释清楚,这让他更为恼火。

他愤怒地回答:

"我说的就是安家啊?您希望我跟您说什么?我不是疯子!我很正常,我有退伍军人证,我还参加了国际扶轮社会服务组织,我为警察局捐款,我给美国民主党投票,如果我跟您说有一条蟒蛇在我家的洗手间,它就是在那儿,这是事实。我自己也同样很惊讶,我必须告诉您这事。刚开始我也不相信我的孩子们以及我的妻子,但它在那里已经半小时了,我自己也证实了!准确地说它就在马桶里。如果您看到它,您就会明白我在说什么。"

"您是说,在里面?您是想说在那个……"

"是的!我想说的是,它一直待在抽水马桶里有半个小时了。"

"您到底做了些什么?"

"我让大家从洗手间出来,用钥匙把门锁上,然后过来通知您。我,独自一人,没有再回家。"

## 二

索诺拉小城的这个警探终于同意出警。但他开车有条不紊,避免让轮胎发出嘎吱声响,也拒绝拉响警报。对于他来说,没有必要使用红色闪光警报。

当他来到韦伯利先生所居住的公寓前,抬头看到韦伯利太太和三个孩子都躲在四楼的阳台,等候着警官的到来。他们看起来都坚信那条蛇的存在。当警探进入公寓时,询问道:

"它的体形大吗?"

"嗯,我没法说,我只看到了它的脑袋。但以我的经验来说,它相当大!"

"还有,您确定这是条蟒蛇?"

"啊,这个嘛,听我说,我不能向您保证!对我来说,它看起来像条蛇,我想对您说的是,以我的阅历来说,这确实是我认识的东西!"

警探站在洗手间门口,让所有人闪开,他拔出左轮手枪,这是警察局统一配枪的样式，特有的38口径，褐色钢制枪管。

为什么说到这个呢？这个武器碰巧叫作"柯尔特式蟒蛇手枪"。他打开了门，没有发出一点声响。韦伯利全家人在他身后一米。他看了一眼洗手间，随即半蹲下来，双手握着手枪瞄准马桶的方向，以他这样的体重而且还穿着这么紧身的裤子来说，这一举动着实令人印象深刻。

什么都没有发现。即使弯下腰，也看不到蛇的影子。警探站直了，看着韦伯利一家尴尬的神色，他把左轮手枪放回它原来的位置，然后说道：

"如果下一次，你们仍旧因为一条在马桶里的蟒蛇打扰我，我会让你们看看我不是好惹的。"

警探慢腾腾但非常气愤地离开了！

## 三

韦伯利全家处于惊愕中！因为他们所有人都清楚地见过蟒蛇！虽然大家从没在同一时间见过，但很明显，那条蟒蛇就在马桶里。这不是一个常见的现象！这真的让人意料之外！时不时地，只见孩子们裤子都没有提上就跑来大喊：

"妈妈，它就在那儿！"

有次韦伯利太太突然看到那蛇的脑袋从马桶钻出，吓得她扔掉了牙刷。只有韦伯利先生还没有看到过这一幕。

没有人再敢用卫生间了！只要想到要坐在上面都惊恐地颤

抖！无论是谁，哪怕情况紧急，就算是靠近马桶，都要考虑再三。

就是那天，一家之主第一次看到了它，确认了它的存在，他才跑去报警，但那条蟒蛇又不见了！这就是经典的规律：当维修工人不在，故障就出现；但只要维修工过来，什么故障都没有！

第二天8月26日，当地报纸刊登了这则两行字的新闻，带着嘲讽的语气。在索诺拉小城，大家戴着有色眼镜看待韦伯利一家……从那以后，他们一家选择沉默，不再发声，直到9月18日。在加利福尼亚中心区域，当天的气温仍然很高。警探办公室的电话响起。

"您好！我是韦伯利先生。"

"是的，韦伯利先生。估计还是为了那条蟒蛇？不要告诉我，它还在您家的马桶里！"

"是的，我向您保证，警探！我看到它的头冒出来了！当我在剃胡子的时候，它看着我！"

这一次，警探笑起来。他故意朝助手使眼色、打手势让他拿起另外一个电话听筒，然后继续询问着：

"您可以跟我具体说说，它看着您的时候是什么样的表情？"

"什么表情？您想要我告诉你们什么？一条蛇的表情？它们一直都是那个表情啊！你们还觉得我是个疯子吗？是这样吗？但我感觉自己精神状态良好。"

警探如慈父般地安慰他：

"不，不是这样……我只是向您询问它是否看起来危险！"

韦伯利先生用异常平和的语气回答，就像他在说一件习以为常的现象。

"不，我不认为它有危险性。目前来看，我们确定这是条蟒蛇而不是毒蛇。事后回想起来，这让我们感到欣慰！您知道吗，它看起来根本不想离开马桶！它似乎非常享受待在那里！它只是时不时地从水面露出脑袋，穿过马桶圈观察外面的世界！我想说，是在马桶圈上方，听好了！总之是马桶圈！"

警探决定把戏继续演下去，他提出：

"它在观察什么呢？"

"哦，几乎什么都有。它对家用器具及来来往往的人感兴趣。我禁止孩子们靠近它，但实际上，我们不再害怕它！只是我的妻子，当她在脱衣服的时候总觉得有东西看着她，让她感觉非常不舒服。但我发现一个小窍门：只要我按下冲水键，它便不再坚持！它会再次钻入水中，钻到水管里！如果您愿意过来确认，现在就过来！我不会按冲水键！快来吧，我向您保证，它不会离开的！"

这一次，情况紧急！警探和他的助手飞奔向警车，警笛和警灯同时运转起来。助手在一座公寓楼前急刹车，而后他们闯入韦伯利家的洗手间。蟒蛇在那儿。它的脑袋的确从马桶伸出来，眼睛盯着一个方向纹丝不动。韦伯利先生靠在一旁，扬扬得意地说：

"您看到了吧？看仔细了！您将会看到它如何行动！"

他按下了冲水键，在警察们惊讶的目光下，蟒蛇慢慢地退回去，甚至在瀑布般的声音平静之前，它已经潜入了马桶的水管里，它消失了，就像潜望镜一样。

警探十分震惊，以至于第一个浮现在脑海中的问题让人感觉有点愚蠢：

"那么，它是如何待在弯水管中的呢？"

警探助手，弯着腰站在他旁边，语气平淡且逻辑清晰，嘟囔道：

"您要知道，这些动物就是这样啊，它们是柔软的啊！"

警探为了让蟒蛇出来，叫来了附近国家公园的专家，因为韦伯利一家不愿意看到这个动物被杀死。它已经变成了他们的蟒蛇。人们成功将蟒蛇拉出来，在当地媒体、动物保护组织和生态专家代表团的见证下，专家测量它的长度，居然将近2米！

## 四

经调查了解到，之前的旧租客养了一条小蛇，他们退租时把小蛇丢进了马桶里，相信已经被冲走，然而它却在那儿悄无声息地活着，在管道里茁壮成长了两年。为了生存，它改变了身体的大小，它甚至破坏了存水弯管，因为那个尺寸已经开始让它局促不安。一位杰出的动物学家认为目前它很健康。

动物学家、生态学家和消防队长在讨论后认为，蟒蛇在自然环境中应该会更加放松自如,也就是说在沼泽区域或是附近的国家公园。

至于韦伯利先生,他接受采访时,作出以下声明:

"我想说的是,这条蟒蛇非常聪明。由于我不知道这蟒蛇是一种水蛇,而当它要钻出马桶圈露出脑袋时,我以为可以按下冲水键来阻止它。但事实上,它喜欢这样,当再次见到它坚定的眼神,我相信这就是为什么它能让我们认识它的原因。它喜欢我这么做……这是世界上最简单的语言。"

孔源源　译

# 海盗约翰

## 一

"珍妮女孩"是埃尔伯港口最漂亮的拖网渔船。它有着红色的风帆和引擎,没有什么比它那红色的风帆消失在晨雾中更美丽的了。

埃尔伯港口是苏格兰的一个渔业港口。1954年5月,一个灰蒙蒙的早晨,码头上的人们突然异常恐慌。港口并不是很大,每个人都马上注意到——"珍妮女孩"失踪了。码头仿佛开了一个长达60米的巨大的口子。

但是,船员们并没有跟着船一起离开。船员们都在那儿,包括船长。"珍妮女孩"独自消失了。锚泊装置可怜地悬挂在黑暗的水中。没有人意识到她可能是在黎明拂晓时离开的。这太令人惊愕了。因为偷一搜捕鱼船可不像偷一辆自行车那样简单。

在几个小时内,所有拖网渔船都开始寻找"珍妮女孩"。港口已空无一人,无线电波在空中成倍地增加和交错。调查小组最初认为拖网渔船是被人故意松开了缆绳,自己漂走了。由于北海风平浪静,调查小组实地察看了所有因水流作用导致船只容易搁浅的地方。没有任何收获。因此拖网渔船被一伙海盗偷走的想法正在整个城市传播。但是水手们冷笑着说,我们从未见过这种事情发生。而且如果存在海盗,他们应该会偷比"珍妮女孩"更加现代而且速度更快的船只。

无论如何,没有消息,没有线索,在北海平静的海面上,什么也没有发现。

一天过去了,船主们很生气。这是一起破坏行动吗?那些挪威渔民有可能无视冷战规则吗?他们偷走"珍妮女孩"是否会因为一些卑鄙的原因,还是为了破坏埃尔伯渔业公司?因为没有"珍妮女孩"出海,意味着每一天的收入都有重大损失。在两个国家渔民的游击战中,所有的行动都是有可能发生的。除了绑架船只以外,这种举动是第一次出现。英国皇家空军的四架飞机被允许午后飞向海岸线,因为海事警察认为,如果船只被偷了,它会被藏在小海湾中的某个地方,而不是在货船来往频繁的公海上。四架飞机在四个不同区域连续飞行五个小时,从苏格兰北部到英格兰南部,所有海岸都被视察过,仍旧一无所获。但其实即便"珍妮女孩"在海上,搜寻者也很难从特征上来辨别船只,因为从空中去区分海上的拖网渔船是不可能做到的事……

另一方面，船舶自行漂移也是有可能的，但由于没有信号灯，它若在北海漆黑的夜里漂泊，这意味着航线存在一定的安全隐患。所有船舶的船长都在监视。无线电信号在频繁调整中。每艘船都报上自己的船名，并要求航线中其他船只也这样做。但是没有"珍妮女孩"。现在，"珍妮女孩"变成幽灵船，已有两日之久。

## 二

突然有人敲响了港务监督长办公室的门。一个小个子，大概12岁，1.45米高，站在他前面的是两个年龄相仿、同一种类型的人——顽劣少年。目前一切都未知。但当他们告诉港务监督长那些事时，监督长吓得头发都竖起来，愣在那里，因为这里确实有故事。

这三个少年分别是弗雷德、米克和安德鲁，他们参加了一个名叫"红蛇"的秘密组织。

他们不追求任何攻击行为，这还不是潮流。他们没有劫持任何人质，这仍不是潮流，但是从某种意义上说，我们可以将"红蛇"组织的行动称为无政府主义行动。

确实，组织的目标定义不明确，但是行动原则非常简单。总之就是要干一些惊天动地的大事。

现在，什么是惊天动地的大事？显然，一切都取决于自己所处的位置，以及看问题的角度。对于"红蛇"组织的成员来说，迄今为止，惊天动地的大事是这种：撬锁闯入面包店，偷走为了周日而制作的所有蛋糕，吃上几块，然后将其余的转售给附近的城镇。

这些便是惊天动地的大事！"红蛇"组织已经取得了一些成就。那些最引人注目的大事都是由队长、14岁的约翰执行的。约翰，又名海盗约翰。

14岁的约翰已遭受到三项判决，他之前已经被送去"再教育之家"，但这些"再教育之家"显然没有让他得到些什么教育。什么也没有，因为就在几天前，在"红蛇"成员会议上（他们一共有四个），约翰向组织成员提出了他的新计划。

这绝对是一次壮举，他说："我将担任船长，而你们将成为我的船员。我们将会把'珍妮女孩'驶出港口，偷偷驶向挪威。"谁负责偷船？没有人愿意偷"珍妮女孩"的拖网渔船，这可不是去面包店偷蛋糕那么简单。这两种事情如何能类比？如何在港口驾驶这艘渔船？如何找到正确的航线？成人才会操作一艘渔船。"船员们"拒绝了这提议，他们都有其他事情要做——那些不重要的事情，比如回家，要做乖孩子……突然，这些事情对于他们来说变得异常重要。他们回家了，在两天内，没有跟任何人提起这事。另一方面，他们也不敢相信这事。约翰是码头工人的孩子，爷爷也是码头工人，这没错，但在北海上驾驶拖网渔船，独自一人，这有点不可思议。之后，他们感到害怕。两天过去了，现在他们相信了，因为找不到这艘船了。

那么，海盗约翰驶向挪威了吗？但为什么是挪威呢？

"红蛇"帮在这个问题上有自己的想法，他们愿意把这个秘密地告诉港务监督长：队长爱上了一个挪威女孩，一个有着亚麻金色头发的女孩。去年夏天她在苏格兰度假小住了几日，现在他决定与她重聚。港务监督长接受了这样的解释，但为什么要偷"珍妮女孩"呢？他完全可以溜进其他的船，作为偷渡客，而不是独自冒着生命危险去开船。关于这个问题，"红蛇"帮做出了这样的解释。如果约翰选择了"珍妮女孩"，这就说明他对这艘船非常了解。他在港口登上过这艘船，曾多次请求船长带他出海。他们经常看到他被人愤怒地踢屁股，因为"珍妮女孩"的船长不是一个容易妥协的人。

在海盗约翰的家中，没人注意到他的消失。他只是宣布他要去拜访一个在敦提①市的兄弟，并不远的地方。他当然不是去那儿，但家里人没有怀疑。

我们必须承认，14岁的约翰成功独自驾驶了60米长的拖网渔船，成功将船从拥挤的埃尔伯港口启航，并成功驶向北海……这是难以置信的壮举。如此不可思议，如此奇特，以至于当消息被发送到挪威沿海的所有船只时，"珍妮女孩"的船长声明："我的船不可能被一个毛孩操控。我已经航行了二十年，我对这一切非常了解。这个孩子不可能是独自一人，这一行动肯定是由帮派组织的。"

---

① 敦提，英国苏格兰东部城市，泰赛德区首府。

## 三

然而……在"珍妮女孩"失踪的第三天,一艘拖网渔船发现一艘漂泊在挪威海岸100英里外的渔船。甲板上空无一人,无线电信号静默。必须派出一艘小艇,以便登船检查这艘幽灵船。

这是"珍妮女孩"。缆绳在风中发出轻微的声响。船舱里没人,货舱也没人,铺位上也没人。但有个人卷曲着身体缩在甲板的最前端,他就像一只猫卷成球,双臂抱头,正在睡觉。

海盗约翰,经历了三天两晚在海上的孤独航行,筋疲力尽,他确实睡着了。但是实际上,他的确完成了这个疯狂的举动。他已经到达了离挪威海岸100英里的地方,并且的确是沿着去往港口的正确方向,那个可以见到他意中人的地方。在他的口袋里,人们找到一张折成四折的、手绘临摹的挪威海岸地图,他用红圈把那个计划停泊渔船的港口在地图上标出来,然后期望带上他的姑娘重新出发,开始新的冒险之旅。海盗约翰被押回老家,但他完成了上千万英国人做梦都不敢想的事。其中一个非常富有的粉丝,甚至愿意为他提供一艘游艇来进行一次海上巡游。

最终,约翰被押着脖子回到苏格兰,而后第四次出现在少年司法法官面前。法官仔细地计算了他这次逃离应该付出的代价:英国皇家空军派出的四架飞机,每趟五小时飞行所需的燃料费用……加上"珍妮女孩"拖网渔船三天未工作,根据港口的市场价格所得出的费用……加上三天时间，港口公司与水产贮运批发商的贸易损失的费用。

　　这一次，海盗约翰被关进了有着高高围墙的监狱，那里看不到海。他处于恋爱的年纪，想当英雄的年纪，想做疯狂事情的年纪，但同时也是无法支付费用的年纪。

孔源源　译

# 来自维也纳的小矮个

## 一

1938年,战争迫在眉睫,战事即将临近。有些人情愿忘记它或是麻醉自己,有些人则是选择去了解它,并且准备好应对骚乱与悲伤。

但即使是最疯狂的想象,罗曼-别尔斯基也绝不会预测到战争会带给他什么。

1938年,罗曼-别尔斯基20岁。就像他的名字别尔斯基显示的一样,他是波兰人。但此时此刻,他在法国里昂地区的一家航空俱乐部担任飞行驾驶教练。近几年,一系列的政治事件并没有影响他太多。他年轻,并没有考虑太多,一直享受着生活。

但1938年3月,他突然产生了一个想法。希特勒将要侵占奥地利。他意识到，他的国家波兰将受到威胁。在未来的六个月或一年，波兰将会被占领。随即，罗曼-别尔斯基决定回家。他驾驶着私人小型飞机在航空俱乐部起飞，朝向波兰飞去。他的飞行路线途径欧洲中部：瑞士、奥地利和捷克斯洛伐克。在奥地利上方，他的飞机出故障了。虽然仅仅是磁电机发生故障，但必须马上停下来进行维修，于是他在维也纳机场降落。

罗曼-别尔斯基把飞机委托给机械修理师之后，便去维也纳找一家酒店下榻。他走在这座城市里，见到处都有穿着制服的纳粹分子在列队操练，感到不舒服。但当他自言自语，自我安慰："这样不会太久，24或48小时之后，将不会看到这一切……"

罗曼-别尔斯基在首府中心的一座酒店里落脚，直到第二天早晨，才从这里出发去机场。他的脑海里只有一个想法，要确保他的飞机修好，这样才能提早离开这个国家，这个压抑的动荡不安的，如同被浓烟笼罩一般的国家。

他思考着这些事情，没有留意到自己正在走过一个人行道。他没有看到一个矮小如同疯子的男人。而疯子看向罗曼-别尔斯基的身后，也没有注意到他。他们猛烈地相撞，罗曼-别尔斯基被撞在地上。疯子只是瞬间失去平衡，如同逃跑者似的，继续走他的路，没有说一声道歉。

罗曼站起来，身上沾满了灰尘，他感到愤怒。他从来没有见过如此没有教养的人，他赶紧跟上。在跨了几个大步后，他把那个疯子拦下，紧紧抓住其衣领。

那个男人惶恐地看着他。他矮小，可以说是孱弱，身上都是汗水。他气喘吁吁地说了几句德语，但罗曼-别尔斯基完全没听懂。罗曼-别尔斯基仍旧抓着他，然后用法语问："喂，从来没有人教过你道歉吗？"

听到罗曼-别尔斯基说法语，他的态度一下子转变了，平静了一些，然后低声说："盖世太保，盖世太保……"

一瞬间，罗曼也转变了态度。他松开那个男人，并做出跟随他的手势。几分钟后，他们出现在罗曼的酒店房间里，在门口徘徊，小心观察警察的出现。但没有人过来，因为没有人看到他们进去。

而后，两个男人开始了无声的交流。罗曼-别尔斯基用一张信纸叠了一个小飞机。当谈话对象赞许地点着头时，罗曼看到他的眼睛闪耀着光芒。然后，罗曼掏出了克拉科夫[①]飞行证书、克拉科夫设计证书，告知对方他的目的地。小矮个再次表达了欣喜。他握着罗曼-别尔斯基的手，用德语说了几句罗曼听不懂的话，但感激之情溢于言表。

几个小时之后，波兰人和奥地利人出发去机场。飞机已经准备好。

负责通行的警察用怀疑的眼神看了一眼罗曼-别尔斯基的同伴，罗曼用法语解释："这是我的朋友，他过来跟我告别……"

---

[①] 克拉科夫，波兰城市。

在机场跑道上，他花了很长时间启动发动机，然而就在几米开外，那个男人对他挥舞手臂做了一个告别的动作，突然，罗曼打开了右边的飞机舱门，那个男人迅速爬上来，飞机起飞了。

面对来自控制塔的指示，罗曼好像聋了一样，他用最快的速度将飞机升高，朝波兰方向飞行。

经过几个小时的飞行后，从飞机上可以看到克拉科夫。但是罗曼-别尔斯基没有去往机场。他发现一片被树林环绕的田地，他把飞机降落下来，停止了发动机。飞机一停下来，他就给乘客一张证书，还有他随身携带的一半的现金。

那个男人跟他握了握手，长久地望着他，结结巴巴地说了几句德语，就拼命奔跑。

几分钟之后，罗曼-别尔斯基在克拉科夫机场降落，一群移民局的警察马上包围了他。

"我们接到了来自维也纳的警报，你帮助了一个男人逃跑。我们有搜查令，有权搜查你的飞机。"

罗曼用冷淡的语气回答："请便，先生们。"

当警察徒劳而返时，他问道：

"为什么奥地利人要这样对待这个男人呢？"

其中一个警察耸了耸肩膀回答道：

"他是犹太人。"

由于搜索没有任何收获，罗曼-别尔斯基被允许可以在波兰逗留。但他那些悲观的预测没有判断错误。1939年，是德国的入侵年。他作为航空兵作战。他的国家战败后，他抵达法国加入法国新组建的空军部队。法国战败后，他来到伦敦，迅速成为英国皇家空军最优秀的成员之一。

是的，空军中尉罗曼受命于英国部队。在英国战争最初开始的几个星期内，他击落了至少5架敌机。

下面就是多佛尔①悬崖，他击落了第六架飞机。之后，他驾驶的战斗机以完美的飞行姿势成功追上了另一架敌机，梅塞施米特式战斗机②就在他的前面，在他机关枪瞄准的轴线上，他开火了。他看到飞机好像被切开两半。

一刹那间，又一架德国战斗机飞向他，并攻击了驾驶舱。他感觉头部受到剧烈的撞击，而后失去知觉，眼前一片漆黑。

当罗曼-别尔斯基再次恢复意识时，他躺在医院床上，感觉自己很虚弱。他摸了摸自己的头，发现脑袋被绷带包扎着。

一个穿着白大褂的男人在房间里站着。罗曼用半清醒的意识询问他："我在这里躺了很久了吗？"

那个男人用带着日耳曼口音的英语回答他："一个星期了。您不要担心。一切会好起来的。"

罗曼有一种奇怪的感觉。这个声音，似曾相识。一点点，他回忆起来了……维也纳……一个被盖世太保追捕的犹太人……他飞机的乘客。但他在这里干什么，在这间英国医院？

这个男人用温柔的声音对他说话，但仍听得出喉音。

"您认得我吗？"

---

① 多佛尔，英国海滨小镇。
② 梅塞施米特式战斗机，第二次世界大战期间德国空军使用的机型。

伤员点了点头。

"您别激动,现在您状态不好,我来告诉您究竟发生了什么。"

然后,这个来自维也纳的小矮个向罗曼-别尔斯基讲述了他不可思议的经历。

"您把我从盖世太保的追捕中救出来,我感到很幸运。之后我来到英国,并再也没有离开过。但我没有把您忘记。您知道,当您用信纸折成小飞机的时候,我看到您的名字并记下来,我对自己说,我们也许会在未来某一天重逢。上个星期一,当我听到收音机报道有一位波兰籍飞行员与飞机一同坠落,我觉得也许就是您。我打电话给空军总部。他们确认了您的身份,但他们说由于您的头骨破裂,导致您生存的机会渺茫,并且他们已经放弃给您实施手术了。所以,我停止了手头上一切事务过来您所在的医院。"

罗曼-别尔斯基看了看坐在椅子上的小矮个。"不要耽误您的时间,无论什么方法,我都是没救了。"他带着笑容说道。

"如果我不关心这事,您会死掉的。我是外科医生,擅长治疗脑部创伤。是我给您做的手术,这台手术毫无疑问非常成功。六个月后,您可以继续驾驶飞机了。"

他弯下腰对他说了一句发自肺腑的话:

"如果失去了一位这么优秀的飞行员,实在太可惜了。"

孔源源 译

# 一个蓝色信封

## 一

人人都有一个自己的生活舒适区。有人喜欢生活在混凝土筑造的大城市中,喜欢霓虹灯闪烁的闹市区,喜欢整洁便捷的停车场,还喜欢一站式大型购物中心。有人喜欢住在郊区独栋别墅中,有修剪整齐的草坪、栅栏和能看家护院的狗。有人喜欢住在有门房没有电梯的六层公寓楼[①]。另外还有一种人,他们就是法洛特一家人。

法洛特一家钟爱的生活环境有两点,清静和被草木环绕。他们家里有一个干净的小园子,地里种着土豆,一行行的洋葱、一点大葱,三行菜地里分别种着沙拉菜、四季豆还有欧芹香料。院子里的榛子树荫底下搭了一个兔棚,北边小路边的草

---

[①] 法国一层是0层,故原文中楼高5层为实际的6层。

地种的全是兔子吃的紫花苜蓿草,房子周围的花坛里长满了玫瑰和金盏花,还时不时能看见蜜蜂落在成片的黄色雏菊上采蜜。除了这些,园子里还能闻到浓浓的苹果香气,房檐上挂满了风干好的大蒜,地窖里散发着酸李子的味道,自家酿的葡萄酒装满了一个个橡木桶。珍妮和罗杰-法洛特还养了一只岁数不小、血统也不纯的杂毛狗,两只能轮流下蛋的老母鸡,最重要的是,他们周围一公里内连一个邻居也没有。

罗杰什么都干:村里的机修工、灵车司机、市政园丁和其他能干的小杂活。除此之外其余的活都是珍妮做的——把家里的余钱一分一分记好账,把能做成果干和罐头的食物都储存好,打打毛线缝缝补补,再把吃不了的面包渣想些法子利用起来。

罗杰参加过游击队,但他忘了要退伍养老金。珍妮给人当了好几年保姆,她又不记得让雇主给上社会保险。这就是典型的法洛特一家。迷糊又认真,在寒冬也能享受阳光普照的日子,一丝不苟却又无忧无虑,勤劳而有梦想,过着属于自己的小日子。一天,罗杰去附近的林子里摘栗子,珍妮酿桃酒。已经是秋天了,阳光低洒在乡间的小路上,时光就这样悄悄地流淌着。突然,珍妮透过厨房的窗户,看到一辆邮差的车停在她家院前。邮政车平时不常来这里,车的发动机声吓得院里的鸡和狗都叫个不停。珍妮在家门口招待了邮递员,给他倒了一杯自家酿的葡萄酒,接过邮递员送来的信后,珍妮一直盯着这封信发呆,她可不想当着邮递员的面拆开它。所有人都知道乡下的邮递员有多爱传闲话。她把这封长方形的连邮票都有点磨得字迹不清的蓝色信封拿在手里翻来覆去地看。信封上的收件人地址是机打的,收件人姓名是她的丈夫法洛特先生,寄件人上写着奥弗涅-罗讷-阿尔卑斯大区×市政厅。

## 二

有的人每天都会收到来信,蓝色或是绿色的信封并不能让人觉得有什么特殊之处。那些人有专门的邮箱,有专门的拆信刀,经常在拆信时顺手就把邮票扯坏了,有封来信对他们来说实在稀松平常。可珍妮-法洛特却很少收到这样的来信,她把这封信摆在厨房的桌子上,不知所措地坐在它的前面。

这不是家里人来的信,也不是什么公告通知,并且这封信是写给法洛特先生一个人的。这很奇怪,让人感到很不安,信封上机打的地址也令人感觉不太礼貌。珍妮不喜欢这种做法,一般家里收到的来信都会是亲笔写的地址。她没有拆开这封信。留着等罗杰回家后再让他打开吧,毕竟信封上的收件人只有罗杰一个名字。这点让珍妮更反感了。结婚四十多年以来,他们夫妻总是密不可分,从来没有人像这样用书面形式把她和罗杰分开。可以肯定的是,不管这封信是谁寄的,都不认识他们夫妻俩。珍妮继续在阵阵桃子的香气中干着家务活,等待着丈夫的归来。她时不时就会心存疑虑地瞥一眼桌上那个信封。

罗杰终于扛着一袋栗子回家了,他感觉到家里的气氛好像有点不太对劲。珍妮默默地把信封递给他,坐下准备看看罗杰拿这封信怎么办。他也翻来覆去地看了这信封好几遍,最后擦了擦手,小心翼翼地拆开了信封。罗杰先是快速地浏览了一下信的大致内容,看得眉头都紧蹙了起来,到最后终于忍不住高声念给他的妻子听。

先生您好,你已欠费3062法郎,四舍五入到最接近的生丁①。您的债务金额可以细分如下:根据您的最低年收入计算,过去四年您应缴的税款金额为2884法郎(该数字有可能会发生变化)。逾期缴税附加费:10%,共计应缴金额为3062法郎。该笔款项必须在1957年12月20日之前缴至财政部会计处。如果未能在规定的期限内付款,您将会被提起诉讼,承担一切因未缴税金而带来的责任。

信结尾处是负责人难以辨认的签名。

这封信是什么意思?说的是钱的问题,法洛特两口子到此才明白这封信的缘由。他们同时也意识到信上的大意:他们已经欠下了这笔钱。但是他们欠谁这笔钱?是怎么欠下的?他们从来没有向任何人借过钱!从来没有人向他们要过这笔钱!

罗杰把信来来回回地读了好几遍。珍妮好好地检查了这封信的真伪。毫无疑问,这信不是伪造的。但是为什么会征他们的税呢?罗杰从来没有缴过税,因为他从来没有多赚过钱,那点收入根本达不到缴税线。就连房子也不是真正属于他的,罗

---

① 生丁:一百生丁等于一法郎。

杰家有三个兄弟，只有罗杰一个人住在那里，他的另外两个兄弟负责处理房子之前的税务问题。

## 三

3062法郎！光这张薄薄的纸就要人3062法郎，这不是抢吗！这笔巨款罗杰和珍妮这辈子也没见过。这笔钱几乎是他们一年的全部收入了。

好吧，罗杰说，我得去县政府一趟，你把我的西服找出来，我坐公交车去。这封信简直像龙卷风一样席卷着法洛特一家，罗杰夫妻俩遇到了前所未有的巨大灾难。家里的存钱罐里只有200法郎。今年冬天，罗杰会接一些镇政府派给他的工作，他深受重托，将负责接孩子们上下学。如果事情进行顺利，到了圣诞节，他们每个月将有大约600法郎的收入。这些钱他们可以用来买点杂货、交电费，再买些面包和烟草。

罗杰把领带戴上，这是个不祥的兆头。这代表他想给人留下深刻的印象但同时又感到很愤怒。他可不想让珍妮陪着一起去，家里的钱出了问题，作为丈夫，他需一马当先去把事情解决。

在柜台后边藏着的那个人是让他路上耗费一个多小时要找的人吗？这是个男人还是台有胡子的钱匣子？除了"您必须付费，我无能为力"这句话以外，他还知道说些其他的吗？

罗杰想知道为什么他要付这份税钱，而小胡子办事员并不能真正回答这个如此简单的问题。他跟罗杰说由于他多年没有报过税，国家税务部已经注意到了这一点，根据法律规定，他应该按照过去四年被预估的收入金额进行缴税。这意味着什么？

罗杰央求小胡子办事员再好好复述一遍。

"申报个人所得税？但我压根儿就没有收入！"

"你平时赚钱吗？"

"偶尔，是的，但我赚的太少了！"

"瞧瞧，我就说吧，每个人都能赚到钱！无论多少，每个人都有义务申报他们平时赚的钱……"

但罗杰认为，挣得这么少，就不用缴税了。

"您说得都对，一点没错。"办事员说道。

那为什么罗杰要付钱？这就是问题所在，因为他没有如实申报他的年收入。对，规定就是这么自相矛盾！因为他没有申报他的年收入达不到足以缴税的最低标准，所以他必须付这笔巨额个税！

罗杰气得满脸通红。他一手松了松勒得他喘不过气的领带一手在口袋里攥紧了拳头。然而，他的农民作风，又逼着他继续去和办事员争论。

小胡子办事员需要明白的是，罗杰根本不懂为何他即使不赚钱也必须申报收入。罗杰家已经持续这么过了四十多年了，都风平浪静。

"为什么原来不用缴税，现在就必须要缴？"

"因为这是法律，你已经被上边发现了！"

"但谁是上边？"

"国家，先生。"

"是你吗？你是国家的人？"

"不，先生，我可没时间跟你开玩笑。你必须付这笔税款，就这样。"

罗杰强迫自己压住已经顶到脑门的怒气。他现在就得知道，为什么要让他缴3062法郎的税，小胡子办事员最好给他解释明白。

"信上不都写得明明白白吗？"他讥讽地瞥了一眼满脸怒意的罗杰，继续说道，"2784法郎加10%的滞纳金！"

可凭什么要缴这2784的税钱还有滞纳金？就因为罗杰不知道要报税！

这时候办事员带着自命不凡的优越感，轻蔑地对罗杰说：

"尊敬的先生，收入所得税的税率表是如何运作的，这不是我能向您解释的。优秀的数学家们已经把它计算得一清二楚。另外，这仅仅是一个估算的数额。"

谁负责算清这笔钱？罗杰想再了解清楚，他想也许他能和那个做估算的人再谈一谈，也许这事就会变得简单了，肯定是那人计算失误，搞错了。但是罗杰没有时间问这个人，小胡子办事员已经转身回了他的柜台后边，并且说道：

"先生，别耽误大家的时间了好吗？如果您想申诉，您完全可以去。法律赋予您这样做的权利，但您现在要做的是先把这笔税款缴齐，信上也写着呢，小字那行就是，您仔细看一下：'所有对个人收入所得税进行的申诉，都不能免除您按时缴税。'"

## 四

珍妮独自一人,在被植物和静谧包围的小房子里剥着栗子,担心罗杰的事不知办得怎么样了。她太了解她的丈夫了,罗杰平时不怎么说话,他最讨厌有人对他答非所问。她的猜测是对的,珍妮的担心并非空穴来风。

此时的罗杰正把帽子摘了下来,小心翼翼地放在柜台上,他找到了通往柜台后面的小门,越过三个见到他进来后一脸惊讶的打字文员,像平时抓家里兔子一样,一把抓住小胡子办事员的后脖领子,干净利落地狠揍了他好几下,直打得他四脚朝天,罗杰根本不管屋子里的女人是不是都吓得惊叫起来,他追着逃跑的办事员冲出了门外。

他需要一些能让他减轻压力的发泄渠道。他定在了那里,头上没戴帽子,蓬头散发,怒气冲冲地回到县政府的台阶上。台阶对面有一个美丽的小喷泉,喷泉池水清澈见底。他在十多个闲逛的路人面前把小胡子办事员揍得满地打滚。真是出了一口恶气。气虽然出了,但是后果却将不堪设想:殴打正在执行公务的公务员……

罗杰已经在外面待了一整天,他要花整整两年时间来支付所有的罚金,包括税金。但当他再回到他温馨又安静的小房子时,珍妮只是疑惑不解地问:"罗杰,你的帽子去哪儿了?"

顾欣 译

# 一辆罗森加特轿车[①]

## 一

那天晚上,在洛林的一个小镇上,拉宁夫人和她三个年幼的孩子热切又焦急地盼望着拉宁先生赶紧回家。丈夫费尔南-拉宁说好今天要开着新买的轿车一起回来!一辆罗森加特轿车!这是他们心心念念了4年,节衣缩食买下来的大物件。

今晚,新车终于到手了!拉宁一家五口乐滋滋地挤进崭新的轿车里,刚拿到行驶证的拉宁先生技术青涩地开车带着孩子和夫人在街区里来回兜风。这幸福的场景就像全家福照片一样,可谁又能预料得到,这样的好日子转瞬即逝。

兜完风后,孩子们兴奋地吵闹了整晚,为了听清收音机里

---

[①] 罗森加特轿车,前法国小众汽车品牌。20世纪30年代初与德国制造商Adler合作,因二战时期纳粹入侵法国,公司遭到了毁灭性的打击。

播放的最新战况，拉宁夫妇连吓带哄地让小家伙们安静下来。

里宾特洛夫与莫洛托夫签订了协议。①

"情况看来不妙。"拉宁先生说道。

实际情况比想象的更糟糕，以至于一周后，拉宁家的孩子们没有像4年来梦寐以求的那样，和罗森加特夫妇一起开着新车去度假，而是看到自己的父亲穿着一件显得他耸肩缩颈的军服，登上一列火车，抱着他们的妈妈不舍地说：

"把家里的罗森加特看好了，它总共只开了25公里！这是咱们家的宝贝，等打完仗，咱们就按计划去圣米歇尔山度假！"

拉宁先生心里默念着："别哭，我会回来的！"可是怎么也说不出口。

1939年9月3日开车兜风的那个夜晚，拉宁家的孩子们既担忧却又满怀希望地入睡。虽然父亲已经去了孚日山脉打仗，但当他回来时，他们就会一起开着罗森加特去度假。

1941年，爸爸还活着！他被困在塞拉斯塔。由于他腿部受伤，上级不会派他到德国最前线去。拉宁先生回家了，他消瘦且胡子拉碴，靠着一根拐杖的他让人有点认不出来了。当天晚

---

① 德国外交部长里宾特洛夫（1936—1938年任德国驻英国大使）和苏联外交人民委员莫洛托夫签署了《苏德互不侵犯条约》。1939年5月，莫洛托夫兼任外交人民委员。当时战争乌云笼罩着欧亚地区，世界大战一触即发。为争取时间，延缓战争的到来，苏联同意和德国缔结互不侵犯条约。8月23日中午，德国外交部长里宾特洛夫到达莫斯科。当晚，莫洛托夫与斯大林同他进行会谈，并签署《苏德互不侵犯条约》。

上，孩子们难以入眠，拉宁夫妇也同样在床上辗转反侧。

直到第二天早上，费尔南-拉宁才问他的妻子。

"咱们的新车罗森加特怎么样了？"

吉尔贝特-拉宁很内疚地说：

"它被人偷走了。它打不着火，轮胎没气，我把它留在车库里，就像你告诉我的那样。但轰炸时，人们跳上了所有能找到的车辆。不知是谁开着咱们的罗森加特在德国人来之前跑掉了，谁也不知道它现在在哪里！"

费尔南-拉宁叹了口气。他的车花了很多钱，还没开够就被盗了，但他还活着，活着就有找到它的可能。

1942年，费尔南-拉宁一家和其他人一样活在食物定量配给中，靠着黑面包和大头菜艰难度日。洛林已经被德军占领，德军军靴声常常回荡在洛林上空。一天晚上10点，孩子们正在睡觉，拉宁家的大门突然被急促的枪托捶打着，有人喊道："德国警察，把门打开！"

费尔南-拉宁几乎没来得及披上一件外套，就被盖世太保带走了。当晚，孩子们都没有再睡着，拉宁夫人也没有。德国人没有理由逮捕她的丈夫，这绝对是误抓。在盖世太保总部，费尔南-拉宁，他发现自己被带到了一个穿着皮衣的男人面前。

"拉宁先生，你是特务！如果你供出同伙的名字，我可以让你不被关进集中营！"

## 二

可怜的拉宁先生吓得一身冷汗。他？特务？他只是一个有家有室被释放的瘸腿老兵。可德国人打断了他，说："你是不是给比利时的敌军提供了一辆车牌号为ME6854的罗森加特牌轿车？我们抓住了两个你的同党，他们开着这辆车把武器偷运去了比利时。"

费尔南-拉宁急忙解释这辆车在他蹲监狱的时候就被人偷走了！他压根儿就不清楚这辆车的去向，更别提知道它为什么会和比利时敌军扯上关系。

但德国人又一次把他打断："如果有人偷了你的车，你妻子为什么不去报案？"

1940年6月去哪儿能报案？费尔南-拉宁问德国人是在做梦还是在开玩笑！但盖世太保的特工才不管这些，尤其是这个穿皮夹克的德国特务，他已经认定费尔南-拉宁就是一名敌军奸细。拉宁先生的解释显得如此苍白，他被盖世太保关了起来，遭受严刑拷打。

被盖世太保的魔爪囚禁，即使在酷刑的折磨下，拉宁先生也没有屈打成招，坚持着自己就是个普通百姓的说法。

就这样，拉宁先生被关进了集中营三年。哪怕如此，他在集中营里也不忘让自己坚信：

"我来这儿就是个大错误，只是有人偷了我的罗森加特轿车！"

在集中营的人们，谁又不是被随便找个借口就冤枉进来的呢？至少拉宁先生还有这个罗森加特汽车的好名目。

## 三

1945年9月，身高1.72米、体重仅有35公斤，瘦得只剩一把骨头的人被带回了拉宁家。费尔南-拉宁能活着从集中营里被放回来简直就是个奇迹，他的妻子拉宁夫人根本不敢相信这一切。她的丈夫就像鬼魂一样突然钻回了这个家，三个孩子长大后更不认识他了，他们甚至不记得自己有个爸爸。当天晚上，拉宁一家人再一次久久难以入眠。

就这样，生活又重新开始了。两年时间悄悄过去，费尔南-拉宁甚至不再记得他那辆1939年的罗森加特牌轿车了。世事难料，1947年的一个清晨，拉宁先生在邮箱里发现了一张罚单，一张来自布鲁塞尔禁止停车的罚单。罚单显示1947年4月23号有过违章记录的车辆，车牌号为ME6548，正好是拉宁家的那辆罗森加特牌轿车，这简直让人难以相信。费尔南-拉宁立即开车冲去了布鲁塞尔警察局，了解这究竟是怎么一回事：

"谁能先跟我说说我的车在哪儿呢？"

对此，比利时警察默默地答道：

"您慢点说，什么意思？您一来就问车在哪儿？难道说这车是您丢的？"

为了避免激动过度，费尔南-拉宁深吸了一口气，回答道：

"是的，车是被人偷走的！从1939年到现在，已经八年了。我只来得及开着它在我家附近转了几圈！后来因为战争我就被关进了监狱，我的车不知道为什么被比利时抵抗军开走了，根本没有人跟我说一声。在这里我要说一句，即便没有人告诉我理由，我仍然很自豪我家的车能被开走用作抗战，但是因为这辆我从1939年9月3日就再也没见过的汽车，德国人却把我关了三年集中营。我没有歌颂我自己，我也从来没抱怨过生活的不公，您可以想象一下那集中营的恐怖日子我是怎么挨过来的。在付这张罚单之前，抱歉！您先让我找到这辆车可以吗！"

这位事不关己的比利时警察更加慢悠悠地回答道：

"您为什么不找我们要您的车？您为什么不早点报案！"

警察这么说，让费尔南-拉宁气得火冒三丈。他已经听过不止一个人这么说了！他气得满脸通红，这下子他总算知道谁能把他的车找回来了！

人们经常发现，有些事情你必须眼见为实，这就是比利时军队干的好事！原来拉宁先生的罗森加特轿车曾被一个比利时军人"借走"去打仗，他后来被抓。在他之后，一名德国军官把这辆车占为己有，直到比利时被解放。此后，又有一位比利时军官"征用"了它，在过去的两年里，他一直开着它，不得不说，没费多少劲，这辆车就找到了它的前主人。

## 四

发生在比利时的故事总要有个结局，那就是：

比利时军方最终把罗森加特轿车还给了费尔南-拉宁，按照战时征用规定，还车的时候他们把车上5个旧轮胎都换成了新的。车在征用的这些年内共开了6万公里，同样按照规定，解放后每征用一天就补偿他87比利时法郎，总共是8.4万比利时法郎。换句话说，比利时军队给费尔南-拉宁补偿的用车赔偿，和拉宁先生的实际损失误差仅有几比利时法郎。我们不禁反思法国能否做到一样好，是否会有同样的征用补偿规定！

于是，1948年9月，费尔南-拉宁终于开着他的1939年的罗森加特轿车，带着他的妻子和三个孩子行驶在了去往圣米歇尔山度假的路上。拉宁一家一直留着这辆轿车。1979年，拉宁家的长子还照常保养着这辆老爷车。每到星期天，他时常发动它（当然，是用那种老式可摇手柄），像父亲当年一样，开车带着父母一起绕着街区兜风。

顾欣 译

# 好运小姐的彩票

一

约翰-蒂尔贝里先生是天底下最为难的男人,原来他重婚了。或者更准确地说,他曾经同时和两位女士订婚。第一次订婚是家里安排的,第二次订婚是中了彩票。当他把收到的信读了十多遍后,他再也不会抱怨自己因为买了"好运小姐"的彩票而自觉荒唐,几周后他居然真的中奖了。而且必须要说的是,这个彩票和其他彩票不一样。它提供的获胜奖品独一无二:娶"好运小姐"为妻。在本世纪的头几年,一则英国报纸上的消息在当地引起了极大的轰动。一位女士在分类广告上发布了一则信息,她提出一种新颖的彩票供大家购买,中奖人可以赢得与她牵手的机会。在报纸上她解释说,在她的父亲回绝了所有她的求婚者后,她又把芳心交给了一位年轻男人,但他受不了时间的煎熬,没多久就和另一位女士结婚了。伤心欲绝的她不知该如何遇到一位真正爱她的白马王子,便想让命运为她选择一位上天注定的新郎。公告落款的署名为"好运小姐",就像连续剧结尾总是打上"未完待续"一样,这几个字给人留下无限遐想的空间。

报纸发行后,这则征婚信息的反响还不错。在莎士比亚的国度,尽管女性已经可以登上王位成为一国之君,但绅士们乐于看到愿意在家相夫教子的女士们的老观念可一点没减弱。而这点,也正是骗子们能顺利抓住人们弱点进行诈骗的至关重要一点。

在随后的日子里,报纸的发行量猛增,仿佛一夜之间大多数英国男人都是单身,或者说尚未结婚。在英国的确从未出现过这种情况:一名女子将自己的终身幸福作为奖品。这件事已经够让大家惊讶,但最引人入胜的还有那行"未完待续"的小字说明。因为,在读完这则消息后,人们还是对这位女士一无所知:她今年多大了?她都会些什么?她是一个怎样的人?能赢得一位女士的心固然令人心动,但她究竟是谁?

消息被出版后的这些日子里,全英国的人都蜂拥前往报刊亭,寻找这个"未完待续"故事中有关神秘女子的所有新线索。没过几天,"好运小姐"终于给期盼已久的人们传来了关于她个人情况的新内容:她说她今年二十二岁,身材匀称,面容姣好,受过良好的教育并且对待爱情忠贞不渝。来信依旧以"好运小姐"一贯神秘的"未完待续"做结尾。两天后,爆炸性新进展出现了。好运小姐，二十二岁，让大家神魂颠倒的梦中情人，除了她的美貌外，还提供了一万元英镑做嫁妆。在那个年代，这金额简直是天文数字。一万英镑，中奖者还能把大家都想得到的佳人娶回家！这太不可思议了，仿佛是世界上最不能让人相信的事情，至少在英国是！

第二天上午的公告详细地介绍了参与抽奖的具体方法。彩票将在指定酒吧进行发售，大家可以通过酒吧挂出的标识牌找到销售地点。抽奖将于4月12日在莱斯特①举行，由公证员皮特夫人亲自通知中奖的幸运儿。消息末尾公布了彩票价格，每张仅有几便士，这让人人都有机会可以购买。

因此，整个英国都兴奋不已，对购买好运小姐的彩票跃跃欲试，因为公证人皮特夫人在莱斯特当地以公平公正而闻名，深受民众爱戴与信任。"好运小姐"的销售代表将前往全国，将所有已售的彩票票根编号收集保存，每位购买者的名字和住址都被标注在票根上留底存档。贴在橱窗后面的一张小巧卡片上标明了销售地点："这里可购买好运小姐彩票。"

在爱德华七世国外的领土之内，人们都在匆匆抢购这张彩票。没什么财富的年轻人一股脑儿地买了十张、二十张彩票，就为了一下子拥有爱情和财富。还有不少已婚的丈夫们也背地里偷偷买了不少彩票，他们梦想着万一好运降临，成为这场爱情与财富的双赢家，自己一生的贫穷轨迹就能改变。

---

① 莱斯特，位于英国英格兰中部。

## 二

4月2日，离抽签日期还有十天，最新彩票抽奖消息说，为了感谢大家对她的绝对信任，好运小姐准备在第二天给大家一个惊喜。4月3日，惊喜如期而至，这位让整个国家都魂牵梦萦的好运小姐，终于公布了一张自己的照片。这位女士漂亮的脸蛋和迷人的微笑，让英国人的心都被融化了，以至于所剩不多的彩票很快被抢购一空，必须临时加急补货。在好运小姐动人照片的作用下，人们更加为娶到她而做起疯狂的事来。在伦敦某个酒吧甚至出现了这样一幅画面：为了购买彩票，追求者们排了五小时的队，队伍绕着街区根本看不到尽头。

就是在看到这张同样的照片时，约翰-蒂尔贝里的心都深深地陷了进去。他失去了所有的冷静，在布莱顿四处奔波收集彩票，终于，他花了高于市价两倍的钱，好不容易买到了十二张彩票。可约翰已经和可爱的玛丽-洛福特订婚了，玛丽的嫁妆将是她父亲拥有的奶酪作坊。这也是问题所在：约翰-蒂尔贝里最厌恶奶酪的味道，从生理上就厌恶，这种厌恶起源于他童年时期的噩梦经历——他开杂货店的祖母总是在他不听话时，把他关进切斯特奶酪储物间里。他的问题是无解的，所以如同成千上万的英国市民一样，约翰给自己买了一个梦想。有了这些钱，他可以对未来生活做一个出色的规划。他仿佛看到了那幸福一幕，自己和一队人马在布莱顿的大街上飞驰，身边有全英国都心仪的女人陪伴着，他在玫瑰和紫罗兰的香味包围下,向今天所有小瞧他的人屈尊附就地打着招呼,最重要的是,再也不会有奶酪的臭味。

他的美梦居然成真了,约翰-蒂尔贝里手里拿着公函,信中告诉他一个喜讯:他赢得了好运小姐,这位二十二岁的年轻女子,同时还有约定好的一万元英镑嫁妆,一切都归他所有。

约翰以一种奇怪的感觉一遍又一遍地翻查着这封信。一直梦想有这么一天的他,突然陷入了最可怕的不知所措之中。他感到一阵内疚。他是不是做错了什么?他说不出来,但是这个女人,这个从天而降带着一大笔财富的女人,让他感到前所未有的恐惧。他按信封上的地址写了几封回信,却一次次被退了回来,信封上盖着邮局的"查无此地"印章。

经过反复考量,他发现自己所做的所有事,哪怕是最合理,都是他一个人的独角戏。这位女士好像鬼魂一样并不存在,然而她的存在又是不能让人忽略的。一个年轻貌美的女人,拥有如此令人心动的大额嫁妆,思想还这么新潮,这可不是一般的中产阶级女人。她会怎么看他?等她看到了他那寒酸的两室一厅小公寓后,她心里会怎么想?他是她想象里那个有缘人吗?他能做到她心中所想吗?

约翰-蒂尔贝里正在沉思的时候,不知是谁敲响了他家的门。约翰开门一看,是一位穿着制服的车夫。车夫详细询问了约翰的身份后,恭敬地递给他一封信,语气庄严地说:"尊敬的先生,我在外面静待您的答复。"

即使约翰不是夏洛克-福尔摩斯大侦探,也能从做工考究的信纸和信中若有若无的香水味猜出,这封信是谁写给他的。

约翰的脸顿时变得羞红,他谢过了车夫,拆开信封看了看内容,确定这封信就是他的梦中情人写给她的。他差点没有控制住自己想要欢呼呐喊的冲动。他甚至又把信从头读了一遍,确定自己这次不是在做梦。

好运小姐在信中写道,她之前心仪的那个男人刚刚失去了他的妻子,现在又恢复了自由之身,并且想与她再续前缘。她还说,当然,只有在中奖者要求的情况下,她才会收回自己的承诺,如果中奖者坚持要娶她,她会遵守规定嫁给对方,但无论他如何选择,这一万英镑都属于他。

眨眼间,约翰-蒂尔贝里想都没想,找出信纸,拿起他最精致的一支笔,给他有缘无分的"前妻"回了信。他写道,没有娶到如此迷人、如此美丽的她,将会是他一生都耿耿于怀的遗憾,他虽然心碎,却不能成为他心爱的人得到幸福的绊脚石,那样他会良心不安。在信尾,他装作漫不经心、略有歉意地问了一句,不知哪天在何处能领到这一万英镑,他好开始忘记这段没有开始的感情。

约翰收到了好运小姐感谢他肯放手的回信,也承诺会将嫁妆如数交付。几天后,莱斯特的公证员皮特夫人带来了约定好的一万英镑。得到这笔财富后,约翰即刻离开了英国,选择去里维埃拉[①]

---

[①] 里维埃拉,属于法国东南沿海普罗旺斯—阿尔卑斯—蔚蓝海岸大区的一部分,为自瓦尔省土伦与意大利接壤的阿尔卑斯省芒通(Menton)之间相连的大片滨海地区。

定居。

天啊，这是一个多让人羡慕的故事。

## 三

约翰-蒂尔贝里在里维埃拉过了几年纸醉金迷的生活，突然有一天，他偶然遇到了一位为公证员皮特夫人工作的员工。他想从他那里打听点当年的内情，而当他巧妙地将话题引向"好运小姐"时，男人露出了会心的微笑，用充满神秘感的语气说："好运小姐？您想知道点什么呢？"

这个人知道得太多了，或者说，他还没有说到重点。约翰-蒂尔贝里坚称自己只想圆一个未了的遗憾，求他再多说点内情。于是，约翰听到了让他最不敢相信的事实。

真正的好运小姐并不存在。彩票事件是由一个名不见经传的天才骗子精心设计的，也是他一手操办的。正是此人，虚构了好运小姐的整个故事：她的父亲、她的身世、她坎坷的感情之路和她拥有的巨额财富，都是假的。他刊登广告，就为了将彩票成功地卖给想一夜暴富的人们。他收买皮特夫人抽出了最终获奖者。好运小姐公布的照片其真实身份是他的情妇。警方谨慎地审理这个案子，粗略估算此人卖出了近十万张彩票。

扣除应付代理商的成本外，这个骗局让他赚得盆满钵满，最终收入达四万英镑，当然还要按规定从这笔钱中扣除给中奖人的一万英镑。剩下的金额足够让这个经验老到的骗子昧着良心去世界上任何一个地方大肆挥霍。

这个骗局几乎是个天衣无缝的骗局，因为只有中奖者才有资格报案并索赔。但这个人并没有提出异议。

"我们一直在想中奖者为什么不报案。"皮特夫人的助手说，他根本不知道获奖人的姓名。

约翰听完，沉默了。只有他才知道，这个天才骗子把每一步骗术都设计到了何等精确的程度。但在这种情况下，被骗的人又怎么会感觉自己是骗局受害者呢？

他甚至有点庆幸，庆幸这从天而降的好运气，但窃喜的同时，依然感觉有种说不出的不悦。

顾欣　译

# 命运的安排

一

这是一阵尖叫。一声长长的、没有间断的尖叫,就像野外的猛兽在嘶叫一样。躺在手术台上的这个女人,从她丹田深处吼出阵阵哭声。这痛苦的哭声一直在持续,仿佛不会有结束的那一刻。房间里有两个人,就像梦魇里总出现的可怕剪影一样,她,四肢无力地瘫躺在手术台上,身上盖着白色被单,浑身被汗浸透了,哭喊得筋疲力尽。他,站在手术台旁,穿着一件白色手术服,头冒细汗,双手正在女人的腹部上用力按压。

她马上要生了。她已经生了好几个小时。他在帮她分娩,这几个小时他一直在帮她。屋里热得要命,温度高得就像身在地狱一般。夏天的西贡①把任何房间都变成了火炉。他一直在

---

① 西贡:现越南胡志明市。

对她说话，但是他听不到自己在说什么，哭喊声把他的声音盖了过去。况且他根本不记得他都说了什么话。大概是一些类似于：用力……坚持住……慢慢……深呼吸……继续……用力……用力……这样的话医生着急得也呼喊了起来，用一半的音量，产妇疼得不停地哭吼。在这点上，他们心灵相通。

1947年，在西贡的美国人并不多。他是这片小殖民地的一名医生，从一开始，他就知道在这里的日子不会太长。达娜·福克多年来一直想要个孩子。在这种情况下，她付出了一个女人所能付出的所有努力。她经历了一切，尝试了一切。现在她已经42岁了，她在床上度过了8个月的保胎时间，固执地孕育着这个一切未知的胎儿。痛苦的事终于降临了，孩子比预期来得更早，她要早产了。

她是一名脆弱的母亲，紧张得不能控制自己。还有这尖叫！无休止的尖叫声！她哭叫的力气从哪里来？她怎么才能不因疲劳和疼痛而晕倒……她已经二次拒绝注射麻醉剂了。她不想睡着，她想靠自己生。她等这一分钟等得太久了，她必须做到。每当医生把敷好乙醚的棉团送到她脸旁时，她就会疯狂地摇头，怒气冲冲地用肩膀抵挡，喊着说她不需要麻醉，要保持清醒。他理解她。

他让护士离开了产房，让她专心生产，并尽可能地帮助她。除了数着宫缩次数、持续时间和强度，他要做的事还有很多。女人的尖叫声戛然而止。而沉默是如此突然，以至于医生都被吓到了。他俯身看看产妇苍白的小脸，问道：

"达娜,你没事吧?"

她眨了眨眼皮,让他放心。汗水和泪水混在一起模糊了她的眼睛,她只看到一张模糊的脸,不太真实,就像在梦中一样。她想知道还要多久才能把孩子生出来。这种场景对他来说司空见惯,他总是为安慰这些产妇说些善意的谎言:

"也就几分钟时间,打起精神来,你马上就能见到你的孩子了……"

芬利医生是位接生经验丰富的大夫。不知有多少个夜晚,他都在产房里等待一个卷曲的、涨红的、哭叫的小脑袋出现。光是在西贡,他就已经给一百多位产妇接生过。这些新生儿里有胖得圆嘟嘟的美国白人,还有头发乌黑发亮的其他族裔的婴儿,男孩女孩都有,可以说他见证过不少产房里的生死离别,也安慰过许多失去至亲伤心欲绝的人们。

## 二

夜幕将至,热气重重,湿气粘在皮肤上黏黏糊糊的,让人难受,达娜应该也会昏死过去,芬利医生很肯定这点。这不是很好。一切都不顺利。强心剂已准备好,刚才安慰的话都是假的!他有一种很强烈的预感,这场景似曾相识,该死的!

可怜的女人,他也说不清为什么,但是这个感觉太糟糕了。这个孩子可能保不住了。产妇的疼痛开始得太早了。

达娜在5分钟前就停止了喊叫声,她的情况不能再坏了。

她在等待生产的时机,巨大的痛苦好像暂缓了。她盯着白色的天花板,听着屋顶风扇在旋转时轻轻发出的噪音。身上肌肉的疼痛也消失了,但这仅仅是暂时性的,剧痛过不久后就会随着无法控制的嘶吼声再回来。时间一分一秒地过去了……芬利医生俯身查看达娜的状态,听诊器贴着达娜的肚子,那里的新生命好像在积蓄所有的力量准备冲出母亲的身体。

达娜有点神志不清,她说道:"我真害怕,我不想生了。"然后她时断时续地说着一些拼凑不成整句的词语,她说她看见了大海,看见了海上行驶的船舶,她在等风来……后来,她又说太阳是白色的,照得她头晕目眩,她开始胡言乱语……然后一切又重新开始。哭喊声,绷紧的身体。这次她是真的要生了。

芬利医生焦急不安地给达娜接生。他戴着手套的双手抓住了什么东西,但却不是孩子的头部。可怜的达娜,她将承受所有的痛苦,难怪她像受伤的野兽一样尖叫。孩子挤过达娜的腰部要出生时,速度必须要快,否则会有窒息的危险。芬利医生用快速、精准的动作把孩子轻轻翻了过来,拉着孩子的盆骨,一个小小的盆骨、脆弱又柔软,一个和常人不同的盆骨。

怎么没有腿?腿到底在哪里?芬利医生惊呆了。但是没有喊出声来,幸好没有。因为孩子的确没有腿。一股冰冷的寒意从芬利先生的脚底涌出,直冲他的后背和胸膛。他恐惧地看着那个还没完全离开母体的可怕的小东西。孩子的头和肩膀还没有生出来,只有盆骨部分在母体之外,一个圆形的、令人恐惧的圆形盆骨！

女子屏住了呼吸。她已经停止了大声尖叫，在痛苦和用力中得到片刻喘息。她看着芬利医生，凝视着他，目光涣散，带着忧伤地找寻医生的答案。她没有意识到他用的是平静而又过于安抚的语气。

"不要动，冷静地呼吸，再最后用一次力，加油，我的孩子……"

但达娜已经没有力气了，她的身体正在危险地放松，濒临昏厥。她已经在摇摇欲坠的边缘。他应该摇醒她，让她再加把劲。正常情况下，芬利医生应该催促产妇加速分娩，他很清楚这一刻，他应该帮助产妇把孩子拉出来。但芬利医生在这种情形下几乎没有任何动作，他的双手还在犹豫地摸索着。

一个低沉的声音在他脑海里念叨着可怕的事情：

"再过几分钟，一分钟、两分钟，一切都会结束，肺堵了，气管也梗阻了，这孩子活不成了，这个小魔鬼就死了。他不能这样活在世上，这可不是我的错，这也不会是我的错，全是意外，她不会知道的。我的猜测是不会错的，一切都会结束。"

孩子终于没有动静了，他的手停止了挣扎。这短短的几分钟像过了一个世纪那样长，产房里只听得见医生和女子的呼吸声。两个人被这个孩子联系在了一起，这个只有一半身体的已经不会动的孩子。医生的手、孩子、母亲的身体，一切都静止了。

芬利医生不会认为"我正在谋杀一个孩子"，他已经无法思考更多。他把孩子剩余的部分从妈妈的子宫里拉了出来。他只是个接生的医生,仅此而已。他沉着冷静,依据往常的经验,孩子应该活下来了。命运之神把这个孩子从生死线拽了回来。芬利医生重新站直了身体,用衣袖领口笨拙地擦了擦额头止不住的冷汗。

于是,克服了艰难险阻,在1947年9月8日,一个名叫卡罗尔-福克的无腿小女孩在母亲爆发的能量中诞生了。

## 三

多少年过去了,芬利医生尽他所能将这段经历深埋心底。他退休后回到家乡威斯康星州的一个小镇。他现在是"西贡老友会"的成员,每年都会参加一次老友会举办的传统晚会,享受宴会、音乐会、祝贺、纪念品带来的快乐。

这一年,破产的芬利医生没有赞助传统宴会。他感觉自己变得又老又脾气古怪。他被风湿病折磨得不成样子,世界再也不是原来他认识的那个世界。一个女人靠近了他,他根本不认识她是谁。她激动地高声说道:"我是福克夫人啊!您不记得我了吗?"

不,医生不记得她了。这张脸看起来并不熟悉,他的脸上已经爬满皱纹。除了自己的痛苦,他谁都不认识。她看起来很高兴。

"您再好好想想,"女人说,"我是达娜·福克呀!我先生在使馆工作，17年前，您当时替我接生的！我可没少给您找麻烦，您从我怀孕就开始照顾我，我生了小卡罗尔，您记起来了吗？"

深藏心里多少年的秘密，无声无息地，当时的邪恶声音又在芬利医生的脑海里回响起来……那是他一生行医生涯中最不能被饶恕的一刻……

他强迫自己微笑着点了点头，思绪飞转。我要说些什么？该怎样问出孩子的近况？像老掉牙的叙旧方式一样问："您的孩子一切都好吧？她现在一定长大成人了。"这不可能，这可敷衍不过去。所以，他只是听着，沉默不语地听着。总是充满生气的福克夫人可安静不下来，她滔滔不绝地说起了这些年发生过的事情。的确，她的日子不太好过。她和她的丈夫想尽一切办法让孩子顺利成长，在还不能穿上假肢的日子里，孩子非常脆弱敏感，这样的日子持续了很久。"快来看看吧，芬利医生……不，快来听听，幸亏您把这孩子带到世界上来！"

在为传统音乐会准备的舞台上，在乐团的中间位置，芬利医生一眼就看到了一个穿着拖地裙的年轻女孩。她端坐在钢琴前，静止不动，双手正在键盘上准备演奏。他只能看到女孩的侧面。她有一头浓密的黑色卷发，高挺的鼻梁，下巴小巧精致，身形看着十分柔弱。卡罗尔·福克长得并不漂亮，却让人感到这个女孩聪慧且独一无二。芬利医生训练有素的眼睛几乎没有发现她背部曲线的异样，她的坐姿堪称完美。

他听到福克夫人语气深沉地说道："她喜欢自编自唱，

她的老师对她十分上心，她在考虑举办巡回音乐会。我根本不知道这一切是怎么发生的！我和我丈夫都对音乐一窍不通。卡罗尔从7岁开始就能唱能弹奏钢琴还会谱曲！这孩子是个极有天赋的音乐天才，她一定会走得很远！她出生的时候我有多绝望，您还有印象吗？"

一股冰冷的寒意笼罩着芬利医生。这寒意让他的腿止不住地抖着，背也紧绷起来……他硬逼着自己笑着，他听到自己用一种既滑稽又愚蠢的语气说道："恭喜了，福克夫人！"

顾欣　译

# 冒名顶替

一

1939年9月，在诺曼底的一个小镇上，一群人静悄悄地聚集在了警局告示栏处，围观着上边新公布的征兵告示。

在人群里，有个男人忍不住骂起了粗话。

"卢西恩，你也在被征兵范围内吗？"

被问到的人把头转了过去。是的，他在。二十七班都在征兵范围内。卢西恩-巴尔梅尔今年32岁，他必须像其他成千上万的人一样，重返军事动员中心。

"别担心，小伙子，你们能行！"

这是典型的关于战争的第一句空头套话，说得轻巧，卢西恩-巴尔梅尔并没有对他有所回应。对他来说，战争首先会让他费了九牛二虎之力买下的修鞋铺子关门大吉。他花了好久的精力才让鞋铺开张,现在却要因为征兵动员而挂上一块暂不营业的告示牌。

卢西恩收拾好随身行囊,向他的父亲、姐姐告别,一家人抱头痛哭,他们紧握的手久久不愿松开。卢西恩挥动着手帕,在送别的歌声和强颜欢笑声中,和其他要离家上前线的人一起,与安宁的生活暂时告别。谁也不知道战争哪一天才能结束。离开家的路上,他喝光了红十字会的女士们慷慨分发的啤酒后,最终抵达了位于马德隆(Madelon)的兵营。

"来吧,小伙子们,一直打到柏林去。"

这是典型的关于战争的第二句空头套话。

在军营的院子里,卢西恩-巴尔梅尔紧跟召回士兵队伍的步伐。在这片"持枪野兽"的海洋里,作为一个平凡渺小的普通士兵,就像海边的一粒沙,每个人都有一个士兵编号,被部队登记在案。两小时过去了,卢西恩-巴尔梅尔还没有得到他的编号,于是来到了摆满文件的桌子前。文件堆后边坐着的就是负责登记的"填表先生"。

这桌子真是乱七八糟,卢西恩偷偷在心里说。他们如何能在这一切中找到想要的材料?他们怎么能在这么乱的环境里找到东西?

"你的军人证呢?"

卢西恩-巴尔梅尔将沉睡在碗橱抽屉里十年的珍贵证件递给了他。

"你的姓名?"

巴尔梅尔感到有些好笑。

"上边写着呢!"

这是一个愚蠢的问题!文员面前的军人证上清清楚楚写着他的姓名。登记处的办事员抬起头来,眼珠子一转,恶狠狠地瞪了瞪这个胆大包天的"乡巴佬"——这是在他地盘上挑衅,还自以为很风趣。

"我问你的名字是什么!"

"征兵人"使用的语气咄咄逼人,以至于鞋匠后悔开了这个玩笑。这样不守纪律的士兵,最终会被关进纪检营。

"我的全名是卢西恩-巴尔梅尔·蒂莫西·乔治,1907年1月12日出生,我的父亲是……"

当他在滔滔不绝地讲自己的全名及个人信息时,这位办事员突然开始有些紧张地翻阅他的登记簿。巴尔梅尔告诉他的信息已经让他无暇顾及。

此番被再次征兵是登记在他母亲的姓氏下边,办事员指着登记簿上一行信息问道:

"你说,你是乔奇特-巴尔梅尔的儿子,出生地是索利尼①?"

"是的,毫无疑问,这就是我!"

办事员缓缓抬头,一脸厌恶地看着当事人。

"下一位!"

---

① 索利尼,法国南部沿海地区,靠近戛纳。

## 二

巴尔梅尔有些惊讶,说道:

"您说什么?下一位?我还没办完呢。"

办事员把登记簿推到了一边,用手指着它,冷笑一声回答道:

"上边的这位巴尔梅尔,我今天早上刚整理过他的档案。"

他继续补充道:

"你的事先不谈,我们稍后再说!"

卢西恩在心里默默而激烈地抗议办事员说的话:

"您这是什么意思!这到底是怎么一回事?究竟发生了什么?在巴尔梅尔家族,我们的声誉不容被践踏!"

卢西恩这下着急了,高声嚷道:

"嘿!您这么办事可不行,这么敷衍我是行不通的!我就是卢西恩-巴尔梅尔,军人证上写着呢!你要是不识字,就找副眼镜戴上,你这个北方佬!"

当事人"北方佬"被羞辱得脸色苍白,双方争执得不分上下。就在双方吵得不可开交,场面混乱的时候,当天的值班军官来了。他命令办事员给他解释清楚事情的起因经过,办事员把巴尔梅尔的资料递给了军官,军官看了看登记记录和其他证据,才明白是怎么一回事。一个同一天出生的叫卢西恩-巴尔梅尔的人,来自同一对父母、同一个地方,他已经在上午完成了入伍登记。

面对这样一件不可能发生的事情，巴尔梅尔放声大笑，把那些还在排队等待登记入伍的人当成了他的见证者。

"大家看看吧！这事让人不敢相信！这里简直乱成一团……就这样，我们还想打胜仗！简直是白日做梦！"

站岗的士兵把上尉请了过来，向他说明了事情的来龙去脉。

大家哄笑着看着这个笑话，巴尔梅尔补充道：

"不！这不是真的！那我现在是谁？难道我是教皇吗？"

军官命令道：

"你给我放规矩点，军营里可不是你的布袋木偶戏剧场！"

"这就是一场闹剧！难道还不让我说出来了吗？只有一个叫卢西恩-巴尔梅尔的人出生在这一天、父母是他们，只能是我！这明显是你们内部操作出了问题。你们都干什么呢？可怜的法国！如果大家和这些蠢货一起去了柏林，那就全完了！"

## 三

在这场插曲中，围观士兵乐此不疲，笑得很开心。巴尔梅尔在笑声中拍着大腿，直到发现自己被端着枪的士兵包围。他这才明白，他的行为虽然逗乐了大家，但显然扰乱了军营里的纪律。他以为自己还是个平民，但无论他的名字在登记册上出现一次还是两次，他都已经是个军人了。现实很快让他清醒，军官喊道："来人，把他给我关起来！"

尽管他强烈抗议，但几分钟后，鞋匠还是被关进了军营里的禁闭室。

而接下来，事情发展得也完全脱离了他的预期，就像卢西恩被冒名顶替入伍这件事一样荒诞又难以令人相信。不得不说，对于急着逃避责任的行政部门，卢西恩-巴尔梅尔的坏脾气让事情变得更糟糕，因为他根本不肯服软，也不肯大事化小。他在禁闭室里不停地大喊他被诬陷了，他被人冒名顶替了，这些军队里的办事员都是废物，他才是真正的卢西恩-巴尔梅尔。

他嚷着："谁能拿双鞋来，把那个骗子也带来，看看谁能把鞋修好，谁才是真正的修鞋匠！"

事实是，根本没有人在乎他是不是被冒名顶替，军队里比这重要的事多如牛毛。过了几天后，事情才闹明白，当军队文员在登记老兵再入伍时，确实有一个卢西恩-巴尔梅尔被派往马其诺防线区①，还有一个，就是在那里坐牢的那个人，他暂时以卢西恩-巴尔梅尔二号的名义留在营里，白吃空饷。

被关禁闭的卢西恩整天喊着军队行政不作为……

几位本想处理这个案子的上级在与他面谈后，都彻底被惹恼了，他们认为卢西恩简直不可理喻，纷纷说："这人是不是被魔鬼附身了？以他的反动思想，还不如就把他一直关在

---

① 马其诺防线是法国在第一次世界大战后，为防德军入侵而在其东北边境地区构筑的筑垒配系。马其诺防线从1928年起开始建造，1940年才基本建成，其名称来自当时法国的陆军部长A.-L.-R.马其诺的姓氏。防线主体有数百公里，主要部分在法国东部的蒂永维尔。

这里。"

对卢西恩来说，是不是反动思想对他来说一点也不重要，大放厥词让上边的人厌恶他，想一直把他关在这里，可比去马其诺战场上潮湿阴冷的战壕里送死强一万倍。

而此时，顶替他的另一位卢西恩-巴尔梅尔，一名"曾经的鞋匠"顺理成章地去了前线干着处理、分发邮件的差事。

## 四

时光飞逝。圣诞节的时候，卢西恩-巴尔梅尔二号收到姐姐带来的包裹。她和他们的父亲一起到了军营里，对卢西恩被无理由拘留这么长时间表示不满。接待他们的中尉告诉他们指挥官不在，他也无能为力。

他说："我理解您的心情，我们还在等待调查。我们还能怎么办？只能让他先冷静下来，这样对他和大家都有帮助！"

2月25日，鞋匠卢终于被传唤到了调查委员会。委员会对外公布了调查结果：他确实是卢西恩-巴尔梅尔本人，而冒充他参军的人真名叫弗兰巴德-维克多。1935年，为逃避一桩谋杀案的调查，此人利用偶然得到的丢失文件，篡夺了鞋匠的身份。事情叙述到这里，上尉停顿了下来，和同事们交换了一个互相打趣的眼神，继续说道：

"他在1937年娶了苏珊娜-温达德。"

鞋匠听了这个消息没有什么反应，上尉强调道：

"他结婚了,合法注册了!"

"那又能怎样?这是他的权利。"巴尔梅尔说道。

"不,事情没有这么简单!他用你的姓名和身份注册结婚的,在民事登记处合法登记了。所以,在法律的角度上,苏珊娜-巴尔梅尔,本名温达德,就是您合法的妻子,并以您的名义违规领了五个月的军属津贴。"

听完这些话,暴躁的鞋匠终于爆发了!

"怎么可能!这简直欺人太甚!因为你们工作的失误,我不仅被当成罪犯一样关了五个多月,还要为一个我连面都没见过就被结婚的女人负责?你们要让我把这口气就这么咽下去吗?简直异想天开!"

上尉尽力向他解释,当然可以去取消这段婚姻,在公民身份登记簿上的婚姻状态也是可以更改的,但卢西恩-巴尔梅尔根本听不进去他说的任何解决办法。他不顾上级让他住手的命令,和负责此事的办事员们厮打成一片。不负责任、草草了事的这种对待士兵的工作态度简直是在侮辱这个国家的尊严——气急败坏的卢西恩,甚至把一个墨水瓶砸到了上尉的头上。这就是为什么在1940年6月,德军在沙隆①监狱不费吹灰之力就能把他逮捕的原因,也是他连战场都没上过就变成了德国人手下俘虏的根源。

在监狱的日子里,卢西恩收到了苏珊娜-温达德(弗兰巴德-维克多,就是冒充他的那位巴尔梅尔的妻子)的一封长

---

① 沙隆:法国勃艮第大区索恩-卢瓦尔省的一个镇,位于索恩河畔。

信。信上说弗兰巴德是在阿贡当日①被打死的。作为一个失去丈夫的寡妇，她请求他原谅维克多给他带来的伤害和麻烦。她也不知道她的亡夫是假冒他人之名，不知道世界上还有另一位巴尔梅尔先生的存在。为了赎罪，她承诺每隔半个月给他寄一个包裹。巴尔梅尔虽然很气愤，但却是个老好人，他不忍伤害这个刚失去丈夫的女人。他再也没有退回她寄给他的包裹。在他被转移去了战俘集中营后的几星期，鞋匠也尝试对她和善起来。有时候寄来的包裹里夹着一封苏珊娜的来信，他也会给对方回信。他们交换了彼此的照片，苏珊娜告诉卢西恩，她已经怀孕了。

巴尔梅尔向一起被俘虏的战友们讲述了自己这不可思议的经历，对此他甚至有点骄傲。当他提到他名义上的妻子和孩子时，居然觉得这并不是什么坏事。于是他并没有去相关部门更改这段本应作废的婚姻状态。当苏珊娜生的女婴来到世界上时，也就顺理成章地成为他合法的女儿，他当父亲了。

四年后，当鞋匠重回法国，巴尔梅尔夫人正和他们的女儿小弗朗索瓦丝一同等待他归来。还有什么比这更正常的呢？他们幸福地生活在一起，这次再也不是名义上的了。但有关部门造成的乌龙问题并没有让鞋匠的怒气烟消云散，他还是得给冒用他信息当兵却战死在前线的维克多恢复身份，这样苏珊娜-温达德才是维克多法律上的妻子，在他牺牲后，她才能生下属于他们的女儿并且成为真正意义上的寡妇。之后，她才能改嫁

---

① 阿贡当日：法国摩泽尔省的一个市镇，位于该省西北部，属于梅斯区。

给被冒名顶替的卢西恩，她的女儿也能合法成为鞋匠的继女。是爱让这一切变得合情合理，任何规定都无法将他们分开。这需要准备数不清的证明材料，一些怒气，还有一点点耐心。

自然，鞋匠负责提供怒气的部分，办事部门负责提供耐心（毕竟他们是造成这些后果的罪魁祸首），每个人都恰好可以各司其职。

顾欣　译

# 护家猫神

## 一

人们常常好奇猫的天性是什么。有专家对此表示,研究证明猫是一种相对独立的动物,作为家里的宠物,它们其实并不依赖主人。

其他专家的说法则完全不同,如果你问一百个猫主人,每位主人都会告诉你他家的狸花猫是世界上最聪明、最古怪、最好奇、最美丽的猫科动物。但也有人讨厌猫。而且这类人的数量比你想象的要多很多。也许他们在童年时期被猫抓挠或咬伤,很多人都有这样的经历。另外一些人是因为对猫毛过敏而不喜欢它们。

加利福尼亚州的农业工程师爱德华-克里普顿对猫过敏,他这辈子都没有摸过一只猫。他从很小的时候就开始从生理上排斥猫。哪怕仅仅和他提起了猫这个字,都会吓得他直打哆嗦。对他来说，一只猫甚至比人人都害怕的蛇更让他感到恐惧。他知道自己这样有多愚蠢。为了试图搞清这一点，他甚至让人对猫毛进行化验，以确定到底里面有什么成分能让他吓得头发都竖了起来。但他并没有发现任何实质性的东西。之后他又通过一位擅长精神分析的专家朋友，帮助他从潜意识里提取一些关于这种恐惧的来源，看能不能对他有所帮助。万幸的是，这也是浪费时间，什么原因都没有找到。爱德华永远也不会知道他对猫的排斥是由于他母亲穿着带披肩的毛皮大衣，还是因为他父亲穿着的羊毛袜……

怕猫并不妨碍爱德华结婚，也没有阻挡他在专业领域上取得辉煌的成就。他还是过上了属于自己的幸福生活。婚后的爱德华-克里普顿定居在阳光充沛的加利福尼亚州，他买了一栋小房子，和妻子商量看她可不可以给家里生个男孩。他的妻子如他所愿，真的生下来一个男孩。孩子降生后，一家三口快乐地生活在一起。加州的天气总是那么炎热，屋子里铺着瓷砖，为了散热，孩子睡的柳条摇篮被放在地上。他的母亲每天下午都在缝缝补补，他父亲则在几公里外的橘园附近办事。

这是一种岁月静好的、加州式的、被人追捧的美国主流幸福生活。

二

巡演归来的当晚，爱德华-克里普顿并不知道有人刚刚准备捉弄他，对他开一个恶劣的玩笑。这是一个非常拙劣的恶作剧，他根本不知道该如何化解这给他带来的后果。爱德华根本不知道这件事是如何被精心策划好的。他跳上他的吉普车，略带生气地开着车，不时能听到汽车发动机里有一种奇怪的异响。可他已经下车检查了十几次，都没有找出究竟是哪里出了问题。

把车停进家里的院前，爱德华最后一次检查了吉普车的发动机，还是没有发现任何可疑之处。正当他准备穿过家里的木质门廊时，他突然听到了与之前不同的新响动声……而这个时候，由于汽车已经熄火，噪音更容易被人察觉。异响从车辆后方传来，听声音应该是在座位下面。他发现那有一个鞋盒，鞋盒被绳子固定住，并且上边有好几个小洞，里面好像有什么东西在不停地动来动去。

爱德华怀疑是同事们一起合谋干了这件事。他小心翼翼地拿着盒子，坐在家门口的走廊上，满心怀疑地打开鞋盒，结果被里面的东西吓得魂飞魄散。他尖叫得就像看见耗子的女人一样。盒子里面是只猫，一只愤怒的小黑猫，它在盒子里不知被关了多久，现在像魔鬼一样，一下就冲了出来，不知道跑到哪里去了。猫很擅长藏匿自己，现在没人能知道它到底去了哪里。

爱德华和小黑猫一样又惊又吓。他憎恨这种玩笑，这简直出乎他意料的恐怖。即使对于像他这样一贯理性的人来说，也会认为这件事已经过了头，超出了他的承受范围之内。

他把发生的事情从头到尾和妻子伊丽莎白讲了一遍，伊丽莎白当即决定一定得把小猫找出来，给它找个安全的地方落脚，特别是不能让猫和爱德华在这家里有任何交集。

爱德华甚至无法接受有只猫在屋子里游荡的可能性，他可能会在不经意间把手或脚放在它身上。另外，这是一个原则问题，他压根儿不接受这房子里养了一只猫。

伊丽莎白没有放弃找猫的念头，她把家里仔细地搜了个遍，但一无所获。这只惊慌失措的动物一定躲在了一个她难以接近的角落，不然就是跑出了她家，而她家外面简直就是荒漠，因为他们的房子离镇上非常远。

但爱德华并不相信猫已经跑出了他家，伊丽莎白被他气得够呛。他们之前一直没机会好好谈论下爱德华为什么怕猫这件事，现在这个时机出现了，伊丽莎白认为爱德华怕猫怕成这样简直是不可理喻。她无法理解。她甚至表示，如果能找到这只猫，她会给它喂东西吃，而不是像对待仇人一样把它赶尽杀绝。

# 三

太阳快要落山了，猫还是不见踪影。伊丽莎白放弃了寻找，去照顾他们的儿子，而爱德华则低声发着牢骚，在门廊那边坐了下来，让自己能透口气。他刚从惊吓过度的状态中恢复，家里又有事发生了。

伊丽莎白突然叫了起来。这次是真正惊恐的叫声，不像是人发出的叫声，爱德华吓得跳了起来，冲向了屋里——这尖叫声是从孩子的房间里传来的。他在走廊里撞到了伊丽莎白，惊魂未定的伊丽莎白一动也不敢动，从头到脚都在发抖，向他指了指孩子的摇篮。

6个月大的小詹姆士-克里普顿正睡在他的竹摇篮里面，身上只穿了一件小衫，盖了一层薄毯，他的胳膊和腿都裸露在外面。小詹姆士-克里普顿的头枕在白色的枕头上，他周围的一切都是白色的，除了两样东西，两样黑得不分上下的东西。

在婴儿的肚子上，出现了一个胸针大小的异物，不知道是哪里来的，一只加州的巨型蝎子。黑色的，像小龙虾一样大。它一动不动。它那可怕的毒尾巴卷着，仿佛随时都要蜇人。

蝎子的对面是另一个黑色的东西：那只黑猫，现在爱德华总算知道猫的样子了。这是一只大约3个月大的猫，有两个并在一起的拳头那么大。猫就趴在枕头上，紧贴孩子头顶，耳朵竖起，尾巴高翘着，眼睛紧盯着蝎子。这一幕太恐怖了，孩子的父母已经不知道他们是否正身处噩梦之中，不敢相信眼前这一幕是真实的；而孩子睡得很熟，他没有察觉到身边发生的事情。爱德华和伊丽莎白吓得不知该怎么办，俩人急得满头大汗，想着一切能救孩子的办法。

怎么才能在不让孩子被蜇的情况下把蝎子弄走？

如何抓它？用什么抓？和这只看上去要找乐子的猫在一起，它正盯着蝎子准备干点什么。如果它跳了过去，那简直是一场灾难。蝎子肯定要反击，那么孩子就会惊醒……

伊丽莎白已经到了精神崩溃的边缘，她再也受不了了。爱德华喃喃自语个不停，他重复着"冷静，冷静，冷静，冷静"，好像这样就能把问题解决。

实际上，他已经完全不知道该怎么办。

他这辈子从来没出过如此多的汗，伊丽莎白突然想要冲过去救儿子，他用力拦住了她，不让她冲动，这时候绝不能轻举妄动。伊丽莎白绝望地乞求她的丈夫："你快想想办法，爱德华，我求求你……"

## 四

爱德华绞尽脑汁想着到底该怎么办："也许他们应该先把猫捉住，这样蝎子就不会被猫激怒，孩子也不会被吵醒，这只该死的猫为什么还不消失……"

爱德华简直想把它掐死。这只愚蠢的动物正在让他的儿子身处险境，甚至会有生命危险！一个厌恶猫的父亲，他儿子的小命就捏在其最憎恶的猫手中，让他落入了这样两难的境地，这简直是荒谬的最高境界。

爱德华终于下定决心，打破眼前的僵局。他想试试看能不能一把抓住猫脖子，让猫先离开这里。他迈出了一步、两步，同时时刻观察着蝎子的情况。很好，蝎子没动，猫也同样没挪位置。突然，爱德华僵在了原地，焦虑地屏住呼吸。原来猫刚刚转过身，把耳朵背了起来，看上去有些生气地高举起一只爪子。它在枕头上往前挪了挪，巧妙地从婴儿的肩膀上经过，最后端坐在孩子的旁边，放缓了呼吸声。猫趴了下来，它绿色的眼睛专注地凝视着眼前这只可怕的蝎子，它的身体微微摆动，好像是准备向对手发起攻击，看上去两只动物对峙了几秒钟……

小詹姆士-克里普顿还在熟睡。猫用尾巴轻轻扫着他的太阳穴，可他还是继续睡着。如果可以的话，爱德华真想大哭一场。在他身后，他听到伊丽莎白绝望地说着：

"你得做点什么，你快做点什么……"

她只知道重复这几个字。但他没有时间做任何事情，也许维持现状更好。因为就在这时，这只黑猫重新站立了起来，就像对夫妻俩炫耀一般，猛地挥动右前爪，像弹簧一样，砰地轻轻一弹，蝎子像跳华尔兹一样在摇篮上一米高的空中转圈——不费吹灰之力，就这样被猫甩了出去。伊丽莎白见状立刻冲到了她儿子的身边。爱德华则冲向了蝎子落地的方向，用鞋底把它狠狠拍死。爱德华恨不得将这该死的蝎子打死一千次，不，成千上万次。

他慢慢平静下来，回想刚刚发生的事情，转过身时，正好看到这只小猫，蜷缩成一团，全身漆黑地趴在雪白的摇篮上，仿佛带着圣洁的正义之光，沉沉睡去。

这真是一只上天派来的猫咪保护神呀。

顾欣 译

# 正午的钟声

## 一

和许多其他同龄的孩子一样,为保护他免受炸弹的伤害,且能吃上足够的食物,西蒙被家人送到了乡下。敌人从不轰炸种满土豆的田地,于是机灵的农民利用这点,尽可能让自己的日子好过一些。所以,西蒙在乡下是相对安全的,这里的乡下是真正意义上的乡下:村子不远的地方有一条河,有大片的牧场,附近还有森林,村子由十一座房屋和一座小教堂所组成。1940年的夏天,年仅12岁的西蒙从巴黎独自被送到了这样陌生又简朴的地方,他强忍住了内心的恐惧,没有哭出来。

他现在生活的农场属于他母亲的表哥们,他们没有孩子,也不是很温柔。单纯正直的人总是认为,人一旦吃饱了,住好了,就没有什么可抱怨的了。所以西蒙并没有抱怨生活的突变。几个月的时间就这么过去了，他的妈妈偶尔来村里看他，之后，可怕的消息传来——他的妈妈死了，死于昆虫叮咬后的感染。西蒙的爸爸从遥远的监狱里给他写信，鼓励儿子坚强一点。对西蒙来说，这些遥远而脆弱的来信，是他和被关起来的爸爸之间唯一的纽带。

## 二

1943年，西蒙13岁。1944年，他14岁了，几个月来一直没有父亲的任何消息。大家都让西蒙别太担忧，他的爸爸可能已经投靠了德军，所以不方便来信。可西蒙满脑子想的都是父亲已经死在了德国的某个地方，他已经忍受不了总是等待坏消息来临的这种煎熬。他决定这次要做点什么，至少不能只是在乡下哭泣。他受够了被动的流泪，他快疯了。

一个晴朗的早晨，西蒙在书包里装满了补给：奶酪、煮鸡蛋、面包。他穿上两条长裤、两件衬衫、两件套头衫和两双袜子，左思右想准备留下一张他要离开的字条。第一次，他写道："我要去参加游击队了，请不用找我。"写完便把纸条塞进了口袋里，他认为，先不要让别人知道这件事，不能留下他准备去哪里的痕迹。在一个黎明时分，西蒙终于要离开了，他踮起脚尖，打算悄悄地走。经过鸡舍的时候，他忽然想到即便自己不知道要去哪里，在这年代如果有只鸡，那不管哪个游击队都会欢迎他加入的。但能把鸡顺利又安静地抓到一点也不简单,鸡可不会一声不吭就能让他得手。于是,西蒙把心思又动在了兔子上,他把抓到的兔子活生生地塞进了他两件毛衣里面。

西蒙终于走在了森林间的路上,一手拽着书包,一手把兔子死死固定在他身上。2月的莫尔旺①山脚下,天气十分寒冷。在走了大约两公里后,看着眼前的路,西蒙有点疑惑了。当然,他从没奢望能见到路上的路标写着"此地离游击队仅有五百米",但是童年的经历让他深信,只要他在森林里走得足够远,就能遇到像艾凡赫②或罗宾汉③一样的人。平时生活在村子里的人总是小声说着游击队的事情,他想象里的游击队应该就是那样。

就这样走了5个多小时后,西蒙发现他已经找不到来时的路了。这片森林绵延近40公里,他早已经偏离主路,走在满是灌木荆棘的林间深处。他在一座废旧的小教堂里休息了一会儿,发现自己正身处森林边缘,向远处眺望,可以看到一个不知名的村庄。于是他重新出发,再一次在密林中寻找着。他不

---

① 莫尔旺:法国中部高原地区。
② 艾凡赫:英国作家沃尔特·司各特创作的长篇历史小说《艾凡赫》的主人公,撒克逊人,因违背父意与异族统治者交往,并参加了狮心王理查一世率领的十字东征军,被逐出家门。回国后他借助罗宾汉的帮助挫败了理查一世弟弟发动的政变图谋。重新登上王位的理查一世成全了艾凡赫与贵族小姐罗文娜的婚姻。
③ 罗宾汉:是英国民间传说中的人物。他武艺出众、机智勇敢,仇视官吏和教士,是一位劫富济贫、行侠仗义的绿林英雄。

知道现在已经是上午10点，只知道自己的肚子饿得咕咕直叫，得停下来吃点东西。正在这时，一阵声响惊动了他。附近有什么东西在动，而且声音十分不寻常。在确定声音具体来源于人还是动物之前，西蒙感觉前所未有的恐惧。终于，他发现自己面对面地遇见一个背着军用背囊的男人，这个男人见到西蒙也同样惊讶。男人和孩子互相对视着，谁也不知道该如何打破僵局。

## 三

男人问道："你在这做什么？"

孩子答道："我想参加游击队。"

这一切都突如其来，没有任何预兆和怀疑。在西蒙看来，这个戴着贝雷帽、看起来像偷猎者的人，一定能帮他。

男人看上去一脸惊讶，西蒙赶紧给他看自己的书包和书包里的食物，拎起兔子的耳朵让男人相信他并没有开玩笑，然后说道："这是真的，先生，我带了食物，我想参加游击队。我妈妈死了，我爸爸也不在这个世界上了。家里只有我活着，我一定得做点有用的事。"

而那人依旧没说一句话，西蒙有些担心地问："您觉得他们不想让我加入吗？"

男人坐了下来，他得和孩子好好聊聊。他想知道是否有人告诉西蒙游击队在哪里。

"不，没有人告诉我，我是自己找来的！"西蒙说道。

因为他们只告诉村里人，他们在森林里。

西蒙有没有告诉别人他要做什么？

"没有，我谁都没说。"西蒙拿出了兜里皱巴巴的纸，那张说他去寻找游击队的纸，证明自己谁都没有告诉。

男人说："你还年轻，小伙子，但我没精力送你回去。跟我走吧，我们回去和其他人商量商量该怎么办。也许我们会给你找点事情做，但我警告你，我们不能把你留在我们身边，这对一个孩子来说太危险了。"

西蒙忙答道："你们可以把我留下，我步枪打得特别好，从小我父亲就教过我了。"

远处钟楼的钟声响起，现在11点了。这个叫路易的男人和小西蒙一起出发，去了一公里外一片林中的空地，路易在那儿藏了一辆汽车，座位下边有一把机关枪。西蒙自豪地坐了上去，抱着他带来的兔子，他们准备开车去游击队大本营。大本营是一座藏匿在森林深处的废弃伐木屋，路易穿过一条崎岖险阻的小路，在两公里内，车的挡风玻璃被树枝还有其他东西撞了十余次。路易带着食物和生活物资，西蒙也带来了他的兔子。

西蒙没有得到想象中的热烈欢迎，相反，他开始恐慌起来。十几个人喊着让他们赶紧离开这里。所有人都在混乱中撤离。一名侦察员警告大家，一支德国人的分队正从北面赶来。两天前，他们炸毁了一条路，找到了大本营的具体位置，这都不重要了，重要的是让所有人尽快离开这里。路易简直太幸运了，他要是再晚一点回来，就会落到德国人的手里！西蒙看着这些人，浑身脏兮兮还胡子拉碴的，拖着各式各样的武器，互相给出指示。3个人走这条路，4个人走另一条路，他们会在一个地方再会合……另外3个人冲上了西蒙所在的这辆老汽车，其中一人终于惊讶地发现车上有个孩子，还有他的书包和兔子。路易把车挡挂得吱嘎作响，倒车，然后猛冲拐进撤离方向的小路里，他尽可能地解释西蒙的存在。其中一个看起来像头儿的人对西蒙说：“听我说，孩子，我们要在路上放下你，然后你自己回家去，听懂了吗？"

西蒙吓得喉咙发紧，他只能听他们的安排。路易理解他的感受，拍了拍他的肩膀，告诉他：

"如果以后遇到什么麻烦，就照着我们的样子去解决，别把那挺冲锋枪丢了，它很珍贵。"

西蒙感到十分受鼓舞，他伸出一只手，有点害羞地摸了摸枪，把手放在上边，给路易投去一个勇敢的微笑。在到达森林边界之前，他们的车在树林里颠簸了大约10多公里。西蒙不知道他们究竟身处何地。他能看到一些树篱、一条小径、一片田地和稍远点的一条路。路易把车停了下来，看了下四周的情况，跟大伙说："我们沿着这条路走，走到十字路口那边的小桥，然后去老磨坊那里。"他又对西蒙嘱咐道，"你得下车了，孩子，我把你放在十字路口那儿，我们总有一天会再见面的。"

## 四

　　车子摇摇晃晃，撞向了路边，西蒙也和其他人一样被强大的力量甩得躺在车后座上。也就开了五百米，他听到路易大声在骂着什么，突然刹车、滑行、掉头，然后朝相反的方向疯狂飙车——他们的正前方遇到了德国人的军队！路易又向树林里开去，因为没有其他办法了。

　　西蒙吓得脸色发白，看到一辆汽车紧紧追在他们身后。头儿大喊让路易停车，他们得徒步逃跑，没有人再去想西蒙，但西蒙突然觉得自己是这个群体的一员。他照着其他人的样子做，对，路易是这么跟他说的。好，就像其他人一样，他跳下车，钻进了树林里一直跑。他没有忘记带上机关枪，他一边狂奔，一边把枪递给了他身后的路易。他们听到了紧追的德军的叫骂声。西蒙没敢停下脚步，他一直在奔跑，第一阵德军的扫射声过后，他转过身发现已经看不到路易了，他连忙躲在一棵树旁边，这时他听到路易的声音不知从哪儿传来："小子，快趴下！"

　　可西蒙没有时间按他说的去做。他看到路易倒在一棵树的左后方，就在离他大概十几步的距离，机关枪已经被甩进了泥土和树叶丛中。他知道路易牺牲了，于是他一跃而起，飞快地抓起地上的枪，匍匐在路易的尸体旁。他想开枪，但情急之下，他竟然不知道如何操作这挺机关枪。他听到了远处的枪声和法语的喊叫声。有人在林子里疾驰。西蒙知道德国军队暂时没抓到游击队的其他人，但从另一方面说，他们正在向他冲过来。

现在是西蒙保护其他人的时候了。如果不能让这又脏又破的机关枪把他们全干掉，他就不叫西蒙！西蒙重新站了起来，他看到了眼前的绿色制服。对方至少有4个人，其中一个戴着帽子。他开始扫射，背靠一棵大树，一直不间断地扫射再扫射。除了机关枪嗒嗒的巨响外，他什么都听不到，机枪的后坐力震得他眼冒金星。在他倒下前，他把剩下的子弹都打光了。他没有看见战友回来救他的那一幕，也没有看到他们把昏迷的路易和他一起扛上汽车。他再也看不到这个世界了，他胸口被敌人打中，连小兔子也死在了他的套头衫里。

在1944年2月那天，古杜勒游击队失去了他们最小的队员，14岁的西蒙-科拉斯。在正午时分，远处村庄的钟楼上响起了钟声，他为光荣而战。

顾欣　译

# 一记耳光

## 一

菲利普刚刚挨了一耳光,整个脑袋都被打得嗡嗡作响,耳朵顿时就红肿了起来。他被打得愣住了神,愤怒令他从头到脚都在发抖。他直视着扇他耳光的母亲,没想到已经12岁的他还会被她如此羞辱。好吧,就这样吧!他再也不想搅和进父母糟心的婚姻中去了,永远不会了。他们之间的争吵、争执还有互相怨恨,都是他们一手造成的。如果离婚能让他们都解脱,那就离吧,他们根本不在乎菲利普,他也不在乎他们愿不愿意做夫妻,别指望他会为他们离婚而伤心难过。

可是让自己不哭出来真的太难了,尤其是在挨了那么一巴掌之后。他的喉咙里仿佛被什么东西塞住了一样,就像一块咽不下去的苹果卡在那里,还像有人拿上万根针在扎他眼睛。他逐渐失去了理智，有些控制不住自己。菲利普强忍着不让自己哭出声来，他和自己在斗争……他在裤兜里握紧拳头，强压内心的怒火，一次……十次。他十分肯定母亲和他一样不开心。

他不知道是不是同样的委屈紧紧堵住了他的喉咙，想哭的欲望也同时刺痛了他的双眼。一家三口都积压了太多的心事，他们早该好好谈谈家里最近的情况。

但这些日子以来，他们一直没能有机会好好沟通。他们经常在吵架之后把门狠狠关上，家里经常压抑又寂静，卢蒂埃先生和卢蒂埃太太不再和睦相处了。

10年的婚姻，当开始的甜蜜期过后，剩下的就只有针锋相对。这一切都是在假期之前开始的。他父亲总是很晚才回家，连周日也不见踪影。菲利普经常听到母亲在厨房独自哭泣，还总是听到他们两人在卧室大声争吵。他偷听到了那些互相伤害的语言，还有可怕的人身攻击。最重要的是，他们一直在让他不要搅进大人的争吵中，他们总是说：

"去做你的作业！"

"去外面玩吧……"

"回你的房间去……快走……"

菲利普这几个月来一直感觉，他最好从这个家里消失。

这天早上发生了什么？一件不可理喻的事情。

这是一个周日，菲利普在厨房准备吃早餐，他正嚼着涂满黄油的面包片，母亲比平时更神经质地责骂他：

"快！快！快！去洗漱吧！你烦死我了！你怎么总是在我

旁边瞎转！"

最后，不满的妈妈说出了一句让菲利普难以原谅的气话：

"你简直和你父亲一模一样！"

这句话是菲利普无法忍受的。首先，在他看来，父亲的所作所为并不是一个正确的榜样。其次，站在孩子的角度来说，母亲这样没有理由的责备对他来说一点也不公平。

于是，菲利普站在自己的立场上，刻薄地对母亲说：

"如果我也打扰到你了，我可以离开，就像爸爸一样！"

这记耳光在1/4秒后甩在了菲利普的脸上。

整件事真是蠢透了。

正在离婚中的父母，给孩子带来的伤害往往是难以描述的。孩子夹在他们之间，很无奈，也很有代表性，有时候孩子还会变成父母的出气筒。

这一巴掌是认真的。从某种意义上说，这是菲利普人生中挨的第一个耳光。

卢蒂埃夫人偶尔也会为了吓唬孩子假装打他几下，但这次和之前完全不一样，这记耳光是在她盛怒之下冲动的结果。这次是暴力，更是不顾后果的撒气。也许情有可原，但是对于一个本来就很敏感的孩子来说，这简直让他丧失了所有希望。菲利普跑回了房间，使劲把门甩得巨响，把自己往床上随意一扔，像泄了气的皮球一样。他现在很想哭，但他不能再哭了。

更糟糕的是，他听到了父母因为他而产生的新矛盾，他们吵道：

"这孩子越来越难管了,这都是你的错!"

"不,是你的错!你根本不知道怎么抚养他,最好把他送进寄宿学校去!"

"你说得一点没错……赶紧把他送到那儿去,眼不见心不烦!"

菲利普把耳朵贴在房门上,听到了屋里的争辩,他伤透了心,自言自语地说:"没有人爱我,我孤身一人,他们不要我了,我要离开这个家!"孩子说干就干。他穿上自己的裤子和套头衫,从他的小猪存钱罐里拿出一张十法郎的纸币和一些硬币,从学校的笔记本上撕下一页纸,然后用蘸满红色墨水的笔写道:

"不要试图找到我,我永远消失了……幸福并不属于我……菲利普-卢蒂埃。"

这真是奇怪的写作方式,上边甚至有好几处拼写错误。菲利普写的时候根本没注意到这些,最后他签了自己的全名,装作像个大人一样。

写完这一封告别信,他溜进走廊,轻轻地关上门,蹑手蹑脚地从花园穿了出去,再把入户门也关好,向黑暗里走去。他的背影渐渐消失在了远处。

## 二

1934年11月23日,这是一个大雾弥漫、寒冷、阴沉的星期天。中午时分,在法国东部的某个小镇上,卢蒂埃夫人发现孩子不在后,惊慌失措地报了警,还通知了宪兵队。下午5点,整个镇上都被搜了个遍。镇子并不大,要找到一个孩子是很容易的事,可是没有菲利普的任何消息,没有人看到他,甚至没有貌似他的小男孩。卢蒂埃夫妇既担心又后悔,就这样,菲利普离家出走后的第一个夜幕降临了。

"我永远消失了。"这句话是什么意思……是他在哪里读到,随便写上去的一句吓唬夫妻俩的话,还是自杀的威胁?

晚上8点,卢蒂埃先生想对总在他家院子里经过的狗吹口哨,却没有得到回应。狗也不见了……

是菲利普把它带走的吗?那条狗有没有跟着他?孩子和狗都不在,这是巧合吗?卢蒂埃夫妇的噩梦还没有结束,这场噩梦将持续七天八夜。

孩子离家出走的第三天,卢蒂埃夫人在医生的帮助下终于进入梦乡。可怜的女人完全崩溃了。

至于卢蒂埃先生,他每天都在自责中度日。

警察询问了菲利普的同学,搜查了沿河地区和森林地带,但徒劳无用。

菲利普像凭空消失了一样,连狗也无处可寻。

或者说,菲利普并没有带着狗离开。菲利普是独自一人离开家的,没有人知道的是,那只狗是自愿跟着他走的。

当菲利普跨过小花园的大门时,那只在街上悄悄游荡的狗也跟着他走了。孩子在走出家门500米后发现了它,并试图轰它离开。这只狗的名字叫迪迪，迪迪不知道是什么血统的狗，可能就是只杂毛小狗，没有什么特殊之处。它看上去也就比兔子大一点，身上的毛乱糟糟的，脸长得像只老鼠，迪迪确实没有表现出任何明显的特质，它只是很固执！菲利普怎么都赶不走它就是一个证明它固执的好例子。

菲利普把它赶跑了，迪迪跑开100米左右后又跟了回来。菲利普猛跑想甩掉迪迪，可迪迪也跟着他一起狂奔。菲利普气得够呛，迪迪就把耳朵背下来，等着菲利普消气再跟上他。

在镇子的出口处，菲利普沿着一条与主路平行的乡间小路，头也不回地走着，这可把迪迪给高兴坏了，它就喜欢在草丛里窜来窜去，在菲利普附近活蹦乱跳。菲利普已经对赶走迪迪不抱任何希望，于是他们相伴着，一起走过了一条又一条小路，一刻也没有停。等到晚上的时候，他们已经走到离家20多公里远的地方了。

菲利普从早上开始就没吃过东西，他感觉浑身发冷，还有点发烧，不得不停下脚步。

他不太舒服。这让他想转身回去，但夜晚让他恐惧万分，他都不知道自己在哪里，更别说走夜路时找到正确的道路了。

他所在的地方，没有农场，看不到有人居住的迹象，附近只有几个小小的修理工用的简陋小屋，看上去已经有一段时间没人使用过，菲利普只能先进去休息一下。

他头痛、喉咙痛，他不间断地走了20公里，已经筋疲力尽。

一个12岁的孩子，走了这么远的路已经很不简单，况且菲利普也不是很强壮，跟同龄的孩子相比，他甚至显得有些柔弱。

躲在小屋里，迪迪在对面守着他，菲利普一下子就进入了梦乡，可梦里都是恐怖的画面。11月的野外，冷得让人直打哆嗦。黎明时分，菲利普烧得糊里糊涂。他神志不清，体温高到了40多摄氏度，更可怕的是肺部充血让他无法自救。小狗迪迪一直没有离开他。

宪兵巡逻队从他们避难不到一公里的地方经过，并没有察觉到孩子和狗在这里。

第二天，菲利普处于昏迷状态。迪迪就躺在他身边。

第三天，菲利普还在昏迷中，迪迪还在他身边。

第四天，菲利普有了一丝清醒，他试图让自己离开这小屋子，但没有成功。迪迪依然没有弃他而去。

第五天，菲利普又陷入了昏迷。当他看到小狗迪迪和老鼠打架的时候，他以为自己在做梦，但他没有做梦，老鼠咬了他的右臂。

第六天，菲利普喘不过气来，憋得难受，肾脏好像被堵住一样，高烧也没退，他痛苦不堪，甚至自己身在何处都不知道，但小狗迪迪已经不在了。

第七天，早上7点的时候，瘦成一把骨头的憔悴的迪迪饿着肚子，在卢蒂埃先生的家门口抓挠着求救。

早上7点10分，迪迪像个孩子一样委屈地小声呜呜哼着，把卢蒂埃先生给它的所有东西都吃光了。

7点20分,迪迪当着卢蒂埃先生的面,在客厅的沙发上睡着了,绝望的卢蒂埃先生跟宪兵说,菲利普肯定已经死了。

早上8点15分,小队长抓住迪迪的脖子,把他扔到街上,打算尝试不可能的事情。这只狗看起来很蠢,但假如奇迹能出现呢?他对迪迪说道:"带我们去找菲利普,去吧!"

8点20分,迪迪看了看小队长,小队长也同样看着迪迪,迪迪究竟知不知道菲利普的去向?

8点22分,迪迪开始小跑起来,一路不知在闻着什么,以6公里每小时的速度寻找着。当迪迪、小队长终于到了小屋,找到奄奄一息的菲利普时,已经是中午12点40分。

菲利普得救了,他还需要在医院治疗10天,才能彻底出院。

大家都认为迪迪是一只出色非凡的小狗,它救了孩子的命,当地报纸登了它一张漂亮的照片:耳朵背在头后边,有些倔强的脸,斜着眼看着镜头,好像在思考着对面这些给它照相的人是多么滑稽。

顾欣 译

# 不速之客

## 一

"先生不再需要我服务了吗?"

作为一名训练有素的仆人,詹姆斯站得笔挺,手持礼帽向洛肯福德爵士鞠躬示意。爵士把注意力从他的日记本上挪了出来,快速地扫视了一下四周,看看是否还需要詹姆斯陪在这里。他的秋水仙素①就在手边,盛水的长颈玻璃瓶和杯子也在旁边。带轱辘的小圆几上有写生簿、画图用的木炭条及铅笔,也在他伸手可达之处。他的靠垫也被摆放在背部需要的位置。扶手椅正对着窗户外的光线射进屋的方向,一些食物也被提前

---

① 秋水仙素:是最初萃取于百合科植物秋水仙的种子和球茎的一种植物碱,其具泻药及促进呕吐的功能使它成为需医师开处方才能使用的药。现今主要用于治疗痛风上。

放在了可旋转的桌子上。

"一切都很完美，詹姆斯，你可以回去了。"

"祝您有一个美好的一天。"

"你也是，詹姆斯。"

向后退了两步，仆人走出房间，离开的脚步声在二楼大厅内回荡了片刻。大门被詹姆斯拉开。洛肯福德爵士听到詹姆斯走了出去，他把门关好，然后用钥匙在锁上转了两圈，仆人的脚步声顺着楼梯走得越来越远。在楼下门廊的大门被关上后，房子里顿时寂静无声。洛肯福德爵士这些年来一直孤身一人，孤独地被困在了一张藤椅上面。他犹豫了很久，才同意让詹姆斯去参加其侄子的婚礼，因为在同一天，厨房的帮工们也要休假，如果家里出了什么不测，洛肯福德爵士一人可应付不了。他的下半生都被痛风所禁锢了，没有一刻能离开那张藤椅。没有患过痛风的人，根本无法想象病人所要承受的痛苦。

疼痛的位置主要在大脚趾，这听上去很可笑，但那是一种痛苦的、难以忍受的、一阵又一阵的疼痛，就像有几千根针想同时从身体里钻出来一样。每一次脉搏的跳动都是一场噩梦。病发的时候根本不能碰触一下。哪怕是一点点的摩擦、一点点的震动，甚至薄得像一张卷烟纸的东西都可以让他疼得嗷嗷尖叫。这也是为什么洛肯福德爵士把右腿放进了改造后的鸟笼子里。他命人在上面凿了一个洞，在下面放了一个皮垫子，这样他的大脚趾才能免受意外，就像一只病鸟一样，孤立无援地被关在笼子里。

这场疼痛危机从两天前开始，谁也不知道什么时候能找到解决办法。在1910年，缓解这种病的唯一方法是服用秋水仙素。

洛肯福德爵士深深地叹了口气，他不知咒骂过多少次，这病能将一位风度翩翩的绅士，折磨成如瓷器般脆弱的狰狞之人。痛风让他如此痛苦，备受折磨，一切都因为他对美食佳酿的着魔。洛肯福德痴迷地爱着产于波尔多的长相思①和宝利富诗②产区酿造的霞多丽葡萄酒。除了酒，他还热衷于享受鹅肝松露及野猪腿这类珍馐。这些都是让他陷入目前所经历的苦痛的诱因。

## 二

洛肯福德爵士拿着他的写生簿和铅笔，创作了一幅题为《葡萄树下的鸭子》的静物画。在这里要说明的一点是，爵士是一位出色的画家，和他的朋友首相丘吉尔一样，他大部分的闲暇时间都是在画架前度过的。他甚至还举办过几次作品展览。

他正在努力寻找未来创作的平衡点，这时，一个奇怪的声音吸引了他的注意力。这声音听着像是从前厅传来，有些金属碰撞的动静，好像有什么东西在试着插入大门门锁中。可能是

---

① 长相思：该葡萄种类原产于法国波尔多，广泛种植于法国。用其酿造的葡萄酒酒香个性鲜明，入口微酸，适合搭配海鲜及白肉类食品。
② 宝利富诗：勃艮第南部葡萄酒产区，该产区在马贡地区赫赫有名，获奖无数。这里的法定葡萄品种只有霞多丽一种，并且只能出产干型静态白葡萄酒，酒体清澈透亮，香味清新，入口柔顺，充满柑橘类水果果味。

詹姆斯回来了，他刚才忘了带一些东西。洛肯福德爵士看到椅子上遗落着一份礼物，这应该是詹姆斯打算送给侄子的新婚礼物，他总是忘东忘西。詹姆斯这个人善良、忠诚，唯一的缺点就是有些健忘。

这人的钥匙在锁里捅来捅去，好像拿错了钥匙一样。洛肯福德爵士竖起耳朵，听到钥匙又转了一圈，然后继续在摸索着什么……突然间，他对试图开锁的人起了疑心，这人不可能是詹姆斯。可在夏季，楼里不可能有其他人，也没有人有他房间的钥匙。连门房也没有，对，门房也不在。这简直是给小偷准备的最佳作案时机。

钥匙又继续转了一圈，门被打开了，外面的风又把窗帘吹得飘了起来。洛肯福德爵士试探性问道：

"是你吗，詹姆斯？"

没有人回应他的提问，所以闯进来的人不是詹姆斯。

"詹姆斯？"

门又轻轻地关上了。

"是谁在那里？"

爵士自认为作为一名英国人是很自豪的，同时他还是一名参加过布尔战争①并负伤的军人，他拥有一切英国人该有的特

---

① 布尔战争：布尔战争是英国人和布尔人之间为争夺南非领土和资源而进行的战争。布尔战争结束后，英国将南部非洲的殖民地连成一片，控制了通向非洲腹地大湖区的走廊。历史上一共有两次布尔战争，第一次布尔战争发生在1880—1881年，第二次布尔战争发生在1899—1902年。

点，冷静、沉着，对什么事都无动于衷。但有的时候，他又会陷入一种焦躁的情绪中，在这种突发状况下，洛肯福德爵士感觉自己的心脏加速跳动了起来，甚至连痛风的地方也更疼了。

## 三

"究竟是谁在那里？"他不安地问道。

长久的沉默回答了他的问题，走廊里响起了一阵脚步声，随后又是一阵脚步声回荡在房间里，站不起来的爵士无助地摸索着身边一切能当作武器用的物品。盛水的玻璃瓶？圆桌上的小餐刀？那把剪子？这些东西都没有什么杀伤力，如果能拿到抽屉里的那两把左轮手枪就好了。正在他思考的时候，门边的纱帘后缓缓出现了一个人的影子。

"你究竟想干什么？"洛肯福德爵士尽量控制着内心的恐惧，向人影处问道。

"对不起先生，我是来您家偷东西的。"这人十分礼貌地回答着爵士的问题。

门口那里出现了一个男人的影子，看上去50岁上下。这人手里拿着一根牛筋鞭子，洛肯福德爵士几乎无法控制自己的情绪。如果他只是个单纯的小偷，那没有什么可害怕的，但此刻出现的这个人很有可能是个疯子。关于开膛手杰克的恐怖记忆相信每个伦敦人都无法忘记。在当时的情况下，保持警惕是最好的应对方法，洛肯福德爵士努力让自己用同样的语气将这段

对话继续进行下去:

"哦,您来这是为了偷东西的?"

"您说得没错,我知道您独自一人,痛风的发作让您无法动弹,所以,不好意思,我会好好享受在您家度过的时间。"

洛肯福德爵士逼着自己强挤出了一个笑容,紧张又彬彬有礼地说:

"别客气,我的朋友,请您当作在自己家一样……"

"放心,我拿了想要的东西就走。"对方说道。

"您不介意我在这段时间内继续作画吧?"爵士说道。

盗贼把身子倾斜过来,用行家的眼光看了看爵士笔下的画作。

"您画的是静物!塞尚①笔下的苹果的确赏心悦目,但我个人更喜欢夏尔丹②画的银杯旁的苹果……您呢?"

这位梁上君子对艺术品竟然能说得如此专业又头头是道,多少让洛肯福德爵士感到有些意外,他甚至赞扬了他家的这个小偷:

"现在这个年代,懂行的人真是太罕见了!"

在拉开抽屉,劫走里面所有珍贵的物品时,这个人讲述了他曾经是学美术的,在他的一生中,曾一度视画画为生命里最宝贵的事情,他甚至为人画过赝品,成品几乎可以假乱真,后来风湿病迫使他把手中的画笔换成了溜门撬锁的钳子。洛肯福

---

① 塞尚:法国静物、风景、人物画家。
② 夏尔丹:法国画家。

德爵士听完这些,对他的遭遇深表同情,这些经历和他自己甚至有一点点相似。

"这真是这个社会的悲哀!"爵士不禁感叹道。

男子随声附和,抱怨这世道真是越来越走向泥潭。

"照这情况,您都不敢相信,上周我打劫了一位议员的住处,好嘛,他绶带上的珍珠是假的,他怀表的链子也是假的,所有的东西都是赝品!"

窃贼一边和爵士聊着天,一边从兜里掏出鉴定珠宝用的专业眼罩,对银器上的印记一一做了检查,最后把它们轻手轻脚地放入一个行李袋中。看到两人各自做着属于自己的工作,一个画画,另一个检查到手的宝贝,就这么平静淡雅地聊着天,谁能想到分装东西的那位是个小偷,而这里正是案发现场?但突然街门砰的一声关上了,洛肯福德爵士难以控制自己的情绪,一定是詹姆斯回来了。男子也同样听到了异响,他竖起耳朵仔细地听着,脚步声正在向他们所在的二楼走来。窃贼迅速把散乱的东西收拾好,关好抽屉,把包藏在窗帘后边,自己打开衣橱的门藏了进去。

"我很抱歉要威胁您,我是个厌恶滥用暴力的人,但是,如果您昏了头妄想要告发我,那么来的这个人将替您遭受我的暴击,解决完他之后,我还会把您的腿打断。"

身后传来的这些威胁让洛肯福德爵士紧张得浑身发凉,可仍没有停下他手里作画的笔。就在男子要关上柜子的门时,突然改变了主意,又向他的受害者冲了过来,他把爵士手中的笔

夺走,并将他身边所有能够得着的笔都拿走了,他说:

"看您敢用笔给警察通风报信,我可饶不了您……"

这本来也是洛肯福德爵士的打算,他已经想好了在纸上写什么:"别出声,装作什么事都没有,快出去找警察报案。有个小偷藏在房间的衣橱里。"可惜,这个法子现在行不通了。

## 四

房间的门被打开了,窗帘又被风吹得飘了起来,詹姆斯走了进来。

"对不起,先生,我忘记带我的礼物了。"

洛肯福德爵士指着窃贼藏匿赃物的窗帘说:

"在那里,詹姆斯!"

仆人犹豫了几秒钟,他的主人突然发疯了吗?礼物就在那里,在椅子上边,他指窗帘干什么!

"把它带上吧,詹姆斯,洗礼的时候可不能迟到,你的教女会埋怨你的……"

詹姆斯有些惊讶地听着这些语无伦次的话,看看窗帘,再看看主人朝衣橱那里使了个眼色。但爵士的暗示并没有达到想要的效果,詹姆斯还是一头雾水,他问爵士:

"您觉得哪里不舒服吗?"

过度紧张让洛肯福德爵士的脚趾又刺痛起来,他只能让自己恢复一贯严肃的状态,对詹姆斯笑了笑:

"一切都很好，詹姆斯，放心去吧，玩得开心点。"

仆人拿了他的包裹，有些迷惑地离开了房间。这是主人第一次用不耐烦的语气和他说话。以后他可得再谨慎点，看来他的痛风又严重了不少。詹姆斯关上了大门，小偷没有被发现，他从衣橱里出来，像一位绅士一样，把铅笔还给了他的受害者，把屋里恢复成原样后，他才准备离开。临走之前他和爵士告别道：

"感谢你的配合和理解，先生……"

当他经过门口时，楼下车辆停下的声音让他一下子就从窗口跳了出去。

"警察！"

小偷立刻逃得毫无踪迹，片刻后詹姆斯来到了他的主人身边。

詹姆斯说："请原谅我没有第一时间理解您的意思，先生。您和平时的态度完全不同，我应该有所察觉的，幸好后来我猛地想起来走之前门锁被我转了两圈，可回来时门却没有上锁……"

洛肯福德爵士非常感激詹姆斯的机智，称詹姆斯是家里的夏洛克-福尔摩斯，警察并没有抓住小偷，他成功地从屋顶逃脱了。

爵士说："没关系，您之后一定能抓到他，有这些画在，我对您有信心。"

在他的静物画下边，洛肯福德爵士居然能在当时那种危险的情况下，为这位不速之客画了两幅肖像画。一张是正面像，另一张是全身像。苏格兰人在人体画像测量这方面的本事可是无人能及的。

詹姆斯第一次允许自己和主人开了个玩笑：

"如果我是夏洛克-福尔摩斯，那您绝对是华生医生，您做的事简直太不可思议了！"

顾欣　译

# 下水道里的巨齿

## 一

能让塞缪尔-杰克逊受惊的事情，这世界上没有多少。但1935年2月22日发生在他身上的事，没有人会不害怕。

塞缪尔-杰克逊是非洲裔美国人。人们称他所在的纽约下水道清洁工人们为"废柴小队"。事发那一天，他正准备要用专业的大耙子清理下水道中淤积已久的各种垃圾。这种耙子有长长的铁柄，可以用来疏通最窄的下水道，把堵塞管道的废物都拨开，让污水能顺着管道的方向继续流走。

他在第四十二大街下的某个狭窄、漆黑的椭圆形通道里艰难地走着。想要顺利前行，他们必须紧随身边的队友行进，努力低着头，一个跟在另一个的后边——从来没人有胆量孤身进入这"地狱的肠子"之内。

他们发现，令人作呕的污水已经升高到高筒胶靴的高度，这是不正常的。好像是有什么东西挡住了前面的管道，所以水位才会高得离谱。

更让他们觉得奇怪的是，在头灯照射的区域内，居然没有发现大老鼠的踪迹，在平时，他们经常被这些老鼠吓得惊声尖叫。他们搞不懂是什么原因让老鼠在这个通道绝迹了。

塞缪尔正纳闷事情的蹊跷，突然，在乌黑的水面下，他感觉到耙子触碰到了一个硬物。他们要找的堵住水流的东西终于出现了！

他往前走了几步，伸出手把工具柄努力向前推了推，还让同事帮着一起把又重又沉的铁耙子抬了抬，好让管道被疏通。

就在那时，水底突然有东西抓住了他的脚！他那厚厚的橡胶鞋底像被人用虎钳钳住一样，狠狠地往前一拽！

不幸的塞缪尔还没来得及喊出一声，就向后摔了过去，他发现自己躺在下水道的脏水里。头灯都被摔灭了，他甚至来不及想明白自己是怎么摔倒的，就被好像是下巴的东西拖走了，幸亏他的胶皮鞋底很厚，脚才没有流血，但他还是感觉到了这是动物牙齿的力量在攻击他。在之后的两三秒时间内，可怜的塞缪尔逼自己紧闭呼吸，尽量不被这恐惧打倒，他得让自己从这种糟糕的情况中逃脱出去，毫无疑问，这动物疯狂地拖着他的右脚往暗处走，是为了置他于死地。

下水道的弧形墙壁很光滑，他发现只有一样东西可以抓住，那就是他一直没有松开的耙子的把手。那根长长的金属柄还被他的同事握在手里。幸好，它的长度足以被两个人抓住。也幸好，同伴是强壮的格鲁吉亚人。这个大高个还以为萨缪尔只是摔了一跤，他一只手牢牢地抓着沿通道里铺设的电缆和电话线，同时另一只手也没有松开萨缪尔死死抓住的耙子另一头。

同事不明白是什么力量要把这个耙子从他手里抢走，还以为是萨缪尔在拉，他本能地把耙子往回拽——这真是帮了大忙。在难闻的污水里，可怜的萨缪尔根本没有时间来呼吸空气，他甚至以为自己完蛋了，这个一直咬住他右脚的动物要把他拖进一米深的水底淹死。忽然，事情有了转机。下水道清洁工人的高筒胶靴总会比他们实际穿的鞋码大一号，这样方便快速穿脱。萨缪尔一下子感觉脚上的压力没有了，胶靴居然被叼走了！

在同一秒，恐惧和窒息感让他惊恐万分，他从水底钻了出来，开始大叫：

"咱们快跑！这里有野兽！就在那……藏在水底下，在这周围！"

两个人完全被吓坏了，他们丢下耙子，一前一后地朝通道的出口游回去！萨缪尔拖着丢了靴子的右腿，疯狂逃命。

当他俩从第四十二大街的下水道出口逃出来的那一刻，恍若隔世，刚才那惊悚的画面究竟是不是一场幻觉？他们所经历的事情要花很长时间去解释才能被别人相信，一切都太离奇。

## 二

塞缪尔把靴子落在了下水道里，他的脚上留下了相当清晰的一排红点：看上去是牙齿的痕迹，居然把那么厚的橡胶鞋底都咬穿！到底是什么东西的牙齿？这可是在纽约的下水道，攻击能力如此强的动物有可能在这里生存下去吗？

萨缪尔-杰克逊的冒险之旅没过多久就在污水处理工人中传得沸沸扬扬……后来又传遍了整座城市，连报纸也刊登了他的新闻！

有人做了一个疯狂的假设，其中一家报社用疑问句写了一篇报道：《曼哈顿下水道里的怪兽是一只巨型老鼠吗？》……紧随其后的副标题是："等待解密：废柴小队的罢工"。

报纸这么写的原因是，事情发生后，没有一个下水道清洁工愿意进管道里去送死。纽约市长为了安抚人心，做了两件事情：第一件事是发布声明说"这两个当事黑人夸大了这次事件，事情不像他们说的那样严重"。第二，他已经增派武装警察在事发通道里巡逻，专门调配适合在下水道里行驶的小艇供使用，在确保人员安全的情况下仔细巡查。

纽约市区下面，有几百英里长的下水道，在3个月的定期巡逻中，没有任何事情发生。

之后，在2月25日，一位意大利裔的警察弗朗西斯科-蒙泰罗在巡查第十四街一带的下水道时，途经一艘废弃的铁船，就在那里，噩梦重现。在他手电筒的照映下，在黑乎乎、散发着恶臭的水面上，他看到了两只眼睛。两只大眼睛间的距离至少有十厘米，泛着红光盯着他。他吓得头发都竖了起来。

极度恐惧让他丧失了说话的能力，他也不敢让自己发出任何声音，只能打手势让为他开船的工人把船停在原地，工人也看到了这双眼睛，这压根儿不可能是老鼠的眼睛！

弗朗西斯科-蒙泰罗身上配了一把柯尔特左轮手枪，1935年纽约警方仍在使用的这款枪型是1911年的自动款。这是一把真正火力强悍的枪，自身重量超过一公斤，能连续发射七颗直径为11.5毫米的子弹！

警察克服了最初的恐慌，把手电筒递给工人，按照在警校时学到的射击要点，双手紧握左轮手枪。为了更好地瞄准怪物其中一只眼睛，他靠在船边尽量俯身，果断迅速地连开了七枪。这让下水道里响起了阵阵枪声。火药味瞬间与污水的味道混合在一起，水忽然剧烈地翻腾起来。

当水面恢复平静后，那两只猩红色的人眼睛不见了，臭味夹杂的浪涌来，拍打着船头，噩梦结束了……然后水里有什么东西缓缓升上水面，惊恐的两人终于明白他们在电筒的光束中看到了什么：一条有着红色眼睛的巨型鳄鱼，它已经翻着苍白的肚皮死在了船前。

半小时后，在第十四街那里，路人看到一名警察在几名男子的帮助下，用绳子从下水道入口处，把一条浑身是泥、足有3米长的鳄鱼拽了上来！

那支柯尔特手枪的子弹，可能第一枪就已经打爆了鳄鱼的眼睛，穿过它的大脑让它见了上帝。其他的鳄鱼一定是趁乱逃走了。

## 三

更多的问题接踵而至，有专家当即表示：第一，这是一条密西西比州的鳄鱼，建议继续调查鳄鱼在下水道里做什么；其次，这只也许并不是咬了塞缪尔-杰克逊的脚，并把他靴子拖走的那只鳄鱼，因为根据体形来看，如果是同一条鳄鱼咬的，那塞缪尔的脚早断了！应该是更小的另一条鳄鱼攻击了萨缪尔。而且第四十二大街离这里也比较远，这意味着纽约下水道里还有其他鳄鱼存在！

纽约市市长随后组织了一场对鳄鱼的全城大围捕，规模前所未有：数百名志愿者在下水道工人的引导下，戴着头灯、扛着猎枪、穿着防水雨靴，到污水道里和鳄鱼一决高下。

一位专家告诉大家："鳄鱼一般都在水面上睡觉或者假装成睡着的样子……它们对等待捕猎这件事十分有耐心，在机会到来的那一刻，鳄鱼迅猛出击，瞬间就能把猎物拖入水中淹死，等上几天后再把它们吞食完毕。在深夜佛罗里达的沼泽地里，人们通常用灯反复照射水面，鳄鱼的眼睛遇到光束会反射出红色的光，这是发现它们最好的法子。"

在1935年的这一年里，猎人在纽约的下水道里杀死了超过150条体形各异的鳄鱼！

下面是官方的解释：

五年前，也就是1930年开始，纽约市曾出现过一股风潮，人们称之为"宠物时尚"，每个纽约人都为此着迷，他们把活的动物当作礼物互相赠送，特别是送给孩子的礼物：鱼、鹦鹉、乌龟、蜥蜴，还有来自密西西比农场的刚出生的小鳄鱼，它们买来时都非常可爱。购买者没有考虑到它们本来的用途和之后成长的速度，这些鳄鱼本应在养殖场长大，它们的皮在成年后是制作鞋子和手袋的原料。鳄鱼根本不适合作为家庭宠物，家长们为了摆脱日益长大的鳄鱼，只能趁晚上偷偷把它们丢进下水道里，以为这样就可以摆脱困扰。

讽刺地说，这些不负责任的人给鳄鱼找到了最适合生存的环境，因为下水道里一点也不冷，相反，温热潮湿的环境简直就是鳄鱼繁殖的天堂，下水道里的老鼠又是他们最美味的食物来源——这也是当初下水道清洁工发现管道里的老鼠都神秘消失的原因。鳄鱼在这种舒适环境下长得越来越大，攻击力越来越强。

事情过后，人们不禁心里打鼓，在1935年的那次围捕中，是否有一些鳄鱼逃过了一劫？在纽约市的下水道里是否还会出现一只5米长的巨型鳄鱼？但这是绝不可能的事情：如果说还有人偷养鳄鱼，重蹈覆辙把它们扔到了下水道里，之后的污水环境也让鳄鱼根本存活不成，因为化学洗涤剂被大量生产并使用了！

顾欣 译

# 脑中的电台

## 一

就在1937年2月28日,准确地说是晚上8点整,莱昂-布维勒怀疑自己是不是有发疯的迹象。在和妻子一起吃晚饭的时候,他们静静地听着收音机。他们住在巴黎十五区的公寓里,宛若平常,晚餐、街区、巴黎,一切都没有什么特殊之处。

大约十分钟前,布维勒夫人打开了收音机,和丈夫入迷地听着迪诺-罗希演唱的歌曲《玛莉奈拉》。突然,莱昂-布维勒和他的妻子之间开始了一段摸不着头脑的对话。布维勒夫人转过头冲着收音机说道:

"怎么回事!"

莱昂-布维勒有些惊讶地看着他的妻子,问道:

"发生什么事了?"

布维勒夫人回答：

"什么发生什么了？收音机信号是不是不好了？好吧，收音机坏了！……"

在这种驴唇不对马嘴的对话持续几分钟后，听不听得到电台广播已经不是重点了，布维勒夫人被她丈夫气得浑身发抖，只有他才能让她轻而易举就火冒三丈。不敢让人相信的事情发生了。布维勒夫人明明听不到任何广播的声音，她丈夫却说他一直可以听到！妻子认为丈夫在故意作弄她，她越是要求他立刻停止这个愚蠢的玩笑，他就越是要求她也停止这个玩笑！在用餐时间争论广播到底能不能听见，很快就成了他家的家常便饭！

莱昂-布维勒坚持自己没开玩笑！他生气地说："不管怎样，我告诉你我能听到迪诺-罗希的歌，你为什么就不能相信我呢！"

两人的争论变得越来越尖锐，莱昂-布维勒完全被激怒了，他站起来说：

"既然这样，我把收音机关了看你还说什么！"

然后他就转动开关旋钮。这时，戏剧性的一幕上演了。

他看着妻子，脸上带着些许错愕的神情，说道：

"这东西……我关了还是能听见……"

经过一个小时的讨论，他们不得不面对事实：莱昂-布维勒，38岁，身心健康，在他身上出现了一种解释不清的神秘现象：他脑子里可以听到收音机的声音。他的妻子不得不相信他说的都是真的，因为他不仅能把迪诺-罗希的歌曲翻唱给她听，还可以一字不漏地重复叙述巴黎电台里从每日新闻到股票交易价格的信息。这种情况直到凌晨两点左右才会结束，与广播结束的时间完全吻合。

莱昂-布维勒，一刻不停地被迫听着这些信息，直到所有节目播送完毕，姗姗来迟的结束语让他感觉心力交瘁，他睡不了觉，甚至干不了任何其他事情。终于，在《马赛曲》播送完毕后，他的脑海中终于清静了，在妻子担忧的目光下，他进入了梦乡。布维勒太太不知道丈夫究竟怎么了，她隐隐约约感觉他仿佛成了一个外星人，这让她有些害怕。

## 二

她辗转反侧想着该怎么帮丈夫，疲劳感让她慢慢也睡了过去……但第二天一大早，她一觉醒来，发现身旁的丈夫直愣愣地坐在床上，像个刚从地狱里放出来的魔鬼一样。布维勒先生说他听到脑子里有个男人在喊着，叫他起来做运动："弯腰，站起来，举手，再放下！"

接下来的几天，对莱昂-布维勒来说简直是一种煎熬。无论他走到哪里，无论他在哪里，在家里、在大街上、在办公室，从早上6点半到凌晨2点，他都能听到所有的广播节目在他脑子里播放。更奇怪的事出现了，只有一种情况能让广播的声音消失，那就是把嘴张得足够大。举个例子，比如打哈欠时，这个神秘电台就会停止播放，但莱昂-布维勒总不能一辈子都在打哈欠中度过。

他只能去找医生，可医生对他的情况居然束手无策！然后他又转去了精神科医生那里，精神科的医生对此也一无所知，可他不想承认这一点，于是这位医生对他进行了严密的问询。第一个问题听上去比较合理：

"您听到的是哪个台？每次听到的都是同一个台吗？"

莱昂-布维勒发现很难跟上精神科医生来回绕圈子式的提问，这些问题已经超出了他的能力范围，广播的声音一直在干扰他的注意力。他给出了一个让人震惊的回答：

"嗯，总而言之，平时我常能听到巴黎电台的节目，但也要看我当时所处的时间和地点。给您举例说明一下，当我在夏洛宫时，就会收到文化台的节目。但并不会持续很久！在走到保罗-多梅街的时候，就听不到了。这真是不幸中的万幸，因为我并不喜欢这个电台播放的节目，它的内容总是很深奥，让我听了更疲惫！"

医生听完他的描述后，完全不知该如何用文字来记录布维勒的病情，他认为莱昂-布维勒不像是神经出了问题的病人，他可以和医生很正常地交谈，也能准确地说出他所听到的关于天气、新闻和股市价格的广播内容。

医生认为布维勒得了妄想症，这对布维勒来说相当严重，他甚至不能正常工作。当同事和他谈工作的时候，他却正在收听贾布恩或者雷蒙-苏普莱[①]的歌！同事都感觉和他不能正常沟通！

---

① 雷蒙-苏普莱：演员、编剧，主要作品有《情妇玛侬》《凡尔赛宫艳史》《大冒险》等。

## 三

不幸的是，事情变得越来越严重。这个备受电台声音骚扰的倒霉蛋慢慢连食欲都失去了，再后来他已经无法和人交谈，最后不得不停止工作。更有甚者，有几个深夜他居然被脑子里传来的摩斯密码的嘟嘟声吵醒。他简直生活在地狱之中，随时随地都有噪声，他的脑袋已经快要变成一个收音机，生活简直一团乱麻。莱昂-布维勒只有在精神病院里才能让自己舒服一些。他咨询过的所有脑部专家都对他的病情束手无策，专家甚至猜测布维勒的大脑结构和常人不同，他能通过大脑的某个地方发出接收信号，从而收听到无线电发出的信息。

莱昂-布维勒问道：

"您就不能在我脑子里装个开关吗？我现在张大嘴巴声音就会停止。您能不能试着做点什么？我也不知道是什么，您可是医生，一定比我知道的多，做任何事都行！"

又过了3个月，他们还是没有找到任何解决办法。莱昂-布维勒不得不做了一件他早该做的事情，那就是去找位无线电专家，看看能不能帮到他。工程师问他的第一个问题是：

"您有假牙吗？"

莱昂-布维勒听完，吃惊地回答：

"对！我有！"

无线电专家继续问他：

"您是不是有至少两颗假牙，并且他们是金属材质的？"

这可问到关键之处了，莱昂-布维勒的确有两颗假牙：一颗在上颚，另一颗在下颚，正好处于口腔内上下的位置，两颗假牙都是金子做的。

这就是这些日子让他痛不欲生的原因。两颗金牙产生了所谓的"叠加效应"，产生这种效应只需要两个相同或不同金属的物体，其中一个被氧化的物体距离另一个金属很近，大概和电池反应原理差不多。微弱的电流在两个物体之间单向传递，电流不会形成逆流。

莱昂-布维勒有两颗金牙，其中一颗覆盖了补过的牙。当他把嘴闭上，或者略微张开的时候，两颗牙齿的距离正好可以让电流形成了！这点电流足以让他听到广播。还有一个关键点是，他住在巴黎离埃菲尔铁塔不远的地方，非常靠近无线电发射器，他的两颗假牙直接变成了广播接收器。

这种现象很少见，但只要满足上边这些条件，尤其是靠近强大的信号发射塔就可以了。

于是莱昂-布维勒可以通过下颚的骨头接收到电台的信号，信号再继续传到他的内耳中；当他把嘴张得更大一点，或者当他在牙医那里打哈欠时，声音就停止了，因为电流被阻断，两颗假牙间的距离变远，信号不能被成功接收。

布维勒先生现在已经退休，他很早之前就做了烤瓷牙，现在他的妻子可以整天和他唠叨个没完；他对妻子的喋喋不休感到有些无奈，甚至经常会打趣说，他真是后悔，当初还不如把脑中的电台留着呢。

顾欣 译

# 麦克-道格拉斯的生死抉择

一

出发前,他们一共有125人。这125人现在全都挤在一艘原定最多能承载40人的救生艇上。这121名男子和4名妇女是一场海上事故的幸存者,他们乘坐的新加坡号客货两用货轮在印度洋中部不幸被鱼雷击中。

在1943年的3月21日或22日,也就是沉船事故发生的第七天后,麦克-道格拉斯中士把救生艇上的人统计完毕,仅有25人存活下来[①]:2名妇女、4名新加坡号上的水手、4名第十五军团的士兵,其中包括麦克-道格拉斯本人,还有5名印度军队的士兵——他们叫这些人为"五人组",让人恐惧的"五人组"。麦克-道格拉斯中士现在已经成为这些幸存者的主心

---

① 原文最后出现了几名伤病人士,此处未一一罗列。

骨，他必须紧盯这五人，来确保船上其他人的安全。中士不知道这"五人组"里有多少人已经丧失了基本良知。他们已经暗中行动了四个夜晚。每个夜晚大家都会听到一阵骚动，先是一些挣扎声，再是几声闷叫，然后是尸体掉入水中的声音。人们在第二天早上天亮的时候，才能发现船上失踪了3个、4个或者6个人。

就在风浪最汹涌的那个深夜里，"五人组"打破了他们的杀人记录：天蒙蒙亮时，已经有11个人被他们残忍地扔进大海里。他们的目的很明显，那就是成为救生艇上的主宰者，把剩余的食物和为数不多的饮用水夺到手中，让其余人都听命于他们。甚至不留任何活口，把剩下的人都杀死。

他们聚集在船头，凶狠地推倒任何靠近他们的人。在这种紧要关头，无论哪边出现一秒钟的软弱，就会被另一方蚕食殆尽。

大概在前一天的中午，布伦特船长突然开始放声大笑，还说起了语无伦次的昏话。他连续七天暴晒在无情的烈日之下，浑身都是灼伤，已经疯了。这天晚上，大家听到他大声哭喊。天亮时，他和两名第十五军团的士兵一起失踪了。下一个夜晚降临之后，会有更多的受害者。麦克-道格拉斯认为他必须做点什么，可究竟该做什么才能解决眼下的困境呢？船上没有任何武器，不会有人按他说的做。

此外，直到现在，救生艇上的秩序一直是通过布伦特船长的威信来维持的。现在他已经不在了，麦克-道格拉斯必须确保大家还会听话。怎么做就看他自己了！秩序！这真是一个讽刺的词。在这求生无望的绝境下，在距离任何海岸都有几百公里的鬼地方，在杀人不眨眼的暴晒下，仅有6罐牛肉罐头和一瓶半的饮用水，和一堆陌生人漂在茫茫无际的大海之中，不知何时才是尽头——在这时谈秩序？简直是痴心妄想！

## 二

7天前，熟睡中的人们被新加坡号上的爆炸声惊醒，大部分人在这种突发情况下都手足无措。大家来不及把衣服穿好就逃出了船舱。强烈的阳光从爆炸开始就一直灼晒着幸存者们，过度灼伤意味着发烧，发烧让人缺水。尽管有人提醒不要喝海水，可有些人别无选择，不幸的他们还是喝了海水，这使他们的病情更糟。有些人病得无法支撑下去，溺水而亡，还有的人绝望地选择了自杀。在第一天和第一个夜晚结束后，已经有30多人不见踪迹。

到了第三天，他们就只剩下66人了。第四天49人，第五天39人，昨天28人，今天早上25人……有位马上就24岁的新加坡号海军下士，临死前躺在妻子的腿上。他肩膀和脸都被严重烧伤，断断续续地对妻子说着些什么，突然他站了起来，推开妻子，跳上了舷缘，毫不迟疑地一个猛子扎进了大海中，消失在层层波浪里。

人们看到他再次出现了两次，挥手示意告别，然后就再也看不到了。没有人下海救他，甚至连他的妻子也不例外，她正伤心地埋头哭泣。在救生艇船头，五人组正在低声商量着事情。麦克-道格拉斯暗中观察着这些人，他猜测五人组应该正在逐一检查所有的幸存者，看谁会是下一个遇害者。五人组的老大突然对麦克-道格拉斯说道：

"好了，到分食物的时候了！"

的确是时候了，太阳已经出现在海平面上。天空中没有一丝云彩，这一天看来也会烈日当头，让人备受折磨。道格拉斯中士从食盒里拿出一盒罐装牛肉，递给一个水手，他准备把罐头打开。24名幸存者的目光紧紧跟随他的一举一动。24个人分一个罐头，每个人大概能分到坚果大小的一块肉，但正是这么一丁点儿食物能让他们继续生存下去，有求生的欲望。

麦克-道格拉斯拿起了水瓶和汤匙像之前几天一样，准备分水给大家。奇怪的是，这些物品都是从刚才自杀的下士妻子包中掏出来的，她的丈夫临死前把这些东西交给了她。

"来吧，您先开始喝吧！"

女人缓缓抬起头，似乎从梦中醒来。

"来呀，喝吧！"麦克-道格拉斯又重复了一遍。

女人突然像发了疯一样，从道格拉斯的手里把瓶子夺了过来，推开了身边两个试图阻止她的水手，跳入海中，大声呼唤着丈夫的名字。这一切发生得太快，没有人能反应过来，大家看到她在海中沉沉浮浮，挥舞着手中的瓶子，最终消失在一个大浪里面。船上的人寂静无声，五人组的一个人阴阳怪气地说道："还剩下23个人！"

## 三

还有23个人，还剩一升的饮用水。

没有人敢想下一步他们该怎么办，但从事情发生的那一刻起，麦克-道格拉斯下定主意，自己得做些什么了。

清晨到来的时候，第二个令他不得不插手的重要因素出现了。蹲在船底的一个士兵突然站起身来开始大声尖叫。由于这一幕发生在救生艇最前端，麦克-道格拉斯并没有完全看清事情是怎么发生的。几个人似乎打成了一团，然后又四散开来，印度士兵组成的五人组成员重新占领了船头长椅的位置，刚才打架中的15军团士兵则不得不退到船后的位置。等他走近，道格拉斯中士不敢相信他看到的事情。这名士兵手腕上被印度兵割开了一个又大又深的口子，伤处现在血肉模糊。中士赶紧询问士兵到底发生了什么，伤者向大家叙述了刚才发生在他身上那可怕的一幕：就在他昏昏欲睡没有防备的时候，五人组试图趁机给他放血让自己喝血充饥。面对印度人这种恐怖的行为，麦克-道格拉斯终于不能坐以待毙了，他对五人组吼道：

"你们以为我会任由你们继续这样做吗？！"

对于收拾这种人，他首先得先把话语权重拾回来。他警告他们，所有乘坐救生艇的乘客，他都有权处置这些人是走是留。他会毫不犹豫地使用这项生死大权。话音刚落，5个人就一起站了起来，威胁道：

"你有种就试试看！"

麦克-道格拉斯在脑中飞速思考着。他知道自己的反应必须既快又准。他一眼就能看出船上哪些幸存者能帮他一起解决五人组。还剩下的17个人中，他必须排除掉新加坡号的四名水手，这四人是爪哇人，他们肯定会保持中立，不会跟他一起拼命。还有13个人，其中4个身体虚弱或伤得不轻，不能指望他们帮上忙，另外还有两个人是胆小鬼。这样一算，还剩下7个人。7对5，麦克道格拉斯中士突然做出了一个决定，希望这7个人能够跟他一起和对方拼个你死我活。他对他们说：

"来吧，伙计们，咱们不能等着这些印度人把咱们一个一个杀死！"

当麦克-道格拉斯跨过第一条长凳时，没有一个士兵有动静。他们都使劲低着头，大多数人似乎对正在发生的事情无动于衷。大家看了看船头那5个气势汹汹的卑鄙的家伙，他们手里拿着玻璃瓶碎片做武器，而道格拉斯这边的人手里空无一物，对他们来说，几乎没有胜算。五人组的头目看准了这一点，他试图通过羞辱麦克-道格拉斯来影响第十五军团士兵的决定，他叫道：

"瞧瞧你自己吧，真丢人现眼，没人听你胡说八道……你只有一个人！"

道格拉斯中士从他的话中听出对方要开始进攻了，他不能掉入他们的陷阱之中。他所有的军事经验都告诉他，要进攻才能保持优势，即使他只有一个人。在船底有一支桨，是船上仅存的一支桨。麦克-道格拉斯抓住它，从一个长凳跳到另一个长凳，冲着前方大喊：

"来吧，兄弟们，今晚不是你死就是我活！"

当麦克-道格拉斯用桨猛击对方那一刻，他坚信大家想到在深夜里被对方扔到海里的战友们时，一定会唤醒自己的良知……他猜得一点不错，一个年轻的士兵一头撞向了五人组，然后另一个也如法炮制，然后是第三个、第四个、第五个。很快大家都采取了行动，和对方打了起来。船上的两拨人打得不可开交，在痛苦的嘶吼和叫骂声中，大家听到中士大叫着让把五人组扔进海里。

由于道格拉斯中士这边人数占优势，5名印度人很快都被他们扔进了海里。这一幕犹如噩梦般，悲惨的画面将永远铭刻在麦克-道格拉斯的记忆中。有两名被扔进海里的印度士兵不省人事地沉入了海底。但还有三个游到船边，乞求拉他们回救生艇上。在微风的推动下，小船顺着洋流漂着，被扔到海里的3个人追着船游得精疲力竭，其中一个人拽住船上垂下的一根粗绳，试图从海里再爬到船上。他一只手紧紧拉住绳子，另一只手抓住船帮用尽全力往上翻。救生艇上刚经历完这场殊死搏斗，大家都累得说不出话来，他们盯着麦克-道格拉斯看，想知道面对落水的这些人的乞求，他该怎么处理。

从他那备受煎熬的表情，大家都猜到了中士脑中正在进行一场良知和现实的决斗。这些天发生的事情在他眼前一幕幕地全速闪现。他仿佛看到了选择救他们上来的那个结果：饶恕这三人，把他们绑在一起，等得救后再交给英国司法部门处理。然后在一个无人察觉的夜里，三名罪犯中的一个人成功割断了绳子脱身，把另外两个同伙也救了出来；他看到了这三人的复仇行动，他们先把他——麦克-道格拉斯中士，无情地抛进了大海之中。他甚至听到了自己在海里等死的那些声音，还听到了船上剩下的士兵被这三人折磨致死的哀号声。印度人为活命喝光了其他人的血，最后，他听到了尸体落入水中的那些恐怖回声。

与此同时，在距离他不到一米的地方，男子正借助手腕的力量，用尽仅剩的力气把自己往救生艇上攀。他用肘部紧紧把住船沿，一只脚正准备从海里搭到船边捆着的缆绳上。道格拉斯中士像个旁观者一样看着这些环节一幕又一幕地继续下去，他差点因为一时心软而让大家一起送命。最后一个画面在中士眼前一晃而过：印度人获救后到了船上，他们伺机抢到了武器。显而易见，现在用船桨把他们的脑袋打开花可比跟这些人搏斗要容易多了，哪怕不顾道德现在就把他们都杀死。麦克-道格拉斯下定了决心，鼓起所有勇气，在男子就要成功爬上船那一瞬间，狠狠地用桨一直猛击他。在漫长的几分钟里，另外两个印度人不断在哀声号叫，没过多久，谩骂声消失了。

当天下午，一艘挂着荷兰国旗的船看到他们发出的求救信号，向他们的方向驶来，结束了新加坡号幸存者七天的噩梦。

获救后，麦克-道格拉斯中士继续和命运斗争着，他还会经历各种险境。他后来被日本人囚禁在牢中，试图越狱两次未果，在地牢里被折磨了两个多月，有好几次死神差点把他带走。战争结束后，他准备写一本回忆录。据他所述，在他一生的冒险中，最恐怖的经历绝对是把船桨打在即将爬上船的印度人头骨上那一瞬间。那声音现在回想起来依然令人毛骨悚然，听上去就像个刽子手在行刑一样。

但他并不后悔当时做了那样的决定，如果当时他选择放过那3个印度人，可能今天在这里讲述这件事的人永远不会是他了。命运总是在人生多如牛毛的选择中被轻易改变。

顾欣　译

# 电视税风波

## 一

科尼利厄斯-本顿非常非常恼火。

他已经66岁了,是个典型的英国人,从他的脸上或许看不出他的情绪,但实际上他已经处于怒火爆发的边缘!

科尼利厄斯-本顿是位受人尊敬的邮递员,他刚刚退休。这已经是他第二次要被关进监狱里,而他在作为伦敦邮递员的一生中,从没有犯过任何错。他究竟犯了什么罪要被抓去坐牢?过上退休生活的他,又怎么会想到自己跟英国广播公司扯上官司?

在英国,有两种电视台:一种是需要按月缴税才能观看的国有电视台,另一种是靠广告生存、可以免费观看的商业电视台。

对于英国广播公司来说，1960年的包年电视税为五英镑（约70法郎）。

科尼利厄斯-本顿认为对于经济困难群体来说（比如他），这笔费用简直贵得离谱。他觉得看免费商业频道已经很满足，哪怕是看广告也比缴电视税要强百倍。这也是为什么从65岁开始，他就拒绝缴这笔电视税，只是在收到英国广播公司的催账单时，他才会回信说：

"很抱歉，我并没有收看您的电视节目，先生们，请同意……"

此后，他继续拒绝支付未缴电视税而带来的罚款。电视台后来把他告上了法庭，他败诉后，问心无愧地在狱中服刑八天。坐完牢后，他希望《泰晤士报》能报道他的遭遇，他有信心通过他的拒缴行为敦促工商会改革，最终帮助和他一样退休金本就不多的家庭彻底摆脱这莫名其妙的电视税！

没想到他做的一切都是徒劳，报纸只在第四版的一小段新闻里用两句话把这件事一笔带过。

真是好极了，科尼利厄斯在出狱的路上自言自语道，回到家时，他把电视接收器改装了一下，把机器上接收英国广播公司的按钮摘掉，只留下商业频道。当他再次收到必须缴税的通知时，他回复说：

"再次抱歉，这次我真的接收不了您的电视节目！我把您节目在电视上的接收按钮都摘掉了，我认为所有和我一样退休金不多的人们都该这么做，请您同意……"

没想到英国广播公司再次把他告上了法庭，这次他被判入狱15天。

## 二

这一次，科尼利厄斯在服刑完毕后非常恼火，他决定采取行动，干票大的：打劫英国国家美术馆（这地方相当于英国版的卢浮宫）。

他从洗手间的窗口偷偷溜进了美术馆内——多亏了30多年的邮递员步行送信生涯，大量运动一直让他身材纤细从未发福，这才能轻易地从窗户缝里钻进去。

进入馆内后，他用挑剔的眼光把走廊上悬挂的油画都审视了一遍，最终选择了一幅他认为在英国最有分量的作品，由著名画家戈雅①创作的滑铁卢战役获胜者的肖像：《惠灵顿公爵②》。科尼利厄斯觉得偷走这幅画一定会在社会上引起轰动。

这幅画不是很大。科尼利厄斯-本顿把它从墙上摘了下来，带着画轻而易举地从他钻进来的那个窗户又溜出了美术馆。琢磨拿着这幅画没法正常坐上公交车，于是他去了一个人

---

① 戈雅：弗朗西斯科·何塞·德·戈雅-卢西恩特斯（1746—1828），出生于西班牙萨拉戈萨，西班牙浪漫主义画派画家。
② 惠灵顿公爵：第一任惠灵顿公爵阿瑟-韦尔斯利（1769—1852）是拿破仑战争时期的英军将领，第21位英国首相，在滑铁卢战役（1815年）中打败拿破仑，是世界历史上唯一获7国元帅军衔者，被英国人称为"世界征服者的征服者"。

烟荒芜的地方，那里正巧有一栋正在拆除中的楼房。在那里，他小心翼翼地把《惠灵顿公爵》从镀金的画框里拆下来。尽管画中这位打败拿破仑的赢家看上去气势不凡，却被科尼利厄斯像海报一样随意卷起来带回了家中。镀金的画框被他扔在了那栋废楼之中。

第二天，这起名画失窃案在英国各地引起了轩然大波，甚至连《泰晤士报》也被惊动了。首先是因为画上的人是惠灵顿公爵，第二是画作为著名画家戈雅创作的真迹，最后让大家愤怒的一点是，英国政府刚刚用30万英镑的巨款买下了这幅画！在1960年，30万英镑相当于4.2亿旧法郎！这幅画居然被盗窃了，这严重地打击了那个年代英国人的士气，造成了非常恶劣的社会影响。

英国政府立即成立了一个调查委员会，封锁了边境，严查这幅画的去向。所有的警察都处于高度紧张的查案状态，可谁又能猜到，被卷成一团的《惠灵顿公爵》，就在一个退休邮递员家的鞋柜后面呢？

三个星期后，正在警察毫无进展、媒体找不到最新线索、调查委员会一筹莫展的时候，国家美术馆馆长收到了一封信，内容如下：

尊敬的馆长先生：

本人很荣幸地通知您，惠灵顿公爵的肖像在我这里。

这幅画是由纳税人的30万英镑所支付的。

如果您能同意将这笔钱存入我指定的地方，我本人将不胜感激。

我会用这笔款项来帮助像我这样的退休金不多的人们缴纳电视税，这笔支出对他们来说负担太重了。我认为，这将是一个值得您去做的善举。

希望我的建议可以被您采纳。

馆长先生，我期待着在《每日镜报》的分类广告上得到您的答复，请接受我最美好的祝愿，尽管我不能告诉您我是谁。

失策的是，这个正式通知有点过于礼貌了，或者也许正因为如此，英国警方并未认真对待这封信。他们认为这封信不过是一个恶作剧而已。

## 三

大家继续追查这幅肖像画的下落，能找的地方都查过了，可仍旧一无所获。就这样，4年过去了。

《惠灵顿公爵》依然被藏在鞋柜后边，科尼利厄斯隔些日子就把它拿出来透透气，免得它受潮发霉。

他注意到油画的面目表情逐渐有些失真，一定是柜子里的空气不适合保存油画。可他也没有其他合适又不易被发现的地方存放它。

4年时间一晃而过,科尼利厄斯发现自己的做法有些不妥,甚至是敌对的,大家都在谴责偷走画像的小偷,而政府压根儿不把他的请求当回事,更不用说支付他要求的赎金了,科尼利厄斯决定把《惠灵顿公爵》物归原主。

他给《每日镜报》寄去了一张寄存处押金小票,还附上了几句说明情况的简言,就这样,打败拿破仑的《惠灵顿公爵》的画像重现天日,人们在伯明翰车站的一个储物柜里找到了它。失去画框又被随意乱放的《惠灵顿公爵》却再也找不回之前那种不可一世的气势。

事情到此本应画上句号。可科尼利厄斯提前算好了一笔账:任何提供小偷线索的人,经查属实,会得到一笔5000英镑的赏金。而一年需要缴给英国广播公司的税额为5英镑,有了这5000英镑,足够帮助1000名养老金不多的退休老人缴一年的电视税!虽是杯水车薪,却也聊胜于无。科尼利厄斯-本顿把自己好好打扮了一番,穿戴整齐,来到了警察局,在门口向一个看上去不太友善的警察自我介绍起来,他摘下帽子说:

"对不起打扰一下,我就是科尼利厄斯,那个把《惠灵顿公爵》拿走并藏了4年的人,您知道那幅画!按规定我能得到5000英镑的赏金,于是我来自首了,请把5000英镑给我!您要知道,这钱不是我自己用,是为了成立一个协会,用来帮助缴不起电视税的退休老人们,希望您能理解,我也是迫不得已才出此下策……"

警察才不管他在说什么,大声冲他说道:"别赖在这!快走开！"

"不好意思，我叫科尼利厄斯-本顿！我是……"科尼利厄斯继续说道

"恭喜你！你快回家吧！"警察不耐烦地答复道。

没有人愿意相信，这名退休的小邮递员就是让英国警察找了整整4年却一无所获的画像大盗！更没有人料到，科尼利厄斯-本顿为了证明自己就是偷走《惠灵顿公爵》的那个人，用尽了一切办法。最终，大家相信了他说的话，警察把他抓了起来，交给法官审判。

科尼利厄斯首先因盗窃罪受审。令人意想不到的是，数百名领着微薄退休金的老人共同出资为科尼利厄斯支付了律师费！

律师替他辩护说：

"根据英国法律，若一个人定盗窃罪，必须指明该人有保留该物品的意图，可以明确的一点是，科尼利厄斯-本顿从来没有过这种意图，因为他归还了有关物品，如果条件允许的话，他还会更早归还这幅画。"

公诉人气得摸了摸假发，反驳道：

"既然如此，法官阁下，必须判他敲诈勒索钱财罪！"

辩护律师摇了摇头，义正词严地说：

"啊，真是不好意思，请您认真读一下科尼利厄斯这封信上写的内容！'如果您能同意将这笔钱存入我指定的地方，我本人将不胜感激！'这句话，您看，这里他用了条件式语气，这可不是威胁，这是商量的语气！法官阁下，请您仔细看看，

谁会用商量的语气威胁他人？！"

双方一直激烈地争论着，然后，在庭审要结束的时候，公诉人大声疾呼："画框呢？他对镀金画框做了什么？我想法官阁下一定想知道画框哪里去了！"

画框！科尼利厄斯已经完全忘记了他把它放在哪里。好像是扔在了某栋废楼里，可究竟在哪里？他不可能把那个镀金的画框找回来。现在这个画框价值100英镑，约合14万旧法郎。这简直是欲加之罪何患无辞，科尼利厄斯绝望了，他因偷窃国有财产，对，一个画框，被判入狱3个月。

英国广播电视于当晚播放了这轰动一时的名画失窃案，数千名和科尼利厄斯一样缴不起电视税的退休人们在第二天就凑齐了100英镑，为科尼利厄斯偿还了偷窃镀金画框的费用。但这并不能让科尼利厄斯免刑，他依然要在监狱里服刑3个月。因为法律就是法律！

令人欣慰的是，在科尼利厄斯-本顿事件后，英国取消了对经济困难人群征收的电视税。

刑满释放的科尼利厄斯，回家第一件事就是把接收器上的按钮修好，光明正大地继续收看着英国广播电视的节目，因为他发现虽然在商业频道一直能免费收看，可里面有太多的广告，总让他们这些钱不多的退休老人们，额外花了不少钱，简直防不胜防。

顾欣　译

# 假死真亡

## 一

弗朗索瓦丝-莫罗今年27岁,住在加拿大魁北克省的罗伯特瓦尔。直到1948年1月17日,她都一直住在那里。不幸的是,那天下午1点22分,她驾驶的汽车被一辆大卡车撞得稀烂。方向盘在冲撞中插入了弗朗索瓦丝的胸部,她的头狠狠地撞在了挡风玻璃上。她没有呼吸,心脏停止了跳动。人们认为弗朗索瓦丝已经死了——表面上看是当场死亡,因为现实中弗朗索瓦丝是处于一种昏迷或昏睡状态,看着和死了没有区别。

可她不仅没有死,而且还有意识,这真是糟透了。周围的情况她能听得一清二楚。她听到车门被人用工具强行拉开的吱吱声,好心的路人试着将她从扭曲的废铁中拉出来。她先是听到有人说:"别用力"……然后另一个声音在说:"别碰她,我们不是专业人员……还是等救护车来吧。"

在车祸发生最初的那几分钟里，弗朗索瓦丝-莫罗安慰自己，她只是受伤了。当她听到救护车的声音传来时，她默默想着："好了，我得救了，他们终于来了。他们一定能把我救出去，我太幸运了，车子没有着火。"但她发现自己连手指头都动不了一下。

当她感觉被拉出车外，躺在担架上的时候，她才开始怀疑自己到底是怎么了。这感觉很奇怪，因为她哪里都不疼。就像正常人一样，完全感觉不到哪里受伤了。但是，为什么她会动弹不得呢？实际上，弗朗索瓦丝的头部伤得很重，肋骨也断了好几根。而她什么都感觉不到，正因为她已经瘫痪了。

这是一种从科学层面上无法解释的昏迷方式，这种情况很难向大众阐述清楚，专业的医生通常都对该病患者束手无策。但是，不管怎样，对于弗朗索瓦丝-莫罗来说，身处此境，她察觉到事情变得可怕起来。她能感觉到自己的呼吸正在消失，这个事实已经无法改变。她也不能让自己移动哪怕一毫米的距离，她的头脑是清醒的，清醒到能把周围发生的一切都听清楚。在车祸现场，她听到一个男人说着这样的话：

"太晚了……她已经死了，送她去停尸房吧……"弗朗索瓦丝听到这里简直吓坏了，这些人要把她送去太平间？！她用力想让自己动一下，让这些人放弃这可怕的念头，她心里喊道："去太平间？你是不是疯了？我还活着呢！"

这些话她一句也没有真正喊出来，她的愤怒、她的无助，甚至她想流的眼泪，都像被封印了一样，留在她的身体之内。她知道现在能救她的只有自己，于是她拼命把所有精力都集中在重获呼吸这一点上，只要她的肺里能多进一点点空气，她相信其他的一切都会随之而来，恢复呼吸才能让自己动起来，动起来才有生存下去的可能！不幸的是，她的努力失败了，她的身体还是一动不动，这是一种绝对令人无法忍受的无助感。

## 二

弗朗索瓦丝的眼睛一直没有闭上，她看到了天空，看到了高楼的楼顶，看到了一些人头映在她上方的影子，这些画面都有些模糊，但她的的确确看到了这些东西。无法动弹的她只能看到很窄的一片区域，她没法让眼睛像平时那样转动起来，她的视线是固定的，就像个旁观者一样，看着这一切残忍地发生却又无力改变。当她感觉自己的身体被抬起来，就像一个死人被抬走的方式一样时，她这下彻底明白了，对于其他人来说，她已经死了。她没有办法让自己发出任何一种信号，来让救她的人知道她还活着，她绝望透了。有人试图把她睁着的眼睛合上，却不知道弗朗索瓦丝根本没有死，此刻她的内心正在备受煎熬。一刻钟后，她在怀疑这一切究竟是不是真的，还是只是一场噩梦而已。

她真的发生了意外，还是说这些都是在做梦？时间一分一秒地过去了。一个男人准备把弗朗索瓦丝的尸体放进太平间里的停尸柜里,又是几个小时过去了,那个男人才把放弗朗索瓦丝遗体的抽屉关上。弗朗索瓦丝像掉入了一个黑色陷阱之中,那里面又暗又冷。她无法知道外面的时间,被恐惧吞噬的她仿佛看到了生命的尽头。又过了很久,有人再次打开放她的抽屉,这次是她的家人来了,他们从蒙特利尔赶来这里。弗朗索瓦丝的视线只能看到天花板和上边那刺眼的灯管。有人掀开了盖在她脸上的单子,她听到了一些抽泣声。她明白家人就在身边,她认出了父亲的声音,他说:

"我们走吧,离开这该死的地方。"

然后她听到了母亲伤心欲绝地哭着说:

"她的眼睛为什么还睁着?谁能好心帮帮她把眼睛合上?求你们了。"

没有人能体会到弗朗索瓦丝此刻的感受。她知道自己没有死,她一直在跟自己说她还活着,她没有死。她目睹了自己的死亡过程,她觉得这一切都是假的,这不会是真的,因为她还能思考,既然她还能思考,意味着她还活着,怎么会已经死了呢!她能看到这些正在发生的事,别人为什么非要说她已经死了?她还要昏迷多久?谁能救救她?!时间没有停下来帮她答疑,不久后,她感觉自己被抬了起来,抬进了她认为是棺材的东西之中,她最后的求生欲望也浇灭了,她确定自己已经"被死亡"了。

此刻的她终于被无情的现实打倒,被内心的怒火所支配,失去了理智。

这些人有什么权利把她锁在棺材里？她还没死！虽然她只活在这团怒火中，但她还活着！她的身体还在这里，可没人会盯着一具已经被宣布死亡的尸体一直看。再过不久她的棺材就会被盖死，然后入土，留给她的时间不多了。弗朗索瓦丝警醒地意识到了这一点，她必须把所有希望都放在集中意志上面，得抓紧最后的机会让自己做出一些还活着的反应。弗朗索瓦丝要做最后的努力了。

## 三

是恐惧、愤怒、不甘还是生存本能？当人们准备把棺材的盖子封上那一刻，弗朗索瓦丝尖叫着哭了出来。这哭声如此响亮，好似她在刚才的噩梦中把关住自己身体的那扇大门踹开一样。大家都冲到了棺材那里，没有人敢相信眼前发生的这一幕，弗朗索瓦丝开始说话，就像梦游一样。她还没有真正恢复意识，可她依旧喋喋不休地说着这些可怕的经历和她所承受的一切，零零碎碎，一个片段接着另一个片段，那些历历在目的场景：车祸、她周围的声音、救护车、太平间、停尸柜那个抽屉、寒冷、暗无天日、棺材、恐惧、惊悚、被宣布死亡的绝望……

弗朗索瓦丝一遍又一遍地跟人说着她遭遇的这些恐怖画面，仿佛世界只剩她一个人的那种凄惨景象，她怎么会被一个人摆在那冷冰冰的棺材里，那简直是世界上最残忍的一种酷刑。

她无法表达自己当时所处的境地，没有人发觉异常，更没有人怀疑她是不是真的死了，她不断向人描述她所面对的困境，这是一个刚从鬼门关转了一圈的人的独白，她只能通过这种方式来让刚刚死里逃生的自己好过一点。

大家都被吓得不轻，然后忙手忙脚地把死而复生的弗朗索瓦丝送去了医院。她的父母、朋友，所有人都后怕又懊悔，想想他们差点把弗朗索瓦丝活埋在坟墓里，没有人不感到自责。

在救护她的救护车中，弗朗索瓦丝像念祷告一样重复地说着：

"我还活着……我还没死……救救我……我还活着……"

不幸降临在她身上，两个小时后，弗朗索瓦丝离开了人世。

这次，医生检查确认了至少10次，从心电图到脑电图，可于事无补。弗朗索瓦丝的确离开了这个世界，事实不容改变。

弗朗索瓦丝再也不会思考。

也永远不会有人知道，这一次她是否见证了自己死亡的过程。

顾欣 译

# 路德维格和施拉夫家的四姐妹

## 一

可怜的路德维格先生直到83岁高龄,才遭遇第一次恋情失败。虽然他已经退休15年了,但他还是个正常的男人。被心爱的人拒绝简直是对他男性自尊心的极大打击。就在刚才,希尔德加德直接拒绝了他的求婚,她说:

"不,路德维格,我不会嫁给你。"

路德维格认为这位小希尔德加德就是个蠢货。她以为自己是谁,在67岁的年纪,竟然会拒绝嫁给一个将自己一生都奉献给家庭的男人?路德维格立刻改变主意,他甚至认为,在慕尼黑,想找个女的结婚简直易如反掌,大不了就去婚姻介绍所,他在那里一定会如鱼得水。

他来到了一家名为婚姻之神的婚介所,对在那里的工作人员讲述了他的个人情况，他的详细资料都会被写在属于他的档案里。本着对客户负责的态度，婚姻之神介绍所需要了解客户过去的一切，于是路德维格先生从他的初恋开始说起。

## 二

在第一次世界大战前，他22岁那年，他遇到了施拉夫一家。当时的路德维格是一名咖啡厅服务员，在为客人端上了一杯啤酒、一块巧克力和四杯柠檬水之后，他发现了玛格丽特-施拉夫。二十出头的玛格丽特正处于最美好的年纪：她金发碧眼，还长着一个精致小巧的鼻子，美得让人心动。路德维格抓住机会，把柠檬水假装不小心地洒到了女孩的裙子上，给自己创造了认识她的一个绝佳机会。

接下来的那个周日，脱下服务员工装、换上便服抱着一大束玫瑰花的路德维格，来到了施拉夫家做客。

健谈又知礼的路德维格很快就赢得了玛格丽特母亲的欢心，所以他被邀请在下个周日再来家里吃甜点。

两个月后，他和玛格丽特-施拉夫闪电结婚。

当时正是战争时期，没有嫁妆的女儿想要觅得良人简直是不可能完成的任务，更何况施拉夫家有四个待嫁女儿。其他人一听他家的情况，都会立刻脚底抹油，生怕被这样的家庭拖累。对于父母来说，痴情的路德维格就像天上掉的馅饼一样珍贵。

世事难料，在他们度蜜月的时候，路德维格被征兵了，他不得不把服务员的制服围裙打扮换成灰绿色的军装，从成天杯子不离手切换成随时准备扔手榴弹的状态。

在这4年的战争中，可怜的玛格丽特只能趁丈夫休假探亲的时候，才得到一个短暂的拥抱，这幸福的团聚时间仅有48小时。除此之外，想要见到她的丈夫，只有在他受伤的时候，才有机会去医院看望他。

这种情况一直持续到1918年，这对新婚夫妇终于可以重聚在一起，享受来之不易的婚姻生活。

好景不长，1919年，可怜的玛格丽特的健康状况一直不乐观。1920年，她几乎病得下不了床，在11月的那个初冬香消玉殒。她的去世让施拉夫一家既震惊又悲痛。女婿路德维格崩溃地趴在岳母的膝上伤心痛哭。为了让女婿尽早从绝望的困境中走出来，施拉夫太太让自己的大女儿去照顾他，替他干些日常家务。就这样，在岳母有意或无意的撮合下，第二年3月21日他们结婚了，施拉夫家的长女特蕾莎自然而然地成为路德维格先生的第二任妻子。这家人又找回了在周日一起聚餐的快乐生活。施拉夫先生可以继续和女婿下棋，而施拉夫太太能继续给女婿洗衬衫，还时不时能从女婿那里得到一点小恩小惠。

二

特蕾莎和她死去的妹妹性格完全不同。玛格丽特既脆弱又谨慎，有些内向，而特蕾莎总是精力充沛，有着极强的控制欲。可怜的路德维格很快就有些招架不住。特蕾莎把路德维格逼得越来越紧，经常连喘口气的时间都没有。"如果爱我，就听我的。"这是特蕾莎经常挂在嘴边的一句话。每天下班一回家，可怜的服务员总被妻子逼着吃那些又油又腻的饭。她说："这都是为了你的健康，你必须都吃下去。"

特蕾莎爱怜地盯着她的丈夫说：

"亲爱的，吃吧，我特意为你准备的。"

路德维格常常推托说他已经在咖啡馆吃过了，但特蕾莎从不听他这些借口，她说：

"吃吧，我可是为了你好。"

特蕾莎边说边在他对面大口吃着盘中的食物。婚后的她胃口总是格外好。当看到新婚的丈夫皱着眉头吃完甜点蓝莓挞后，她立刻对他说：

"去睡觉吧，亲爱的。"

路德维格有时会跟特蕾莎暗示，餐后散散步会对他们的身体有好处，但特蕾莎根本不听他在说什么，依旧我行我素。他的妻子还是按照自己那套方式来料理两人的生活，他必须照她说的去做，她才不管他内心是否愿意。特蕾莎用爱的名义禁锢着路德维格，把路德维格哄得像个孩子一样，怕他冷，怕他饿，还时不时给他一个吻来表达爱意。有时她甚至在他熟睡的时候把他叫醒，让他看看她在他怀里有多幸福。

婚后的几个月里，特蕾莎一刻也不愿离开路德维格，她对他的爱只增不减，甚至到了让他感觉窒息的地步。她常去路德维格工作的咖啡馆外等他下班,所有的同事都能看到特蕾莎坐在街对面的长椅上痴痴等待她的丈夫。每次去的时候,她都会拿着路上买的一块足有一公斤重的蛋糕,特蕾莎常常一边用右手往嘴里塞着一大块蛋糕,一边挥着左手向丈夫打招呼。

这样的日子过了一年之后,路德维格消瘦了五公斤。他在特蕾莎的搀扶下走在大街上,妻子的身体健壮得像个小提琴,可他却像个影子一样失去了灵魂。施拉夫先生十分担心女婿的健康,他让好朋友穆勒医生来给路德维格做检查,医生说他除了抑郁外,还过度忧心。

医生建议路德维格休息一阵子。施拉夫太太给他准备了一个养病用的单间,路德维格高兴得难以言喻。3个月过去了,时间治愈了他,他很快就恢复了健康。就在这时,特蕾莎却陷入了人生的困境。曾经那么开心、那么风风火火的特蕾莎,突然变得寡言少语,整天把自己关在房间里,谁也不愿见。常把家人逗得笑容满面的她,仿佛看透了人生,变成只会苦笑的一个陌生人。她就想一个人待着,在这种情况下,她控制不住自己想吃东西的欲望,甚至比之前吃的还要多。

这种情况持续了很多年,特蕾莎把自己吃成了一个超重的肥胖症患者。施拉夫太太怎么教训女儿,求她控制下食量,都无济于事。这是心病,失去了好心情,特蕾莎只能靠食物来解脱自己。

就在一个晚上,当她大口大口吃着白菜炖锅的时候,路德维格看到他的第二任妻子把手放在喉咙上,呼吸困难地站了起来。她的脸先是涨得通红，然后慢慢变蓝，一言不发，更没有哭出一声，就那样直挺挺地倒在了地上。就这样，路德维格第二次丧偶。

## 三

当他娶了施拉夫姐妹中的小妹玛丽卡时，路德维格达到了人生幸福的顶峰，因为她与前两位姐姐完全不同。玛丽卡既精致又有教养，这位新任路德维格夫人对音乐着迷，她弹的钢琴悦耳动听。施拉夫夫人把家里的钢琴作为结婚礼物送给了她。

这次他们准备去意大利度蜜月，行程包括威尼斯、罗马、佛罗伦萨和帕多瓦。

老天又和他们开起了玩笑，婚礼原定1939年举行，正好又碰上了打仗，一切计划都被打乱了。

在他的卧室里，路德维格把他俩的结婚照挂在之前两位妻子旁边。这位已经40多岁的新娘，只能任由自己的卧室里挂着其他女人的照片，她有什么理由来说不呢？那毕竟是她的姐姐们。

路德维格随后又去了前线打仗，部队把他派去了敦刻尔克常驻。施拉夫一家和路德维格又开始了分别的日子。

路德维格先生在卡昂被俘，在夏隆被释放，他辗转回到慕尼黑，又找到了施拉夫一家。这家人奇迹般地躲过了这场灾难，家里没有失去任何一名成员。之后的30年，路德维格和玛丽卡过着平静安宁的日子，直到1976年1月，忘了买盐的玛丽卡没穿外套就出了家门，回来后她就病倒了，先是感冒，然后病情慢慢恶化成支气管炎，不得不住院治疗，最后不治……这是路德维格先生第三次丧偶。

## 四

这之后，就像之前一样，路德维格准备把施拉夫家第四位也是最后一位女儿也娶回来，这已经成了一种习惯。可希尔德加德-施拉夫却不假思索地拒绝了他的求婚。

她不是一个迷信的人，她只是不愿意嫁给这个男人。

婚姻之神介绍所给路德维格先生提供了一些征婚女士的照片，路德维格翻看着一张张陌生的面孔，突然他的眼睛亮了起来。

"那张照片是谁？"他边说边指了指。

介绍所的工作人员跟他解释还有20多份女士的资料他还没看完。

"不，不用看了，"路德维格重复道，"这位就是我要找的。"他还告诉对方说：

"这位女士长得和施拉夫家的人一样！"

巧合的是，档案中的这位女士长得很像这位八旬老人的亡妻，让他一下子就被吸引住了。路德维格不想浪费任何时间在别人身上，立马行动开始结识这位女士。这位女士名叫埃德维格，今年59岁，养了3条狗。路德维格对她展开了猛烈的追求，说着最动听的承诺，准备在最短时间内让自己能走进第四次婚姻的殿堂里。

令人意想不到的是，在他们准备举行婚礼的前一天，他收到了一封电报，上边写着：

你赢了—同意像姐妹们一样嫁给你—取消婚礼—我来了—希尔德加德

最后一位施拉夫家的女儿一直在深思。路德维格家现在几乎所有值钱的物件都来自她们施拉夫家。缝纫机、巴伐利亚大衣柜、客厅里的布谷鸟时钟、威尼斯的水晶杯、钢琴，甚至连厨房切蔬菜的工具都是施拉夫家给的。这三次婚姻，她的姐妹们每次都会从娘家给路德维格带来一笔财富。希尔德加德是个传统又保守的人，她可不能让一个外人住进塞满她家回忆的房子里。

收到这封电报后，路德维格被幸福冲昏了头脑，他立刻叫停了将与埃德维格举行的婚礼，立刻宣布自己要娶希尔德加德的消息。在他83岁这年，第四次与施拉夫姐妹中的最后一位一起出现在市长面前，举办结婚仪式。注册仪式完毕后，就在参加婚礼的人们一起前往婚宴餐厅的路上，路德维格发现自己忘了戴帽子。在他穿过马路那一刹那，一辆汽车不知从哪里冲了出来，67岁的新娘子希尔德加德为了救他，用力推开他，自己却被汽车撞倒。刺耳的刹车声回响着，希尔德加德当场就休克了。大家立刻把她送去了医院，可惜为时已晚，最后一位施拉夫小姐就这样死在了可怜的路德维格怀里。

在第四次婚礼的当天，83岁的路德维格再一次失去了他的妻子。这位曾经的咖啡馆服务员可不愿就这么向命运低头，于是又回到了婚姻介绍所想继续征婚。媒体可不会任凭这样的素材埋没，他们对此事进行了大肆报道。没有一个女人会同意把自己的命运和这个克死4位妻子的男人绑在一起……活命要紧！

顾欣 译

# 马德莱娜小姐

## 一

　　马德莱娜小姐在每个月的第一个星期四出门去采购，整整一个月，她只出去这唯一的一次。

　　在1962年5月的第一个星期四，马德莱娜小姐照旧准备离开家外出去购物，她没有想到这竟是她人生中最后一次离开家门。她房子的外墙被粗沙砾装饰着，外观有些奇怪，夹在另外两栋建筑之间。从来没有人见过这房子的窗户被打开过，随着时间的流逝，落满尘土的木制窗户愈发让人感觉这房子死气沉沉。马德莱娜小姐从来没有打开过房子正外面的百叶窗，她一直住在房子角落里的一个房间内，从这里可以看到外面一排有百年历史的老树。

　　这是她独自一人住了20年的地方。

住在附近的人都说马德莱娜小姐精神不太正常。这好像是真的！大家说她早在20年前就把家里的燃气和电都停掉了。这件事绝对是真的！人们都说她现在还用着战前的那种煤油灯照亮。他们还说她从来没用壁炉生火取过暖，这肯定是真的！

从很久之前就有谣言说，住在巴斯德大街六号的马德莱娜小姐早就对活着失去了兴趣。她到底多大了？根据户籍登记显示，马德莱娜小姐今年63岁。

20年前，在她43岁的时候，她的母亲去世了。埋葬了唯一的亲人后，处理完母亲丧事的她，一头钻进这栋房子里，关死了家里的百叶帘，躲进后屋，再也没有和外界接触过，这种日子一直持续到了今天。

不论春夏还是秋冬，周一还是周日，房子都是一个样子，毫无生机！没有人知道马德莱娜小姐的日子是怎么过的。偶尔大家会悄悄议论几句。她家右边那栋房子的邻居说，偶尔会听到马德莱娜小姐的自言自语和挪动家具的声音。

就在1962年5月的第一个星期四，马德莱娜小姐最后一次离开了家。在外人眼里她从小很美丽。63岁的她，依然保持着这种状态。她有一张巴掌大的小脸，五官长得十分紧致，鼻梁又挺又直，高高的额头下是淡蓝色的眼睛。她还长了一头金发，每次出门她都把头发绾成一个优雅的髻。马德莱娜小姐看起来就像从上世纪的油画里走出来的美人一样，就连脸上的皱纹也如精心设计的一般，让人看了赏心悦目。

她今天还是穿着上个年代的衣服出门：用裙撑撑起的古典

长裙，头上戴着一顶有丝带的小礼帽，双手戴着丝质手套，脚上穿着小皮靴。她的身上除了黑色就是黑色，连破旧的购物袋也是黑色的。马德莱娜小姐锁好了门，春日里的阳光照得她眼睛不太舒服。她感觉头有些晕，有些害怕地看着脚下的四级石头台阶，但她必须得出门，家里已经没有任何食物了。她必须让自己在满是光照和喧嚣的环境下行走，经过一户又一户人家的门前，路过行人，最终到达购买食品的店铺。

## 二

这天的马德莱娜小姐浑身一点力气都没有，这次出门让她的身体严重透支。然而她不得不这样做，她也必须这么做。最好的办法就是不让自己倒在路上，就算头晕目眩她也要克服，不要理会眼前已经飞舞的黑蝴蝶，硬着头皮走下去，不要盯着天空或者地面，那样更容易让人晕眩加重。马德莱娜从小就害怕抬起眼睛看云朵，在她看来，天空深处好像有东西藏在里面，就像带走地上的尘土一样，要把她也一起带走。

她还害怕看自己的脚下，每次看着脚尖的时候，她都有错觉仿佛自己在缩小，仿佛大地紧紧地吸住了她，想把她淹没，拖入地层深处。所以，马德莱娜小姐在长大后，一直保持着除了前方，哪里都不乱看的行走方式。在路人的眼里，恰恰会认为这样的她是骄傲的、高贵的、端庄的，甚至是带了些许傲慢的人。总之，在其他人眼中，她是一个不需要任何人帮助的人。

马德莱娜一手拎着购物袋,另一只手握着一枚帕子,小心翼翼地迈着步子,谁也不知道她强撑着自己在做这些。从家门口的石阶上下来已经让她受尽了折磨。可她必须得出门,每个月的第一个星期四对她而言都是一场噩梦,这一次出门比之前更糟糕,可以说是糟糕透顶。杂货店老板看到她来了,心里嘀咕道:"瞧瞧,疯子又来了……她肯定要跟我买一包大米、一些沙丁鱼、一公斤的糖、一升油和一点土豆,每次都是这些!她就没吃过别的东西……我老婆说得没错,这疯子床垫底下一定藏了不少钱,从来没见过这么抠门儿的人……"

20年了,这位杂货店老板每个月都在心里这么琢磨一遍。

他从来没有真正想过马德莱娜小姐到底是发疯了还是真的抠门儿。他看到她来店里就反射般想着这些事。他甚至没有注意到他的顾客、他口中的"疯子",比平时脸色更苍白,更虚弱,声音小得可怜,就像还剩一口气一样。

他把大米、沙丁鱼、糖、油和土豆都交给了马德莱娜小姐。

他用看笑话般的眼神看着上了年纪的老太太提起衬裙,在裙子里找着钱包,费劲地数着硬币。

过了一会儿,他跟他的妻子说:

"你知道吗?那个疯子,一个月来一次的那个疯子,她一直数着她钱包里的硬币,好像魔鬼要从她身上把它们抢走似的。"

装满食物的购物袋分量不轻,马德莱娜小姐走到面包店时已经气喘吁吁的。

不知她是否知道,大家都把她当成了一个笑话。

"快看,老太太来买面包了。一个月就吃一个黑麦面包!如果所有人都像她一样,我们店早就关门大吉了!"

马德莱娜小姐再次找出零钱,在裙子里仔细地点着硬币数量。人们从来没见过她的钱包长什么样子,就像大家从来没见过不戴帽子、不拎购物袋、不穿黑裙子的她一样。她终于买完了东西,走在了回家的路上。为了不让自己摔跟头,她依着袋子重的那一侧走着,时不时停下来歇一会儿,一直不忘了直视前方。她的额头都是冷汗,身体即将到达承受的临界点。她好不容易才让自己继续走下去。

## 三

1962年的这个春日里,究竟有多少人见过她?

又有谁注意到她那摇摇欲坠的身影,挣扎着不让自己倒在街上,倔强地走回了家?

都有谁在马德莱娜小姐最后一次外出的这天,也就是星期四的时候,见过她?

在当时,没有一人眼里有她,没有人!否则就会有人帮她提着购物袋回家,也会有人打电话叫医生,还有人会送她去医院,悲剧也就不会发生。

让人难以理解的是,事情发生后的第二天,却有很多人都声称自己在当天见过马德莱娜小姐。他们纷纷说道:

"啊!我想起来了,没错,那天她看着脸色不好……"

"哦，是呀，那个老太太？我看她身体好像不太好……"

"她都差点过不了马路……"

"我在她拐过银行的时候见过她，她差点摔倒……"

没错，迟来的第二天，很多人都会记得她，很多人都一股脑儿地同情起了马德莱娜小姐。

但在她去世的那天，孤独地走在那条仅有五百米的熟悉的路上，人们看见了她，却又无视她正遭受到的痛苦。人们只看到了她一贯的夸张打扮，她的老式裙装、她的高帮皮靴、她那用了几十年的购物袋，大家只顾着笑话她，却没有一个人帮帮这位可怜的老妇人。

终于，她消失在了路的尽头。剩下的就是走上台阶，回到属于她的家中，关上那扇与世界相连的大门，远离是非，就像这20年一样，独自生活，不过这次是独自死去。

隔壁的邻居发现马德莱娜小姐家静悄悄的没有任何声音。他没有听到像往常一样的动静，他没听见半开的百叶窗被关上，也没有看见微弱的煤油灯亮起的光。

他感觉出了什么事情。

于是，他走出家门，在马德莱娜小姐家外面查看了一圈。

他有些犹豫，好像真出了什么事情，他准备第二天一早就报警，他不知道自己在担心什么，但他的担心是对的。

## 四

这栋有些阴森森的房子，就像死了一般，在它生命中的某一刻被冰封，房子里布满了20年的灰尘。房里满是冰冷、潮湿的、夹杂着尘土的味道。在走廊的入口处，就在门后边，警察看到了马德莱娜小姐的购物袋，袋中的米、沙丁鱼、糖、油和土豆撒了一地，早已被屋里的尘土弄脏。

马德莱娜小姐躺在床上，蜷缩成小小的一团，已经死了。她的屋子里除了床之外，什么家具也没有，空空荡荡的卧室仿佛不曾有人住过一样。

卧室里的家具都堆在对面她母亲的房间里，门已经被她用钥匙锁上了。餐厅和客厅也是锁着的。偌大的一栋房子，马德莱娜小姐仅使用厨房和那空荡荡的小卧室。

20年来，谁也不知她是怎么过的，她把自己锁在了这房子里。20多年，她每个月只出门一次。20年了，房子一直毫无人气，像栋鬼屋一样。

医生说马德莱娜小姐死于衰竭，她的生活早就变得像一口枯井一样，每天只是困在屋里等待死亡的到来。活着对她而言就像是慢性折磨，现在她终于解脱了。

警察在她的遗体上发现了一笔财富，她在贴身的腰带上缝了一个小袋子，里面塞满了钱和珠宝。这些宝贝被她一直藏在衬裙里面，谁都不会猜到这里居然能藏这么多钱，数额大概能有几百万旧法郎，而她每个月的生活费才有一万旧法郎。接着，在她卧室的床垫底下，发现了一个记事本，上边毫无头绪地写着：

"1941年9月22日……

母亲去世了……

我不想让人知道她曾对我做过什么，任何人都不行。

我曾经拥有过最美好的爱情，他的名字叫爱德蒙，是个穷小子。

她不同意我们在一起，她更不会让他娶我。

那年我24岁，虽然我每天都住在自己妈妈的身边，但我给心上了一把锁。现在妈妈去世了，我也没有什么活下去的理由。

我不会出门了，如果没有这些可恶的钱，我一定不会是今天这副鬼样子。我等待死亡到来的那一天……

这些钱就放在那儿，我把家里所有的财产都赠送给国家。

对我而言，这世界上的一切都毫无意义！"

记事本上的其他页都是空白的，没有别的话记录在上面，就像1941年9月22日，马德莱娜小姐安葬好母亲后的这20年光阴一样，空空荡荡。这是一本看上去只有一页日记的记事本，可空白的纸张上却写满了马德莱娜小姐的孤独和遗忘。

在这个家里没有发现任何关于她的爱人爱德蒙的照片，她为之而死的爱情，她从1922年开始就一头扎了进去的爱情。在20年后的这个春天，这场有缘无分的感情终于让她精疲力竭地死在了家中。除了钱，马德莱娜小姐什么都没给这个世界留下来。那些她小心翼翼地藏在衬裙里的钱，她爱情的刽子手，却早已在20年的时间里贬值得不值一文。

顾欣 译

# 罗希姨妈的葬礼

## 一

当迈克尔-伯吉特停好车,他情不自禁地带着某种自豪感看着眼前的整栋庄园,同时在脑中默念着:

"住在华盛顿特区的杰夫表哥是第九位继承人,而我是第十位!"

罗希姨妈在他眼中无疑是位贵妇人。钱起了很重要的作用,天知道杰克逊叔叔留给罗希姨妈的巨额遗产有多少。当继承人们收到一封由罗希姨妈的侍女发来的电报时,不禁悲喜交加:失去了一位亲人,可同时也能得到一笔遗产,这种心情,难以言喻。由于罗希姨妈没有直接的继承人,她的所有财产都将归她的侄子和侄女与外甥、外甥女所有。也就是说,现在这笔财富的十分之一属于迈克尔-伯吉特。迈克尔从口袋里把这

封电报掏出来,再次确认上边所写的内容是真实存在的。电报上写道:

我们现在万分悲痛—速来—玛丽

毫无疑问,可怜的罗莎琳德-杰克逊已经离开了这个世界。即便在内心最深处,迈克尔-伯吉特也没有感觉到悲伤的存在。坦率地说,罗希姨妈一直都不是个好亲近的人。之前她连对迈克尔叫"我的小宝贝"时,都高傲地噘着嘴,这让迈克尔很生气。有一次他终于没忍住,回答说:"我不小了,我现在身高1.76米。"因为顶嘴,那一年,他没有收到罗希姨妈的新年礼物。

和罗希姨妈闹翻的人不止他一个,他所有的表亲都深受罗希姨妈的情绪波动之害。他知道布莱迪表弟被罗希姨妈区别对待,甚至列在了禁止来往的清单上,就因为有一次他敢说她中式沙龙里的花瓶很难看。

迈克尔一边想着这些事,一边用门上华丽的黄铜质地的把手扣着门。这座庄园是典型的伪殖民风格式建筑,敲门声回荡在走廊四周的柱子之间,又响又脆耳,让人有着置身于上个世纪的错觉。他甚至以为会有一位穿着传统制服的黑人仆人将门打开。

但实际上,想象中的黑人门卫没有出现,是管家玛丽迎他进了屋里。她寒暄了一下,介绍了家里的大概情况,然后把他领进了别的房间。

她也会是继承人之一吗？等等，她好像看上去一点也不难过，甚至还带着一种让人吃惊的态度，有些无礼地指着小教堂，动了动下巴说：

"喏，就在那儿呢！"

迈克尔希望她能多一点尊重，哪怕是假装的。

房间里满是黑色的帷幔，他看到灵柩台被鲜花簇拥着，四周摆满了花圈，罗希姨妈的棺材就摆放在那中间。迈克尔觉得这棺材小得有些让人不敢相信。他知道罗希姨妈个头不高，但棺材也不应该这么迷你，是不是搞错了？他环视了一下身边，他是头一批到这里的人，他的表亲们还没有到。如果罗希姨妈的遗嘱有什么附加条款，比如指定第一个到达灵堂的人为唯一遗产继承人，那他就赢定了。迈克尔甚至开始幻想着这条遗嘱被宣读时，其他人脸上露出难以置信的那种表情。

迈克尔自顾自地做起了白日梦，在梦里，得到遗产的他，开着跑车，住进夏威夷的度假别墅里，他还买了一艘帆船，金灿灿的阳光把一切都照得如此明媚。他甚至确信自己已经懒洋洋地躺在了沙滩上，周围都是生活在当地的土著。就在这时，耳边传来一声像是从坟墓里跑出来的声音，让他惊得连血液都差点冻结在血管里。

"迈克尔，我的小宝贝！"

## 二

"我一定是在做噩梦。"迈克尔自言自语道。这声音听着像罗希姨妈的,但这不可能,除非是提前录好的,要不绝不可能。但那些脚步声却做不了假,那些脚步声在一进门的大理石上响着,离他越来越近。噩梦还没有结束,脚步声就是罗希姨妈的,这个穿着黑色衣服的矮小身影就是他的罗希姨妈,或者说,可能是她的鬼魂。但鬼魂可不会拥抱你。迈克尔惊得一动不动,喉咙好像被什么东西堵住了一样,吓得他咽了好几次口水,都不知道自己是怎么把身子转过去的。

"谢谢你能第一个到这里,我的小宝贝。"罗希姨妈说道。

是时候从美梦里醒来,面对现实了,罗莎琳德-杰克逊还活着,在帷幔和花圈里的亡者另有其人。电报上说的"万分悲痛"到底是怎么一回事?躺在棺材里的人居然不是他们以为的罗希姨妈,迈克尔有些口吃地问:

"可是,棺材里的人是谁?"

问这句话的同时,他又怕自己这么问像个白痴一样,连谁去世了都搞不清楚,罗希姨妈不生气才怪。

就在他努力地吸了吸鼻子,不让眼泪掉下来的时候,迈克尔听到了让他匪夷所思的一句话:

"我的孩子,你看,那是咪咪啊。"

迈克尔顿时觉得屋子旋转了起来,他惊得昏头昏脑的,觉得自己就是个蠢蛋。真相大白了,电报上"万分悲痛"的对象原来是这只猫，罗希姨妈的安哥拉长毛猫。这只总是香香的大猫，常把客厅沙发上弄得都是它掉的毛，它给家里人带来了很多欢乐。所有这些安排，这场体面的葬礼，都是为了纪念咪咪。这只让人害怕的猫，随时都要用它锋利的爪子挠你几下一样，可也正是这只猫，在这场闹剧般的葬礼中，起到了关键作用。

对于迈克尔来说，这一切来得太过突然，他有些接受不了眼前发生的事情。在最短时间内，他只能用手把嘴紧紧捂住，强忍住内心遭受的震撼，不让自己笑出声来。他忍得非常辛苦，于是用哭泣来伪装自己，同时也能让自己的情绪消化一些，没有什么比泪水更像笑声了。罗希姨妈认为迈克尔和她一样伤心难过，所以才会泪流满面。为了表示感谢，她一边轻抚着侄子的手臂，一边用手帕替他擦着悲伤的眼泪。就在这时，门口又传来了叩门的声音，这声音恰好把迈克尔的窘境给化解。罗希姨妈让管家退到一边，亲自给来的人开门。这难道不是另外一种残酷的哀悼吗？

迈克尔趁姨妈不注意的空隙，放声大笑了几声，把紧张的情绪释放出来，笑声大得让肚子疼得直打嗝儿。然后，当他看到门打开时，就慢慢地退回到没人注意得到的地方，以便好好欣赏表亲们即将上演的精彩一幕……

## 三

在半个小时里，迈克尔-伯吉特都在静静观看他家人的表演，他们身着丧服、满面愁容地陆续进门。在这半小时里，本该去世的人却出现在门口给参加她葬礼的亲人们开门。他们中的有些人很惊讶，有些人却被吓得半死，这简直太有趣了。还有些人见到罗希姨妈后就像石头一样钉在了门口，强忍住内心的疑问，表现得好像什么事都没有发生一样。还有人像詹姆斯表哥一样，看到这种情形掉头就走，走了十几步又被姨妈叫了回来。还有人一直不停地在咳嗽，好像这样就能让时间过得快一点……迈克尔-伯吉特像个隐藏的相机一样，偷窥着眼前发生的这场闹剧。他不禁在想，这一切难道都是一场预谋？除了罗希姨妈因为失去了猫咪而感到真正悲痛之外，背后的目的可以说就是一个谜。

她是为了考验自己的继承人才策划了整个事件？这场葬礼会让她做出什么最终决定？随之而来的一切将证明他的猜测完全不是空穴来风。在大家都围到灵柩台旁时，罗希姨妈用悲伤的语调断断续续地宣布，大家应该陪着咪咪去它最后的安息之地。被折腾得疲惫不堪的表兄弟间互相用眼神交流了一下。迈克尔多希望他们当中的一个能找个借口，说自己有急事，离开这场莫名其妙的葬礼，这样的话，他也可以跟着一起逃离。谁都没有出声，更没有人准备走掉。十位继承人中没有一个有勇气提前回去。谁都不敢冒这个风险，大家都想要这笔遗产。没有人知道这场猫葬礼究竟是不是对他们的一场考验。咪咪的葬礼很可能是罗希姨妈为了踢走几个她不中意的继承者而设的圈套。谁能猜到她究竟在想什么呢？

于是大家一起跟着满是鲜花的车队去了墓地。罗希姨妈并不在乎布置葬礼的这点开销。花圈和花环都是用最受欢迎的鲜花做的,粉红色的玫瑰、蝴蝶兰、剑兰把两辆专为葬礼服务的货车塞得满满当当。迈克尔坐的汽车和其他人的车一样,在陌生的路上不熟练地行驶着,他看到在车队走过的这条小路尽头,出现了一座围墙环绕的奇怪建筑。

"不,这不是真的,"迈克尔-伯吉特心里念着,"我一定还在做梦,我得赶紧醒过来!"

但他并没有在梦中,他是清醒的。灵车就在围墙那儿停了下来,跟在它后边的车也陆续停了下来。在入口处的门楣上,一条横幅清楚明白地说明了这座建筑的用途,上边写着:罗萨林德-杰克逊宠物陵园。穿过大门后,迈克尔仿佛进入了足有一个运动场那么大的巨型花园之中,花园被分成2米乘3米的一个个小长方形,很显然这些地方都是给死去的宠物们准备的。在园子最深处,矗立着一座几乎横跨整个场地的纪念碑,是的,就是墓碑,像纪念碑一样庞大的墓碑。简而言之,没有任何词能用来形容这一切:狂妄、魔幻、羞辱,一个女人用她死去的猫当借口,耗费巨资造了这座墓碑,毁掉了她继承人的幻想,同时也嘲笑了他们。

这座猫咪陵园由一组巨大的卡拉拉大理石柱廊所构成,在陵园中心,盖了一间拜占庭风格的神庙。在庙正面的中间位置,两扇镀金的铜制大门直通内部,隐隐约约可以看到里面有一座坟冢。再往里看,一块大理石质地的墨色巨型石墓就像法老的墓穴一般奢侈,正在等待将要被安葬在这里的咪咪的到来。即使普通人,也能想象到修建这样的墓园会耗费大量的金钱。可以说,罗希姨妈的财富都浪费在了这上边。而这一切的布置都是经过周密计划才能实现的,要完成这样繁复又奢华的一项工程,需要花费数年时间,也许两年,或者三年……

也就是说,最近几年,每当罗希姨妈接待她名义上的继承人时,都在心里暗自嘲笑着他们,想早一天看到他们见到这座猫咪陵园后那震惊的表情。迈克尔-伯吉特转过身来仔细地看了看他哥哥弟弟们的神情,再也控制不了自己一直压抑的情绪,爆笑出声。在这些人脸上,迈克尔看到了惊愕、气恼,又夹杂着一些羞愧和不服。就在这时,盛怒的表哥杰夫用脚踢着铺满鹅卵石的小路,溅起的石块砸到了卡罗琳娜的脚踝上,卡罗琳娜疼得痛苦地叫出了声,再也没有假装体面的必要。

她的丈夫奥拉斯看到这一幕,立刻冲到了杰夫旁边,用拳头把他狠狠地打进了旁边的兰花丛中。杰夫的弟弟托尼见哥哥吃了亏,一头撞向了奥拉斯的肚子,奥拉斯又撞到了伯特,伯特叫查理赶紧来救他。很快,在大理石神庙的脚下,这些罗希姨妈的继承人们打成了一团,简直就像一场闹剧在上演。而这一切都让罗希姨妈拍手叫好,她对眼前发生的混乱十分满意,甚至没把这种喜悦藏匿起来,依旧让猫咪的葬礼仪式继续进行。

在接下来的1月1日,迈克尔-伯吉特向罗希姨妈送去了新年祝福,感谢她给他带来的"精彩一刻",他是唯一这么做的继承人。他是否真心实意地感谢,还是认为自己能成为全部财产的继承人,拥有他梦想的跑车和帆船,没人会知道。但这不重要。罗希姨妈留给他们的是比财富更重要的东西:幽默感,极致的幽默感。能领悟到这一点,需要花费不少精力,但生活每时每刻都离不开幽默感。

顾欣　译

# 荒地上的故事

## 一

这不是一个童话故事,而是一个令人难以接受的真实事件,也是一个让人印象深刻的事情,看待这件事情的观点五花八门,就看你自己是属于以下的哪 类人:

那些停下来看热闹的人。

完全不关心这件事的人。

愿意停下来救人、支援、治疗的这类人就更不用说了,这些人尽职尽责,有的所付出的甚至远比本职工作要求的更多。

1949年3月24日,星期五,傍晚5点,年仅10岁的凯西不慎掉入了一口钻井中。

谁也不能确定这口井究竟有多深,20米、30米,甚至还要更深。凯西当时正在洛杉矶圣马力诺的一块荒地上玩耍。在那片地区，自来水公司曾经为了探测水源打过小孔。凯西掉进去的洞直径约有35厘米宽。也就是说，洞口看着不大，可里面却深不见底。

实际上，这口井是一根长长的金属管，管口从未被堵上，一般这种情况下，洞口至少要用一块金属板盖好。凯西跟着同学一起跑着玩，她直接从洞口摔了进去，一直滑到了管道最底部。孩子们都吓坏了，在地面大声朝着管道里喊着凯西。他们听到了隐隐约约的哭喊声，回荡在又长又深的管道里，她的妈妈立刻去寻找消防员来救人。

赶来救援的人以为，用绳子就可以把孩子救上来，只要孩子抓紧放下去的绳子，再轻轻地拉起来就可以了。

凯西的妈妈叫道：

"凯西，你能听见妈妈的声音吗？"

凯西虚弱地答应了一声。

"凯西，你哪儿受伤了吗？"

凯西小声地回答了一声"没有"。听到凯西没有受伤后，大家准备用绳子救她上来，大家把一捆绳子扔进了洞口，一次，两次，三次，都没有成功。要不就是绳子不够长，要不就是孩子没有力气抓住扔下去的绳子。

大家重新叫了叫凯西，但这次没有得到回应，她一定是昏过去了。看来用绳子救人行不通，必须尝试其他的办法。

周五，晚上7点，这是一周就要结束的时候。广播在播放天气预报的同时，也播报了小凯西出事的新闻。记者向外界发送了救救凯西的信号。从现在开始,新闻快讯将定时向听众播报救援进展和现场情况。救援现场的这片荒地很快就被一群好奇的人挤满了。

## 二

周五,还是晚上7点,一位个头不高的男人出现在事发地,希望能把孩子救上来。他刚从一辆橙粉色车上跳下来,他说他是一名职业赛马骑师,他觉得自己可以滑进管道深处救孩子。事发地守候着的媒体摄影师们给骑师照了相,准备刊登在周末新闻上,只见骑师腰间系着一条绳子,然后下到了管子里面,过了不多久,他就一脸遗憾地放弃了,那不甘的表情让观望的人们永生难忘。

他说他的肩膀太宽了,卡在了管道的半截。还有,他是双脚先下去的,就算肩膀不被卡住,顺利地下到了最底部,他也做不了什么。他这次尝试完全没有经过深思熟虑,甚至有点滑稽可笑。骑师开着他橙粉色的车离开了事发地,他被刊登在了第二天的报纸上,成了头条新闻,但凯西的母亲却反感他这种哗众取宠的行为,拒绝跟他一起合影。

还是周五,晚上10点:洛杉矶的记者们在现场安装音响设备。一位记者在晚上11点直播的新闻快讯上告诉大家,救援人员已决定在与管道平行的位置挖一口井,这样可以将掉在里面的孩子从管道底部解救出来。在直播中,记者提到了现场缺乏光源，唯一有效的照明方式只有消防员的探照灯，在深夜里的救援困难重重。消息播送完毕后，附近好莱坞的剧组立即送来了拍摄电影时用的强光灯，另外还有一家石油公司看到新闻后，向他们提供了两台大型起重机。

凯西在井底还是没有回答。小伙伴们十分担心她的情况，没有人能在这种情况下仍和平时一样，他们已经连续谈论了这件事几个小时。

到了半夜，新闻播放完之后，关注这件事的人就更多了。人们看到一些穿着晚礼服的女士们和身穿燕尾服的先生们也来到了事故现场。

一队骑着摩托车的警察以每小时20英里的速度，为一台移动式挖掘机开道。

但人们对救人设备的到来显得并没有那么关心，他们对广播里提示的新来的救人志愿者们更为感兴趣。

新来的这位救援者叫小星星吉姆，他是马戏团里的小矮人，想法很奇特：他准备用绳子绑住自己的脚，然后大头朝下顺着管道滑到离凯西最近的地方，这样也许能把孩子拽出来。

他身穿红色的紧身衣，戴着红色的帽子，正在一旁模拟做着救援动作。救援队按照他说的方式把他放进了管道里，没想到绳索刚往下放了10英尺，吉姆就吓得昏了过去，只能再把他拖回地面。大家围着他，安慰他，用毯子把他包裹起来给他取暖，现场记者垂头丧气地对人们说：

"吉姆是个勇敢的人，可惜他的勇敢并没有成功。"

在巨大的聚光灯照射下，挖掘机在距离管道一米远的地方开始了挖掘工作，现场的噪声大到让接受采访的吉姆无法被收音，这片荒地简直乱得离谱，很多媒体都在这里做起了直播。聚过来看热闹的人越来越多，到了凌晨两点，人群不但没有散去，反而比之前的还要更多，甚至可以在现场找到卖三明治、咖啡和啤酒的小贩。参与报道的记者们把救援人员的补给车都给占领了。（这是一种类似房车的多功能拖车，里面配备了电话和咖啡机）

## 三

周六，凌晨3点：凯西已经被困在那该死的井底12个小时了。在挖掘机挖出的平行井中，灾难发生了，在20米深的地方，由于土质疏松，井中发生了塌陷，救援工程不得不暂时停止。

第一个平行井选的扎孔位置是错的，救援队决定换个位置继续挖。一切只好从头开始，刚才的时间都白白浪费了。专家们在广播中给出了一些建议，比如在黏土和沙质土壤中挖掘时分别该注意的要点，没人采纳他们的意见。两名失业却富有挖掘经验的矿工自告奋勇来帮助救援。为了加快救助速度，洛杉矶市负责的部门租用了两台挖掘机。至今为止，现场一共有三台机器在同时挖掘，噪声震天，那动静大得简直就像地狱都被刨开了一样。但直到周六上午8点，救援井才挖到了直径9米、深17米的地方，这深度根本不能把孩子救出来。

矿工们建议让他俩下到新挖掘的井底去检查一下管道的情况。新井洞口上方安装了一台升降机,两位矿工带着通信话筒下到了17米的地方,他们的话筒与地面上的扬声器相连,可以让上边的人随时了解他们的一举一动。

通过扬声器,人们可以听到男人们起伏的呼吸声。他们用一种专业的气动切割设备从侧面把金属管道切开。大家能听到管道发出一阵阵的振动声,孩子所在的金属管道很快就被割开了个口子。切割刺耳的声音通过扬声器传到了地面上,记者说,这是一个让人难过的时刻。

约有2000人来到了这片荒地上围观,除此之外,这起突发事件也让广播另一端的人们在早餐时段一起关注,事态的发展让成千上万的人们揪心着,他们聚精会神地听着两位矿工的第一手解说:

"我看见了一团白色的东西,就在管子的最下方,好像比实际距离要深得多。我扔了个探测头过去,可没听到任何回应,如果这团白色物体是孩子的话,那她就在我们下边。但我们现在够不到她。"

人们听到这里,纷纷发出了失望的一声:"唉!"没有人发现孩子的母亲被凑热闹的人群挤到了角落里,天知道她多么想和女儿说上几句话、想知道孩子的情况究竟怎么样。

这位可怜又着急的母亲只能和其他人一样,从广播里了解情况。小凯西现在地下29米的深处,这起事故已成了全美国的头条新闻,救援行动的一分一秒、一举一动都被人们关注着、讨论着。

到了周六中午，新打的这口井又遇到了问题，渗水严重，井又太宽，没法继续挖下去。救援人员重聚在一起开会研究下一步的救援方案，他们决定还是继续钻第一口井。这次他们用金属管来边挖边支撑，这样就不会造成之前的塌陷，现场又在酷暑中恢复了新一轮的作业。

一家著名的新闻杂志社的摄影师来到了现场，他了解到一个最新情况：救援队要到晚上才能挖到29米的深度，他现在来是白费工夫，只能拍点水淹的照片，于是他先离开了。

现在已经没有人再谈论凯西了，大家都在聊着29米的问题。在29米深处，凯西是活着还是已经死了？她的母亲去哪儿了？广播里放着一位有很多孩子的父亲和自来水公司的负责人之间的辩论，这位父亲要求对方把这附近所有有安全隐患的井口都堵死。自来水公司却说这不是他们的工作职责，不是每一口井都由他们负责，那些井年代久远，甚至可以追溯到殖民时期，不能全归他们处理。

下午5点的时候，热度稍微降下去了一点，因为大家都在忙着吃饭。然后关注热度继续重燃，因为一位矿工晕倒在了井底。他已经下到了26米的地方，可却无法正常呼吸，救援行动又到了僵持的阶段。

被救上来的矿工绝望地表示，挖掘遇到了岩石层，他们必须克服这个困难，继续挖下去，就剩3米了，胜利就在眼前，绝不能中途放弃。播音员又在广播里发出了求救信号，这次一位具备丰富水下作业经验的专家带着他的设备来到了现场。他什么也没有多说就扎进了水坑里，等他浮出水面的时候，已经是晚上9点了。记者们的闪光灯噼里啪啦地响着，记录下了这一刻，专家累得近乎虚脱，他说他成功地到达了29米深处。

这次应该是最后的关键时刻了。现在要做的就是横着挖，找到凯西掉进去的那根管道。

消防队长在接受采访的时候说：

"我们预期孩子所处的位置应该是正确的，我认为她还活着，我们很快就会知道她的情况了。"

正在他说话的工夫，突如其来的渗水将井底完全淹没，需要抽水3个小时才能恢复救援工作。

白天的救援队伍去了离施工现场10米远的地点休息，晚上的那支队伍开始了工作，只剩最后一点挖掘就完工了。凌晨3点钟的时候，他们终于挖到了孩子所在的管道下方。电锯切割救援口的声音在空旷的荒地上显得格外刺耳，熟睡的围观群众都被吵醒了。他们听到工人们累得气喘吁吁的声音，他们不时停下来，跟人解释道最后的救援需要极致的细心，他们怕伤到孩子。这种细致又耗费了两个多小时。天已经亮了，日出照耀着大地，这世界看上去苍白一片。

从井底上来的男人把凯西的尸体抱在怀里。

孩子已经被闷死两天了。

围观的人们散去之后，荒地再次回到了空荡荡的原样，仿佛除了空旷，一无所有，一无是处。丑陋的世界吞噬了小凯西的生命，又有谁真正在意呢？

顾欣 译

# 往事笔记本

## 一

让先生只有40岁，但是他已经明显发福，饱满的脸颊、后移的发际线和灰白的小胡子使他看起来更加肥胖。让先生其实叫让·布兰切，截至1958年，他担任南特一家大型酒店的门卫已有10年。没有人用他的姓来称呼他。对于大家来说，他就是"让先生"。

让·布兰切喜欢人们称呼他"让先生"。这样听起来有些神秘，他喜欢这种神秘感。没人知道他来自哪里。他没有家人。当他扬扬得意时，他会透露自己往事的一些片段，而对于那些每次听到它们的人来说，这仿佛是一部小说。

1958年3月2日，那天晚上，让·布兰切和朋友们坐在咖啡馆，这是他们玩"勃洛特"纸牌游戏①和闲聊的时光。其中一位玩牌者开始谈论非洲，因为他刚刚在杂志上读了一篇有趣的报道。他带着微笑问让·布兰切：

"那么，让先生，在您过往的经历中，您一定了解非洲吧？"

让·布兰切不回答，他满意地微笑着点点头，笑而不语。其他人互相看着对方，寻思着，让先生之前也在非洲待过吗？大家停止游戏，开始向他提问。

"所以……告诉我们，让先生，您之前去过哪儿？您为什么要去那里？"

那个看起来像上班族的小个子男人并没有回答，他长叹一声。

"这是一个漫长而痛苦的故事。如果你们愿意听，我下次再向你们讲述。"

仅此而已，那天晚上没人能让他多说一个字。

## 二

游戏结束后，让先生礼貌地向所有人道别，他穿上大衣和戴上帽子离开，踩着自行车回到他的小公寓。

让·布兰切一人独处，他变得异常兴奋："让我看看在非

---

① "勃洛特"是法国人很喜欢玩的一种32张纸牌游戏，1900年从荷兰传入。

洲能做些什么？"这次他将要杜撰什么样的故事？他对他的朋友们、同事们和酒店客人们所讲述的往事，全是虚假杜撰的故事，仅仅由一堆奇妙的谎言编织而成。

让·布兰切走到他的小书房，拿出一个大笔记本。封面上贴着他写的标签，上面有漂亮的手写笔迹："往事笔记本"。

让先生微笑着自言自语道：人们愚蠢，所以平庸。他们不知道什么是"往事笔记本"，而且这是他自己独创的。

让·布兰切庄重地打开了往事笔记本。在页面上，倾斜字母按年份依次记录了他声称经历过的事件。每晚他都会重新阅读它们，以确保不会自相矛盾。随着时间的流逝，故事逐渐丰满起来，随着时间的流逝，这种虚幻的生活最终被叠加到了真实的生活上。它已成为他的过去，那个与他自己真正选择的人生完全不同的经历。他是他自己往事的主人。

他将非洲故事安插在哪里呢？他一页一页地翻阅，发现在1936年底有6个月的空缺。从明天开始，他将购买有关非洲的书籍，以便更好地了解这一主题。他必须编撰一个跌宕起伏的故事。

那天晚上，让·布兰切怀揣着这个主意心满意足地睡着了，普通人也希望有一个这样的往事笔记本，但他们没法做到。他们有家庭、朋友，这些会把他们拉扯回来，并让他们扎根于真实的世界。对于他，这种情况并不存在，他完全可以允许这种事情发生，因为他已经被官方宣布死亡。

## 三

让·布兰切睡着了，有时他在梦中会看到自己的真实过去。从他父母的巴黎豪华公寓开始，他的父亲是一位知名医生，他的母亲世俗而肤浅，他还有两个哥哥，在学业上都有着卓越成绩。而他，就在这一切的包围下，平庸、害羞，有着不确定的艺术向往，但没有真正的天赋，最重要的是，他非常懒惰，已被无数学校开除。

在18岁的时候，他让一家餐厅的女服务生怀孕了。尽管他的父母反对（或因为她的出身），但他还是拼命要娶她，父母将他扫地出门，剥夺了他的继承权并咒骂他。

之后他在巴黎郊区一间小公寓里度过了黑暗岁月，在那里尝试了现代绘画，但是在白色画布前绝望地待了几周后，他不得不下定决心找其他工作。他粉刷，但是在建筑物上，这份工作勉强能艰难地养活他们两个。他的妻子流产了，因此只有两个人一起生活。

而后战争来了，妻子离开他去了南方。他待在巴黎郊区直到与人们一起大逃难，之后他来到布雷斯特①，在那里住了4年，其间没有与家人联系过……1944年10月，命运开始扭转。

他经过布雷斯特的一个军事碉堡前，可怕的爆炸把他炸飞到几米开外。他以为自己已走到世界尽头，他起身逃离了火焰、浓烟和尖叫声。在惊恐中，他向前方逃命。几天后，当真

---

① 布雷斯特，法国一座海港城市，也是法国西部最大的海军基地。

正缓过气来，他才发现自己已经在乡村走了几十公里。他买了一份报纸，看看人们是否在谈论布雷斯特爆炸。人们讨论着这可怕的灾难，目前已有很多罹难者。他的名字出现在报纸上的失踪人员名单里，这些失踪人员很可能与身份不明的尸体相匹配。但他为什么要去没有人认识他的南特①呢？

他等待着，艰难地活着……3个月后，他的名字再次出现在报纸上。这次，他无疑被视为布雷斯特爆炸的罹难者。

那天，让·布兰切照着镜子望着自己，然后重复道：

"我已经死了……我已经死了……"

突然间，一阵强烈的眩晕使他不得不扶着家具以免摔倒，但这眩晕让他如此陶醉……一种异常轻盈的感觉，仿佛覆盖在他整个身体上的石膏都被瞬间剥离了一样。

让·布兰切第一次感到自由。他的家庭呢？既然他已死去，他对家庭不再承担任何责任。他们可能已收到了讣告。他的父母老早就把他赶出家门，他的兄弟们比他优秀太多，他的妻子对婚姻感到失望，他们的婚姻已经结束了。

另一方面，人们已经为他哭泣，并向朋友和熟人说道："我们可怜的吉恩死于战争。"他的死使他受人尊敬。他已经履行了职责，他已经离开了他们。

因此，年仅26岁的让·布兰切决定开始全新的生活。他留在南特，并在一家大型酒店找到了一份门卫的工作。接近他的每个人都被一种奇怪的反差所震惊。他外表普通，看不出有什

---

① 南特，法国西部最大的城市。

么特别之处,但与此同时,他却散发出不可思议的自信,仿佛他深知自己与众不同。这超出了他们的理解范畴。

他带着同情的微笑看着所有的旅客,旅客们一到酒店,就赶紧给妻子、父母打电话。而他了无牵挂,无拘无束。

之后,往事笔记本的游戏开始了。有一天,一位同事问他:

"你从哪里来?"

布兰切感到惊讶,犹豫了一下然后回答:

"我来自蒙马特①。"

为什么选择蒙马特,他不清楚,也许是那里的艺术气息。当同事离开后,他便迅速写下刚才的答案,以免以后自相矛盾,往事笔记本就是这样诞生的。现在,他有了自己的生活,有爱他的父母,一个快乐的童年和一个过早去世的女人,她是他一生所爱。

## 四

1958年3月3日,让·布兰切早晨起床后心情不好,他度过了一个糟糕的夜晚。他真实的过去从未停止折磨他。他穿好衣服,精神不振,当完全清醒过来时,他发现自己已经在街上。外面下着雨,马路上泛着光。他骑着轻便摩托车,一路驶来,乐观情绪又回来了。他找到了自己的旧梦,秘密的梦。他已死去。死神忘记了他,他是那么渺小,那么谦卑,他已被正式宣

---

① 蒙马特,位于法国巴黎市十八区的一座山丘,在塞纳河的右岸。

布死亡。他要像欺骗人类一样欺骗死神……

让·布兰切伸出左手，示意要转向通往他工作酒店的街道，然而他突然改变了主意。在右边，有一家书店，那里有关于非洲的书籍，他不再犹豫，迅速地转了个弯，却没有注意后方来车，他瞬间被抛出去，几乎被轧在车轮下——汽车驾驶员来不及在潮湿的地面上刹车。

人们围观着那个头骨开裂、躺在马路上的人。

"让先生死了。"

是的，让·布兰切逝世十四年后，让先生死了。一次死亡结束了两段生平和两种人生。

孔源源　译

# 搭便车的人

## 一

"这发动机是多么费油啊!"

齐米尔先生认为,这是一个有圈套的问题,很显然,大型发动机汽缸的消耗量显然要大于小型发动机汽缸,而且他的汽车尺寸毫无疑问需要汽油这种碳氢原料来消耗。作为回应,他轻轻"嗯"了一声,表示赞同。

让这个搭便车的人上车真不是什么好主意啊。他向来是不会接受这样的请求,他是如何回答"好"的呢?事实上他根本没有选择的机会。那个人甚至还没有说完"您这是去巴黎吗",就已经打开车门,坐在他的身边。无论如何,一辆汽车车牌登记为75,从利雪①

---

① 利雪,法国城市,也是知名的旅游胜地。

市公路出口驶来，朝埃夫勒①市方向驶去，毫无疑问就是前往巴黎。这问题必然会有肯定的答案。显然，他可以说"我从来不搭路边旅行者"，并锁上4个车门，用一根手指做出强势的手势示意"不"。相反，他表现得跟新手一样，他把车窗摇下来，看看是否能靠边停下，而后右边的车门被打开。"您这是去巴黎吗？"他表示惊讶，不，准确地说是非常意外。他无言以对。

"像这样的车是要花很多钱吗？"

齐米尔先生瞥了一眼乘客，注意到他的嘴角有一丝讽刺意味的微笑。

"显然，这并不便宜。"

他立刻发现，这是多么愚蠢的回答。

"什么时候我们也能赚这么多钱啊！……"

好吧，事已如此。与其说这辆车属于公司，还不如说他上当受骗了。

"您每月能赚多少钱？"

这个问题是如此直接和出乎意料，以至于齐米尔先生握方向盘的手有点抖动，导致车辆略微摇晃了一下。这样的反应没有逃脱乘客的法眼。

"哦，天哪！……在我看来，您的收入肯定比我预期的要多得多。很好奇法国复杂的薪水体系是怎样的。在美国，当两个人相互认识时，很快就会宣布他们的税额，这比任何信息都

---

① 埃夫勒，法国北部厄尔省首府。

能更直观地反映一个人的成功与否。"

齐米尔立即发觉，乘客比自己猜测的更有学识，他说美利坚合众国而非美洲，而且讲述这则小故事需要对社会环境有一定的认知。

"这是事实，"男人继续说，"因为美国人承认自己身处资本主义国家，而这里，虽然我们也在资本主义国家，但我们却害怕承认。"奇米尔先生尽量避免提起这样的话题，这样的政治讨论会让他深陷其中，没有结果。这个男人一定是左派人士，而他一直讨厌左派，就像他父亲曾经讨厌作为无政府主义者的祖父一样。这种仇恨来自遗传。

## 二

车内安静了片刻，驾驶员希望他的沉默已经缓和了旅行者的语言攻击，而对方重新将话题指向了齐米尔的手腕：

"您的手表很漂亮！"

又一次暗示他的富有，这更加惹怒了驾驶员：

"是的，那又如何？"

挑衅的语言反驳道：

"那又怎样呢！亲爱的先生，不要那么紧张。有时候意外事故会发生得如此之快……而生命仍然是我们拥有的最宝贵的东西，不是吗？"

齐米尔承认。这是警告或者说是一种直接威胁，也可能是某种暗示。一个紧张地握着方向盘的人可能会犯一个驾驶错误，他没有时间回答问题，而对方又继续接上话头：

"听着，我刚从监狱出来，我根本不希望在我身上发生事故，虽然我没有什么可失去的，因为我啥都没有。"

驾驶员焦虑得背部发抖。这次可是痛苦的打击。如果离开监狱的人在街上走近他，找他要一法郎或一根烟，他通常可以通过推开或假装不理解对方低声说的是什么来躲避，但这次，这个坐在离他20厘米处的人，还在你握着方向盘的情况下……他在口袋里寻找什么？……一把左轮手枪吗？……不，这种人单独作案通常会选择刀。齐米尔先生认为他唯一能阻止他的就是速度。只要汽车行驶得够快，那个男人就不会冒险，或许他也会铤而走险。

那人从口袋里拿出一包皱巴巴的香烟。

"您有火吗？"

齐米尔不自觉地将右手伸到夹克的内袋中，然后他记起打火机是黄金做的，便指了指点烟器。

"我更喜欢火焰！"

驾驶员屈服了，递给他火机，但这无疑会再次导致他对金钱的暗示。乘客从各个角度观察着火机。

"我认识一个叫齐米尔的，但不是吉恩，而是路易斯……"

火机刻上他的名字，这是他太太的主意，如果只有这样……

"上面刻上了您的电话号码,这真不错,电话号码容易记住……的确,丢失时很方便。您好,我找到了您的打火机,您会给我多少钱要我还给您呢?哦,不,这还不够,我有一个朋友给我十倍的价钱!"

再次陷入沉默。齐米尔刚把打火机放回口袋时,从后视镜中看到两个摩托巡警。

## 三

他快速浏览仪表:160km/h。超速驾驶,他慢慢抬起了踩油门的脚。片刻之后,一个强制性的手指让他停到路边。齐米尔踩下刹车,转头看向乘客。

他可以告诉警察……但是他要告诉什么?他要投诉什么?因为暗示了他的财富?人们不能因为发现某人有一辆大型轿车,一块漂亮的手表和一个黄金打火机而责备他!显然,他完全可以告诉摩托巡警他从监狱出来。所以呢?他已向社会偿还了债务,出狱的男人和其他男人没有不同。

当齐米尔递交了自己的相关证件时,他把所有可能会发生的问题想了个遍,仍然没法找到可以责怪乘客的理由。因为他口袋里有枪?如果他真的有的话。

当然,他可以说实话:他让我很害怕,我无法再驾驶汽车了……然后把他留给那几个摩托巡警们。但问题是,这男人知道他的名字和电话号码,之后会打听到他的住址,这迫使驾驶员放弃了这个主意。

警察对情况的评估结束了,而那男人下车活动一下。他和一个摩托巡警聊天。齐米尔想,他会对这个警察讲述什么?刚才做笔录的警察加入了同事的聊天,乘客也向他提出问题。可惜两辆摩托车停在齐米尔的前面,不然他可以立即开动汽车,把这个男人留给两个摩托巡警慢慢解释。不,这无法让人容忍!现在他必须等待。而那人靠在摩托车上,在解释一些他不知道的事情,而摩托巡警愉快地与那人聊着天。齐米尔按了几声喇叭,让大家知道他准备离开了。

世界颠倒了!最终,"先生"决定返回车上。天啊!之后的旅程他一言不发,没有新的暗讽。如此沉重的气氛使驾驶员透不过气来,他打开收音机。来到高速公路的尽头时,齐米尔说,他准备经过巴黎圣云门,可以将他放下。

"不,把我留在圣云桥上。"

由于桥上几乎空无一人,齐米尔犹豫了。

"就在那里,挺好的,谢谢。"

汽车停了下来,那人打开门下车,有点犹豫地说道:

"很好,再见,齐米尔先生,您是感到害怕吗?"

驾驶员准备表示反对时,该男子将手伸进口袋中:

"如果您感到害怕……拿着,为了安抚您的情绪,我送您一个小礼物……"

齐米尔先生的眼睛盯着这只手,这只手费劲地从口袋里拿东西。

最后的那阵恐惧让他踩下了油门,汽车向前飞驰,那股惯性让门自动关上了,但就在此之前,那男人刚好够时间把东西扔在座位上。齐米尔先生毫不在乎,最重要的是越快远离那个人越好。

　　在桥后的第一个红灯处,汽车停下来。齐米尔拿起了男人扔在座位上的东西。

　　这是摩托巡警的违章罚单本,还有他的笔录复本……

孔源源　译

# 钢琴上的老鼠

## 一

那天发生的事情类似于拉封丹的寓言故事①。

有位作家在阁楼的书桌上写东西,有只老鼠站在钢琴上。

双方对视。

作家自言自语:"看啊,这只老鼠是从哪里来?这里是阁楼,所以它不是来自下水道的老鼠……但它是什么品种?它来自哪里呢?"

这个动物坐在钢琴上纹丝不动,像块石头似的,它的鼻子警觉地嗅着,默默地观察着作家。

也许它也在纳闷:"嘿,这个人来自哪里?为什么也一动

---

① 17世纪的法国作家让·德·拉封丹从古代寓言中汲取灵感,创作的作品在法国乃至世界教育文化史上也有很高的知名度。

不动呢？一个在阁楼的男人……真奇怪。"

　　作家告诉自己，不要害怕，哪怕这是他第一次见到老鼠。大多数人是害怕老鼠的，如果作家的妻子在那里，她一定会大声尖叫。

　　这只老鼠一定是从院子里的楼梯爬上来的，它肯定住在隔壁被拆毁的老房子里。它之前一直在那里平静地生活，但现在被迫离开。或许它来自马路对面的田野，但是如果习惯野外生活，它会来这个阁楼吗？

　　作家冒险做出友好的姿态。他伸出手，轻声吹口哨。对方看着他，略微向后跳了几步，胡须颤抖着。作家不再移动：

　　"好吧……好吧……你怕我，这很正常，但是我不怕你……我想和你谈谈，或者我们可以交朋友。"

　　作家帕斯卡尔心想，他这样大声地对一只老鼠说这种话，简直愚蠢至极。

　　而后他慢慢地将手滑向字典，想知道他的访客属于哪个种族。属于城市的老鼠还是田野的老鼠？那个小动物没有动弹，但他那敏锐的小眼睛警惕地看着对方做着奇怪的举动。

　　书在桌子上，是一本很棒的百科全书，哪怕轻柔地翻页，寂静中它仍然发出了声响。啊……老鼠离开了，消失了。它去哪里了？他似乎暂时躲在钢琴里。但是我们听不到任何动静。

　　现在，帕斯卡尔独自一人无所畏惧地翻阅着庞大的词典。他的访客是一只大田鼠……

　　书里有明确的描述，田鼠的皮毛呈浅黄褐色，顶部颜色略深,底部为白色。

这就是它,那个访客。它的双耳十分大,末端黑色,尾巴毛茸茸的,背部黑色,底部白色,白色的脚丫,尖尖的鼻子嘴巴,白色的胡子……

田鼠的法语单词mulot来自梵文"Mushi",意为"小偷","Mushi"(发音穆希)……对小偷来说是很好听的发音……

帕斯卡尔抬起头,看到他的访客再次坐在钢琴上。帕斯卡尔直视田鼠,用低沉的声音说:

"田鼠,我给你取名为穆希。你可以把这架钢琴当作你的家,你不会感到不安,一点儿也不会。"

## 二

这次拜访后的第二天,帕斯卡尔回到了他的阁楼,这是他唯一感到能舒舒服服写作的地方。这是一个真正的阁楼,四周都是灰尘,充满了霉味。帕斯卡尔在钢琴上放了一块美味的格鲁耶尔干酪[①],坐下等待。然而,破旧的钢琴和食物孤独地待在那里。帕斯卡尔开始工作,只听到羽毛笔在纸张上发出轻微的沙沙声。

穆希出现了,它的肚子在钢琴上舒展开来,嘴巴鼻子伸出来,翘着胡须,警惕地嗅着这美味佳肴。

---

① 格鲁耶尔干酪,起源于瑞士。

闻着闻着，突然在刹那间，它抓住了那块奶酪，像个小偷一样逃跑了。

帕斯卡尔从口袋里拿出一大块面包，放在同一个地方。大约半小时后，穆希又出现了，它靠近面包，所有的胡须都兴奋地颤抖着。

在它偷走之前，帕斯卡尔小声说：

"穆希，你不需要逃走，这块面包是给你的，你可以在钢琴上吃，钢琴也是你的，这是你的领地，我不会夺走，我向你发誓。"

穆希一屁股坐在钢琴上，惊恐地竖起耳朵，但是它没有动，因此，帕斯卡尔轻轻地向一米内的钢琴移动，并小心翼翼地在面包旁放了一颗樱桃。樱桃在穆希前面打了个圈，然后停在它的面前，它没有往后缩。

片刻的安静后，穆希抓起樱桃，仍然警惕地嗅着，然后决定小心地咬下去，最后只留下果核。帕斯卡尔笑了起来，身体微微动了一下，穆希拿上了那块面包，像小偷一样再次逃走了。

这些天来，老鼠和作家成了好朋友，大家都处在自己的位置上。帕斯卡尔在他的办公桌前，穆希在钢琴上。穆希在室友面前吃东西。帕斯卡尔给它带来了米、水果、奶酪甚至牛奶。现在穆希是几个世纪以来享用最丰盛食物的田鼠了。

在持久的耐心与努力下，帕斯卡尔在钢琴上成功给它喂食。这架旧钢琴确实是穆希的领土，看起来似乎不会被改变。

## 三

已经过去了将近3个月,阁楼悄悄地掩护了老鼠与作家的友谊,直到一声巨响几乎毁了一切。

帕斯卡尔的妻子伊丽莎白进入阁楼,看到那只老鼠坐在钢琴上从容自如地啃着桃子。伊丽莎白差点昏倒,穆希逃走了,放弃了它的甜点。

必须强调的是与大多数女性一样,伊丽莎白不能忍受任何与老鼠相似的东西。即使是穆希,这个看起来并不普通的老鼠。

在这个家,谁来负责清洁、消毒、灭鼠……伊丽莎白用上所有这些夸大的字眼!

帕斯卡尔平静地解释了这种情况。他坚持认为,穆希看上去很聪明,它不是普通的老鼠,它属于一种美丽的物种——田鼠。它不脏,也不想伤害任何人,它在这里避难并信任帕斯卡尔,他们是朋友,必须理解这件事!

但伊丽莎白逃离了阁楼,她不想知道,她与老鼠之战即将开始。首先,为了显示她也对田鼠有所了解,她引用了布封[①]的话:

"田鼠会啃食同类……"

像普通男人一样,帕斯卡尔反驳道,每个物种都有自己的生存之道。

---

① 布封(1707—1788),法国博物学家、作家。

"是的，但是布封把12个老鼠装在一个大缸里，不给它们食物，田鼠便开始互相残杀并从脑袋开始吃！"

帕斯卡尔微笑地说：

"大脑是最柔软的部分，众所周知，最早的人类也做过同样的事情……"

伊丽莎白愤怒地离开，她坚信一只田鼠可以侵扰整个区域，并散发出难闻的气味，生性恶劣，它甚至会吃掉从巢里掉下来的鸟！

伊丽莎白走了，穆希回到钢琴上，而帕斯卡尔重新开始工作。所有这些都是废话……穆希是他的伙伴。对于帕斯卡尔来说，它甚至都不只是一个伙伴，这个田鼠会时不时地还帮他挠背。

伊丽莎白和阁楼的田鼠已和平共处6个月。之前，这位年轻女子使用了很多手段，但大多数并非特别有用。

现在是最后通牒，因为她要在一两个星期内分娩，她不能忍受房子里有老鼠的存在。她已经做过许多噩梦，对即将到来的婴儿的处境十分担心。当这个孩子出生后，伊丽莎白将无法与这只老鼠在同一所房子里生活。它很脏，这是不可能的。

它必须被杀死。这个想法很坚定，这个丑陋的生物无法与纯洁无瑕的新生儿共存。

帕斯卡尔投降了。但是，如何在不折磨穆希的情况下杀死它呢？他无计可施。他无法做到扭断朋友的脖子，它刚才还嗅他写的纸张，似乎在给意见的样子，他无计可施！

但是伊丽莎白已经在药剂师的帮助下准备好了一切。这是一块美味的格鲁耶尔奶酪，在里面有少量的士的宁[①]。药剂师保证，它不会受到折磨。

第二天，帕斯卡尔回到他的阁楼，将放了毒药的奶酪搁在锡纸上。他的灵魂已死。

他坐下来工作，但是他无法专注，他等待着。穆希过了一会儿悄悄地朝向它的早餐爬过来。帕斯卡尔看着它……穆希在距离奶酪一厘米的位置停下来，它嗅着……它绕了一圈、两圈、三圈，在陷阱前停下来，谨慎地看着它，用两个悬挂的爪子坐着，看样子它真的在思考。

帕斯卡尔屏住了呼吸。他看着穆希，穆希看着他，像朋友间的对视，持续了一会儿……

穆希认真地看着帕斯卡尔，走到钢琴的边缘。

这是田鼠看着作家？

还是敌人间的对视？

又或者受害者看着杀手？

帕斯卡尔什么也没说，他感到惭愧。穆希看了最后一眼格鲁耶尔奶酪，然后转身消失了。

我们再也没见过它。

孔源源　译

---

[①] 士的宁，又名马钱子碱，存在于马钱子科植物种子中的一种生物碱。无色晶体，性剧毒。

# 毛发抢夺战

## 一

1938年4月23日星期三的早晨,苏格兰麦克·雷德福城堡的走廊里传出了巨大的尖叫声。叫声如此强烈,以至于悬挂在楼梯上方的大水晶吊灯叮当作响,鸟儿也停止了歌唱。

发出这种叫声的是扬纳尔·麦克·雷德福爵士。他满脸通红,颤抖地抓着扶梯的铁栏杆,喉咙里传来沙哑的声音:

"谁这么大胆……"

所有的门都被推开了。

"谁这么大胆!"扬纳尔爵士复述道,他似乎呼吸困难。

全部家庭成员都惊恐地睁大了眼睛,大家都在想,这得是多么令人发指的罪行,才会让一家之主处于这种状态?人们听到喘气声:

"曾祖父荷金纳德的毛皮高帽不见了……"

曾祖父荷金纳德的毛皮高帽是麦克·雷德福辉煌遗产的一部分。它曾出现在滑铁卢战役！当荷金纳德·麦克·雷德福的右臂被法国炮弹炸掉的时候，那帽子就戴在他的头上。目击者甚至看到荷金纳德起身用左手去捡起右手曾握着的军刀，向前挥舞，继续奋勇杀敌。

这样的帽子，来自这样的人，是一件珍贵的胜利纪念品。然而，那天早晨，扬纳尔·麦克·雷德福爵士穿过走廊准备下来吃早餐时，他注意到窗户半开着，毛皮高帽不见了。家人和用人们被一一询问，但都表示不知情。没有人碰过这件珍贵的纪念品。此外，这顶毛皮高帽可以用来做什么呢？一顶古老的毛皮高帽没有任何价值，既没有商业价值，也没有实用价值。因此，这让爵士认为这是旨在侮辱他家族的一桩盗窃案。他又发话了：

"麦克·雷德福家族必须迎接小偷发起的这个挑战，否则太丢颜面。我呼吁所有血脉相连的家人们都要团结起来！"

## 二

第二天早晨，全家人聚在一起用早餐，但没有新的进展，关于毛皮高帽的秘密仍没有答案。午餐结束后，每个人都离开了饭厅，扬纳尔爵士夫人伊丽莎白女士将女仆玛丽拉到一边。她带着期望的语气问：

"你拿走了桌面垃圾收集器吗?"

目瞪口呆的玛丽已用这表情回答了一切。不,她没有拿垃圾收集器,按照惯例,它被收纳在桃花芯木大柜子里。由于麦克·雷德福小姐说她没有看到,为了确认,玛丽又重新看了一眼,必须迅速面对事实,伊丽莎白时代的镰刀状桌面垃圾收集器消失了。

对于麦克·雷德福家族来说,这又是沉重一击。这是维多利亚女王本人赠予外祖父母查尔斯和凯瑟琳的结婚礼物,那是实心银质的,配有一个铲子和一把大刷子[1]。一家之主召集了整个家族成员聚在放置了奖杯的大厅,希望重新找回昔日在布尔战争的斗志,他向他的"队伍"宣布:

"我发誓在周日前找到这个罪犯,否则我就不叫麦克·雷德福。"

在设定了最后期限后,扬纳尔·麦克·雷德福爵士开始了他的调查。他很快就发现小偷不仅限于偷精美的物品,一些小物品的消失使城堡里的生活不复平静。

每个人都可以观察到小小的失踪事件,如此琐碎,以致没有人提及它们:大厅进门处挂在衣帽架旁的刷子、第二个前厅的丝绸扫帚……大壁炉的小扫帚……

扬纳尔爵士在清单上写下了"毛皮高帽"一词,突然得到了启示:

"恕我直言,我们面对的是一个喜欢收集动物毛发的怪人!"

---

[1] 英国古代刷子、扫帚多数为动物毛发做成,如猪鬃毛。

这一评论确实有道理，我们把所有丢失的对象之间建立联系，会发现所有都指向动物毛发。这个小偷的目的是收集动物毛发。

他可以用这些毛发做什么呢？问号后面神秘的答案究竟是什么？显然，犯罪分子并不是偶然地选择这些物品。通过反复询问，爵士得知好多东西已神秘消失好几个星期了：旧井的链条、洗衣房的长椅、露台上的遮阳篷手柄和延伸杆、两个旧自行车轮子，以及玛丽祖母的玩具婴儿车的两个小轮。总而言之，是一系列与毛发无关的古怪东西。

## 三

扬纳尔·麦克·雷德福爵士成了福尔摩斯，他对整个城堡的每个房间、柜子进行巡查。从酒窖到阁楼，城堡被仔细筛查了一遍，没有找到那些失踪的物品。长子乔治随后问了麦克·雷德福家族所有人都想知道的问题。

"那么所以呢？"

扬纳尔·麦克·雷德福爵士低头看了一眼来自中国的蓝色上彩釉陶瓷带把茶杯：

"所以没有任何发现！"

一家之主承认在城堡中没有发现任何线索，但他打算在白天搜索外部附属建筑。当他离开餐厅时，祖父感觉到一只小手牵住了他的大手，弱弱的声音向他说：

"我会帮你的，爷爷！"

这是托马斯，族谱中最末位，已经7岁了。扬纳尔被这自发的行为而感动，当祖父搜寻低层时，托马斯爬上梯子并检查了阁楼。中午前后，爷孙俩交换了上一次的搜寻结果：

"什么也没有，你呢？"

"我这边也没有任何发现。"

没有任何线索。祖父总结说："小偷一定是把赃物运到房屋外面了。"午餐在糟糕的气氛中进行，扬纳尔·麦克·雷德福爵士几乎没有碰食物。下午，他虚弱地躺在扶手椅子上休息，玛丽非常担心，因为他发烧了。下午茶时间，一家人聚集在宽敞的客厅里，大家都非常关心一家之主的健康状况，认为他为这事太费心。为了在周日前找到小偷，他必须保护自己的荣誉。麦克·雷德福家族的荣誉对他来说非常重要。而以他的年龄，这很危险，他那年老的心脏可能无法承受。有人甚至大声说：

"他完全可以去死。曾祖父荷金纳德的毛皮高帽是他的精神象征。"

然后，在壁炉旁的一个角落里，人们听到托马斯弱小的声音："我不愿我的祖父死！"

孩子跑掉了，毫无疑问是为了掩饰自己的眼泪。实际上，托马斯冲进了办公室，老人正在那里郁郁寡欢：

"来吧，爷爷，我知道那些刷子在哪儿！"

祖父惊讶地看着邀请他站起来的那只小手，孩子重复道：

"来吧，跟我来，我不想你死，来吧……"

老人不假思索地站起来跟随着孩子。他们携手离开城堡，前往马厩。

"你看到它们了，为什么不告诉我呢？"祖父问道。

"因为那些猫咪需要它们！"

"猫咪！猫需要那些干什么啊？"老人低声嘟囔着。

"你会看到的！"

## 四

实际上，扬纳尔·麦克·雷德福爵士看到了。或者更确切地说，他发现的东西远远超出了想象，以至于他不得不支撑着自己，以防跌倒。一种大型的金属丝网套筒，连接着两个自行车车轮，从椅子上悬挂下来，另外两个较小的车轮固定在天花板的横梁上。金属丝网里面布满了各种刷子、扫帚、桌面垃圾收集刷和其他带有毛衬的帽子。套筒的中间放置了一个长凳，然后转动百叶窗的曲柄，套筒也会跟着转起来。

这台机器是如此不同凡响，以至于老人忘记了进行研究的真正目的。

"这是什么？"

托马斯的眼睛充满自豪的光芒。

"抚摸猫咪装置！"

"抚摸猫咪装置？"

"是的，几周前，玛丽祖母带我去了贝克特太太家，贝克特太太收养了郡里所有迷路的猫，她说它们最需要的不是喂它们，而是抚摸它们。所以，我就想发明一个东西，可以让它们从这边进入，从那边出来，这样就可以得到抚摸了……很好，不是吗？"

扬纳尔·麦克·雷德福德爵士衰老的心脏温柔地膨胀。仿佛被施了魔法，他的愤怒和疲劳烟消云散。当他的孙子转动曲柄，那些刷子围绕着板凳滚动时，强大的自豪感袭来：在他的后代中有这样的发明家真是一种安慰。在回到城堡之前，祖父提出了小小的要求，希望能取回曾祖父荷金纳德的毛皮高帽以及垃圾收集器。

"你知道的，孩子，我发誓它们会在周日早上回到它们的位置，但是不用担心，我会拿一些扫帚作为交换。"

第二天，扬纳尔·麦克·雷德福爵士步入餐厅时瞥见了托马斯，那个小男孩答应了老人，每晚他会过来操作"抚摸猫咪装置"，这样是为了不让猫咪们太难受。

孔源源　译

# 相约在普瓦①

## 一

这是一个再普通不过的巴黎1月份,一位记者感到百无聊赖。他名不见经传,在法国《闪电报》工作,该报以报道巴黎的日常、政治、文学以及独立民主新闻事件而闻名。但这位记者,绝对是默默无闻,因为他负责完成的稿件大多数是杂事和不重要的小新闻,在报社里,通过报道这些可有可无的小事,想引起读者的关注,甚至出名,可谓痴心妄想。

这位记者名叫保罗-贝洛,他是个既有智慧又有才华的人。只可惜,他有一个严重的性格缺陷:很难对人付出真心,也很难认真对待身边的人。这也是他混到现在依旧没有出名的原因!不过,对于一个记者来说,最能让他感兴趣的领域当然

---

① 普瓦:法国中部第戎和克莱蒙佛朗间的小村庄。

还是政治。但讽刺的是，如果说只有一类人让保罗-贝洛难以相信，那就是政客！此外，在20世纪初的法国，已经没有人相信众议员和参议员了。法国议会已经成了负面的代名词。参政的这些政客们，为谋求一己之利，根本不在乎普通民众的死活。他们有在巴拿马舞弊案①中大捞一笔的，还有的在巴拿马事件中借用曾经获得的荣誉到处招摇撞骗。总之，当人们谈及议员与政治时，都会说，这些政客全是蛇鼠一窝。

这个不知名的记者，一直梦想着干件扬名的大事，他想出了一个绝妙的主意：给民选官员们设一个局，嘲笑他们就是政治的傀儡，他们参政的目的根本不是为民为国服务。于是他说干就干，他是这么计划的：先虚构一个英雄，不能是军事英雄，因为1914年1月，还处于和平年代。但他可以假设一位民间英雄，一个世俗主义的英雄，一位包装好的共和国捍卫者。保罗先给这个虚构的英雄起了一个好听的名字，这个人就叫西蒙-赫格西佩……这是一个易于辨认的名字，如果被刻在雕像底座上，赫格西佩是一个让人容易相信的姓氏，人们都会说："这名字好像以前在哪儿听说过，对，这个人挺有名的！"

保罗-贝洛之前在巴黎继承了家里的一家规模不大的印刷厂，所以他很轻松地印刷了以"纪念西蒙-赫格西佩百年诞辰

---

① 巴拿马舞弊案：1892年底，巴拿马舞弊案的真相被揭露，该公司为掩盖其真实财政状况和滥用所筹集的资金，曾广泛采用贿买手段。法国的前三名内阁总理弗雷西讷、鲁维埃、弗洛凯，著名的激进党首领克雷孟梭，还有诸多重要官员及议员，和一些报刊记者均受贿赂。丑闻揭露，加速了法国的政治风潮。

委员会"为抬头、巴黎塔迪约路为收件地址的宣传资料,发送给所有议员。塔迪约路其实是他印刷厂所在的地址,但他并没有把这个细节写在上边。在这封信抬头下边,他用一句强调语气的句子做开头,信是这么写的:"黑暗总会消失,因为黎明即将到来!"这一显而易见的常识被他美化成了所谓的西蒙-赫格西佩风格的金句,同时信中还表达了他反对蒙昧主义的立场。这是与当时社会主流提倡的"公共教育、去宗教化和义务教育"完全不同的一种论调。

然后,这封信的重要部分写道:"议员先生,多亏一位大方的捐赠者慷慨解囊,西蒙-赫格西佩的拥护者们终于成功地筹集到了一笔资金,用于建造一座纪念碑,后人可以永远缅怀这位前辈。议员先生,为庆祝这位民主教育家的百年诞辰,让全体公民都能分享这份荣耀与快乐,在此,我们请您授权,将您列入这次活动的委员会荣誉成员之一。如果您打算在仪式当天发言,我们将为您准备演讲所需的所有文件。衷心期待您的答复。委员会代表:保罗-贝洛"。

## 二

信寄出去几天后,一点回音都没有。保罗-贝洛自言自语道:"这条路可能行不通,这些人是不是比我预想的要聪明些?"正在他辗转反侧的时候,第一封回信到了,上边写道:"先生您好,看到您的来信,我立刻就给您回信,请知悉,我非常高兴地接受贵委员会的名誉委员称号。保罗-梅尼尔,奥布省议员。"紧接着,第二封回信来了,信的内容是:"先生您好,如果纪念碑落成时我在巴黎,本人将很高兴参加这个活动。不过,是不是还有其他人比我更有资格做代表,在这次活动上发言呢?信尾签名:达尔比兹,东比利牛斯省议员。"

保罗-贝洛对自己说道:"瞧瞧,这个议员还挺谦逊的……"这已经有两位议员同意了。接着,一封接一封的来信寄到了保罗手中。塞纳-埃特-奥塞省、安德尔-卢瓦尔省和克勒兹省的议员都陆续给出了答案。有两位甚至是前任部长!这是不是有点太乐观了?保罗一共收到了九封同意的回信!每位议员的回信都耐人寻味,比如:"我很荣幸加入这一欢庆民主的活动。""我接受您的邀请,这位伟人我年轻时就开始崇拜他了,他是我的偶像,是共和派最完美的代言人!"

俗话说得好:少壮不努力,老大徒伤悲。保罗-贝洛看到这样的回信,简直有种幸灾乐祸的快感。

还有人写道:"我非常愿意在宴会的最后发言!"保罗-贝洛偷笑着说:"真棒,加油,我的议员们,您就盼着吧,一定会有个精彩万分的宴会的!"随着时间的临近,保罗又给这些议员们发了一封提醒信,上边说:"议员先生,活动委员会让我提醒您,请注意为西蒙-赫格西佩的百年诞辰留出时间。"他还不忘补充说:"我们谨在此提醒您,您其他尊敬的同事们已经明确答复将出席这次活动。"随信附上了参加活动的议员名单:"费利克斯-肖滕普斯先生、达尔比兹先生、勒内-贝斯纳尔（前部长）、比内特先生等。"

保罗-贝洛总对自己说："事情就要瞒不住了，他们可能已经开始怀疑了！这事长久不了，他们迟早会发现这是一个骗局！"可事实完全相反，没有人对这场恶作剧有所怀疑。哪位议员都不敢质疑一位"德高望重的民主前辈"！事情还是按照计划发展了下去，保罗-贝洛不仅收到了确认信，甚至还收到了另外一些没有收到邀请信的议员们的抱怨，这些议员因为被遗忘而感到恼火，居然也给保罗写了信，上边大多是"先生，我很吃惊您居然没有让我成为这个委员会中的荣誉委员"。诸如此类。

这些质问信让保罗-贝洛不禁干劲十足，如果这个恶作剧能骗过国会议员，那为什么不再试试拉几位参议员进来？让他没想到的是，参议员对这件事更为谨慎，更多的是怀疑，有人向"百年委员会"询问不少细节：西蒙-赫格西佩是哪年出生的？他到底是在哪里出生的？保罗-贝洛不得不为西蒙-赫格西佩规划一个完整的公民身份，对于出生日期，很简单：定在1814年3月31日即可。因为现在是1914年1月，还有两个月的时间可以好好安排百年纪念日这一切。

可这位西蒙-赫格西佩是在哪里出生的呢？这个问题相对比较棘手。必须找到一个真正存在的村庄，最好这村子有个有趣的名字！比如，马延省的安杜耶？可这有点太简单了，还是需要再考虑考虑。没过多久，保罗-贝洛发现了一个理想的地方，那就是涅夫勒省的普瓦，这村子的名字简直太合适了，就像柔软的头发一样,既通俗又好记!保罗有些迟疑,普瓦,太妙了,会有人相信吗?他决定试试看。保罗开始给询问的参议员们回信,他在信上说:"尊敬的参议员先生,您的来信已看过,针对您提出的问题,请参见以下详细资料,1814年3月31日,西蒙-赫格西佩出生于涅夫勒省的普瓦。"

这一次,保罗-贝洛对自己说:"这次肯定结束了,他们会明白这就是个骗局。"不过没关系,收到了这么多答复信,他已经成功地把这些政客耍得团团转,这场闹剧够他这辈子慢慢回味的,直到他的职业生涯结束那天。给参议员们的信寄出去后不久,其中一部分人很快就给他回了信!没想到回信的政客里面还有参议院副主席莫里斯-福尔和前安理会主席萨里安!更别提省议会总主席了,他,写信来说西蒙-赫格西佩百年纪念这一活动就算参与的人再多,也必须为他留个位置,其他人都靠边站!

但最让人激动的回信是来自涅夫勒省参议员的答复,因为真正的普瓦村就位于涅夫勒省之中!西蒙-赫格西佩出生于他的服务辖区内,这位参议员简直乐开了花,他既骄傲又自豪。他必须成为活动委员会的成员!只可惜他年事已高,只得用他的鹅毛笔给保罗回了信,信上说:"我深感遗憾,由于身体原因,我出席不了在普瓦举行的纪念西蒙-赫格西佩诞辰一百年的活动!签名:奥纳伊伯爵,涅夫勒省参议员、前任大使。"

保罗-贝洛将这封珍贵的回信放入他的文件夹中,就像一位收藏家得到了一件稀释珍宝般幸福。

## 三

但是，事情不会全部一帆风顺，最终，一位名叫富兰克林-布勇的参议员终于发现了保罗的破绽：他在最权威的大辞典中搜索了西蒙-赫格西佩这个名字，一无所获，没有任何关于这个名字的文字记载。他与另一位参议员莱昂-布尔乔瓦谈论了这件事，莱昂又找到了第一批签署成为活动委员的安德尔-卢瓦尔省的勒内-贝纳德众议员说了这件事。贝纳德议员回复他说："是保罗-梅尼尔告诉大家这件事情的！"保罗-梅尼尔正是第一个回复保罗-贝洛的政客，奥布省的议员！最后，这些被牵扯进来的政客们终于意识到，无论是议员还是参议员，没有一个人能说清楚到底谁是西蒙-赫格西佩！更不知道这个不知从哪儿冒出来的人是怎么成为民主先驱的！

商务部长在得到消息后，下令对此事进行调查。为什么是商务部长负责调查此事呢？很显然，是因为这些被人民选出来的议员们恼羞成怒，要利用职权逮捕这场恶作剧的发起人！一名警察被派去活动委员会的总部，在那里，他除了保罗-贝洛的印刷机，空无一人，更别提什么委员会了。这种嘲弄简直是给了议员们一记响亮的耳光！盛怒的政客们打算联合起来要把策划这一切的人绳之以法！

但他们的想法很快落空了，压根儿没有什么骗局，保罗-贝洛从未向他们讨要过一分钱！没有金钱损失，也就不构成犯罪，从法律上来说，保罗压根儿就没有过错。这些为人民工作的先生们，一想到民众们得知这件事的内情后对他们的嘲笑，再加上媒体的舆论，除了气急败坏，就只能惊慌失措地想尽办法来让自己脱身。他们在法国议会厅发布了一份告示，上边声明所谓纪念西蒙-赫格西佩百年诞辰的委员会工作人员只有一位自称是记者的贝洛先生，他的目的就是为贫穷的自己骗一些钱财！议员们把这句话特别标注了出来！

当保罗-贝洛得知这则声明之后，不禁对自己说："哦？他们就是这么认为的，想把这件事糊弄过去？好吧，我得让大家看看，贫穷的我究竟都干了些什么！"

随即，在1914年1月22日、23日、24日、26日出版的《闪电报》头版，保罗-贝洛讲述了关于西蒙-赫格西佩百年诞辰纪念委员会的全部事情，并附上了议员和参议院们的照片、所有来往信件和他们的亲笔签名！

事情的真相被披露后，全法国民众都认为这些政客们愚蠢至极，他们所到之处，嘲笑和嗤之以鼻已经成为一种新常态。那年冬天虽然寒冷，可因为这件事的发生，人们觉得日子过得比往年都要快。直到6个月后，人们才渐渐遗忘1月份的这场闹剧。

保罗-贝洛于1918年离开了人世，人们认为他是幽默的英雄，他的灵魂得到了安宁！这件事可能永远也不会被人遗忘。不久后，一位名叫伯杰的雕塑家用闲余时间创作了一尊留络腮胡、戴大礼帽、穿着夹克的西蒙-赫格西佩的雕像。现在，人们仍旧可以在国家图书馆看见这尊雕像的复制品。同样，在涅夫勒省的一个小村庄，就是当时议员们要去参加百年诞辰活动的那个村子里，人们甚至想建成一座小小的西蒙-赫格西佩纪念馆，这足以在夏天为普瓦村子里带来一些好奇的游客。

  在当时，黑色幽默是种潮流，毕竟法国已经很久没有这么好笑又荒诞的事情了。

顾欣　译

# 分期付款

## 一

顶着一头乱糟糟的头发,就像个破墩布,多米尼克仿佛被猎捕的动物一样,靠着墙和背后的暖气片,瘫坐在冷冰冰的瓷砖地上。

多米尼克是那不勒斯地区的一个孩子,今年还不到12岁,他因为偷东西被抓进了警察局。

显而易见,这种事太常见了,这可是那不勒斯,战后的日子一点儿也不好过。1958年的那不勒斯穷得一干二净,为了活命,所有穷困家庭的小男孩都偷过东西。

每天都会遇到这类事,围在多米尼克身边的警察看上去简直烦透了,他们根本不期望能得到什么答案,只是机械式地问着千篇一律的话:

"你为什么要偷这个东西？"

"这个东西"，指的是被多米尼克偷来的一辆美国轿车的漂亮轮毂盖。在那不勒斯地区，轮毂盖被偷走简直是一件再寻常不过的事情。

但当多米尼克开始解释他为什么偷东西的时候，本来对这类案情早已麻木的警察简直不敢相信自己的耳朵，因为这件事太不可思议了。这是一件让人难以置信的事情，甚至离谱到要从头讲起整件事才能让人了解它的内情。

## 二

故事发生在那不勒斯郊区的一个贫民区，就是那种最破烂的棚户区。20年前，成千上万的贫苦家庭挤在铁皮和木头搭建的棚屋里，生活在仅有几公顷面积的一片土地上。

就像60年代的其他人一样，多米尼克也住在那里。

住在这里的人靠什么生活？答案五花八门：失业救济金、散工，还有，"那不勒斯式的机智"。

这里的生活是痛苦又绝望的，住在这里的穷人们连电视都没有，在那个年代，没有人不想要一台电视。虽然屋子是木头搭的简易房，可人们都认为电视是家里的必需品，就像面包一样重要。这是他们最大的梦想，为了拥有一台电视，他们愿意不惜一切代价。让人不敢相信的是，在这种生活条件下，哪怕饿肚子，他们也得让家里看上电视。

这是一种大家都不了解的生活状态，住在这里的人们自有一套处事方式。在多米尼克6个月大的时候，发生了一件事情。

他的母亲格拉齐亚-玛扎诺在生多米尼克前已经生过3个孩子。他的父亲是个嗜酒如命的醉汉，靠收破烂为生，收入仅有600里拉，相当于每天4法郎，这还是情况好的时候。

多米尼克的母亲用这4法郎，既要让家里人吃饭，要付煤气和电费，还要付看医生的钱，当然这点她从来都没做到过。

她生第四个孩子多米尼克时，自己严重营养不良，只能用母乳喂养孩子一个月。这简直是一场灾难，因为她需要花额外的钱去买盒装牛奶，她丈夫每天挣的那4法郎根本不够用。

当时她家隔壁住着诺维罗一家，他家的小屋位置不错，日照充足，这家人生活相对富裕。在诺维罗一家的屋子外围有一个围墙，家里还养着一只山羊和几只鸡。仅仅一墙之隔的玛扎诺一家却常年见不到阳光。

在贫民区里，诺维罗一家已经算得上富裕家庭了，但他们也有自己的难处，那就是生不出孩子，这真是戏剧性的一幕，就像那不勒斯的阳光不可能照到所有角落一样，每家都有着属于自己的伤心事。

这件事说来话长，曾经发生的事情可以从两个方面来理解：这件事可以让人感觉可耻，毕竟这不是一件什么光彩的事情，或者换个角度看，在当时的社会环境下，这件事发生得完全合理，本应荒诞的一幕却成了真实发生过的事情，并且影响了两家人的未来。

可以肯定的是，两家人之间有个介绍人为他们搭桥，介绍人从中收取了一点佣金，于是格拉齐亚把她6个月大的儿子多米尼克卖给了诺维罗一家。在当时的艰苦环境下，让孩子被富裕的有1只羊和6只鸡的邻居养大，总比在自己家连奶都喝不上饿得嗷嗷大哭要强得多！

当然，卖掉自己的亲生骨肉总归不是一件好听的事，如果真是为了孩子好，她可以把孩子送给那家邻居，或者寄养在邻居家，而不是真金白银地把孩子给卖掉。但这是旁观者的道德观，是衣食无忧的家庭才会拥有的想法。

在贫民区的世界里，卖掉一个孩子是可以被接受的，尤其是卖掉一个很快就能长大、很快就可以工作为家里赚钱的男孩，不管孩子是亲生的还是收养的，这种事很常见。

这就是为什么多米尼克在1968年以12万意大利里拉的价格被卖给了邻居一家。在当年，这笔钱约有1000法郎，即10万生丁。

## 三

但这套穷人逻辑似乎被推向了另一个荒诞的地方，多米尼克是被卖掉了，可却并没有立刻给玛扎诺一家带来大笔财富，就像购买电视机一样，活生生的一个孩子，也可以"分期付款"。

诺维罗一家虽然有1只山羊和6只鸡，住的地方也看上去更高级一点，家里只有夫妻二人，但除此之外，他们也过得很清贫。他们都一样，都是可怜的贫民区居民。

他家的收入虽然略高一点，每天可以有800到1000里拉进账，相当于6到8法郎，但也仅限于此。这点收入只够养活一个孩子，没有多少结余。

这就是现状，他们不可能有能力一下子掏出12万里拉。为了让两家人都满意，他们决定采用分期付款的方式来解决实际遇到的问题，一家愿卖，一家愿买，再简单不过。为免后患，两家人都把这件事情当成了一笔实在的交易，而不是一份人情。

他们约定，由于买家诺维罗家一时拿不出这么多钱，那么就按月支付给卖家玛扎诺家一笔钱，这笔钱的金额为每月1000里拉，即每年12000里拉，十年内付完总额为12万的款项。

在那不勒斯的郊区，一个10岁的男孩通常被认为可以开始为家里赚钱了，不管通过什么方式。还有一个更令人震惊的细节是，在他们交易的时候，多米尼克的亲生父母需要对方支付一笔50000里拉的头期款，这笔钱可以分两期支付，相当于支付给对方曾养活这个孩子5个月所花过的钱！

原本该付60000里拉给玛扎诺夫妻，折合到每个月的价格约为12000里拉，诺维罗两口子砍了砍价格，于是以50000里拉成交。

头期款付完后，他们需要按月支付1000里拉，约等于每月8法郎的月付，分10年付清剩下的尾款。这笔钱必须按时支付给孩子的亲生父母玛扎诺一家,否则他们就会哭闹着找上门,说诺维罗夫妇偷了他们的孩子,那样的话可就露馅了,宪兵队要是知道有这样的事发生,一定不会轻饶了他们。

孩子被交易后,一切都按约定的协议进行着,8年过去了,多米尼克已经健康地长到了八岁零半个月大,在这漫长的岁月里,小多米尼克压根儿不知道自己被亲生父母给卖了。他一直坚信自己是诺维罗家的孩子,他的姓氏就是诺维罗,他常和邻居家也就是玛扎诺的孩子们一起玩耍,却根本没想过他们居然是自己一母同胞的兄弟姐妹!

## 四

八年零半个月的时光一闪而过,这笔见不得光的买卖一直都不为人知。但世事难料,在快到第九年的时候,诺维罗先生在那不勒斯的医院里去世了。失去丈夫的诺维罗夫人无法继续支付剩下的月付。她还欠玛扎诺一家16000里拉,约150法郎的尾款。

玛扎诺夫人马上找上了诺维罗一家,因为协议就是协议,没有中途毁约的道理。

她先是威胁,然后大喊大叫。在那不勒斯,遇到任何事,闹起来的那一方永远是正确的,也永远占尽先机。孤苦无依的诺维罗夫人一筹莫展,她没有其他法子来解决眼下的危机,于是她只能告诉小多米尼克这个家族一直隐藏的秘密。

她对他说：

"孩子，妈妈告诉你，你其实不是我亲生的儿子。你是我从玛扎诺家用钱买回来的，我还没有正式收养你，所以户籍证明上，你依然姓玛扎诺。其实你早晚会知道这件事，因为那证明总会被你看到，但我宁愿你能晚一点才发现，你今年快10岁了，爸爸已经不在了，妈妈现在只能靠自己，家里还差16个月才能付清当初买你的余款。你亲生母亲这几天总是追着我要钱，我有可能会失去你，因为我真的付不出来。"

## 五

这就是故事开头的场景。1958年12月的那个晚上，坐在暖气旁瓷砖地上的小多米尼克对警察讲述着这个故事。

一个年仅10岁的孩子，被警察抓到偷了一辆美国汽车的轮毂盖，是为了替买他的母亲偿还卖他的生母那笔钱，不得已才走上了偷窃这条路。

多米尼克并没有比较他的两位母亲，他只是觉得现在应该由他来完成这件事，只要把剩下的那笔钱还上，这件事就会被平息，也不会闹得人尽皆知。他要亲自付清自己被卖的这笔钱，哪怕去偷东西，也在所不惜。

这件事立刻在当地传开了，连报纸都跟踪报道了很久，甚至还做了一系列的调查。根据意大利法律，玛扎诺夫人犯有遗弃儿童及缺乏道德援助儿童罪，她将面临1至5年的监禁，但大众舆论对此施加了压力，最后的结果没有想象的那样糟糕。

令人欣慰的是，诺维罗夫人终于可以依法收养多米尼克，这意味着法律对这家人网开一面。

又过了几年，多米尼克长大成人，他一直都在学车工这门手艺，希望以后可以养家糊口。

时光荏苒，多米尼克现在30岁了，依旧生活在那不勒斯地区。童年的那些经历让他早早就看透人生，过着平淡幸福的日子。

顾 欣　译

# 寻常的一天

## 一

佩里尔先生看着自己的儿子,他发现自己从没有像今天这样认真地看过他一次。人们会没事盯着自己在乎的人看个不停吗?肯定不会,在这个孩子当了他儿子的21年岁月里,佩里尔先生从未真正看过他。

这是因为家里一直风平浪静,佩里尔一家人过着平凡幸福的小生活,没有什么让人着急上火的事情发生。但是今天发生的事情,让一切都被改变了。

"弗朗索瓦,你是不是做了什么错事?"

"您为什么这么说?错事?"弗朗索瓦被父亲说的话吓了一跳,笑着问他怎么突然问了这么一句。

他继续说道:"您说的错事是指什么?这是一个问题吗?"

"你确定吗,弗朗索瓦?"父亲回答道。

弗朗索瓦很确定,他看上去和平常一样。

"这是怎么了?发生什么事了?他今天都去哪儿了?不是在山里的小溪里捞鱼吗?你知道的。"母亲说道。

"那他怎么回来得这么晚?"

"这有什么问题?他不就是没在计划的时间里回来吗?我们可是在度假,晚一点有什么关系!"

不,假期泡汤了,甚至以后这家人也不再拥有一个快乐的假期了。

他们的人生在这一天天翻地覆,再也不会像原来一样一家人悠闲地去山里散步、钓鱼、躺着放空。在那个晚上,佩里尔先生一家普通又安宁的生活被彻底改变,他们的幸福生活戛然而止,快乐再也没有眷顾过这家人。

## 二

弗朗索瓦的母亲在厨房里哭得眼睛通红,她担心儿子的安危。

佩里尔先生在屋里急得转来转去,用一个又一个的疑问折磨自己。

那天晚上,他们必须面对现实,先搞清楚为什么早上宪兵队会来。

宪兵队来的时候先敲了敲度假屋的门,然后问道:

"您是正在度假的乳品店老板佩里尔先生对吗？您是8月3号和家人离开家到这来度假的，您儿子叫弗朗索瓦-佩里尔，今年21岁，身高1.78米，黑色眼睛，黑色头发，他是单身，目前没有职业，至今和您生活在一起？"

他们说话的语气让人感到不安，尤其是用这些话来形容弗朗索瓦。

佩里尔先生从这种描述方式上几乎不相信他们在形容自己的儿子，这些词一般都会用在小偷和杀人犯身上。

宪兵们不觉得自己说的有何不妥，他们认为弗朗索瓦就是那样的人，一个嫌疑犯，甚至是帮凶，他们就是为了审问他而来。

事情是这样的：一家珠宝店发生重大抢劫案，警方逮捕了3名抢劫犯中的两人。珠宝店老板受了重伤，两天后不治身亡，两名被捕疑犯在审问过程中供出了第三名疑犯的姓名。

他们说："弗朗索瓦-佩里尔和我们是一伙的，那天他负责开车，抢劫后是他开车带我们逃跑的。"这对佩里尔先生来说简直是个晴天霹雳，第三个犯人？他和别人一起抢劫了珠宝店？他的儿子弗朗索瓦-佩里尔？

"他现在在哪里？"宪兵问道。

"他不在这里，我也不知道他现在在哪里。"佩里尔先生说道。

"我们还会再来的，这件事很严重。"宪兵说完就走了。

这就是为什么佩里尔先生看儿子的眼神就像21年都没有看过他一样。

## 三

他眼前的弗朗索瓦个子高高的，一头蓬发，听到这些消息后，他目瞪口呆，被惊吓得扑通坐在了地上。

"弗朗索瓦，你必须告诉我真相！"

"真相？但是什么真相？关于什么？"

弗朗索瓦从未抢劫过珠宝店，也没有杀过人！这是谁说的？谁？指认他的那两个人是谁？他们是疯子吗？

"他们是埃米尔和路易！"

"埃米尔和路易？"可弗朗索瓦几乎不认识他们。他们只是曾经的老同学，这是真的，人们常在广场上的咖啡馆里见到这两个人，可是弗朗索瓦并没有和他们混得很熟。

"弗朗索瓦，如果你和他们不是同伙，他们为什么要告发你？"弗朗索瓦又怎么会知道？对，他不知道，没准儿那两人是为了不供出真正的同伙才这么诬陷他。他们就是随口说了个名字！除了这个理由，他真的想不出其他被他们诬陷的理由！一定是这样！

"爸爸，你相信我吗？"

佩里尔先生一直看着他的儿子，他找着，想在这张熟悉的脸上找着他未曾见过的那陌生一面。哪怕一丝让他感觉异样，会让弗朗索瓦，他的儿子，被他认定是一个小偷、杀人犯和一个骗子的蛛丝马迹。

但是他什么异样都没有找到。

他只看到了他熟悉的儿子弗朗索瓦，一个刚刚服完兵役的弗朗索瓦……

正在努力找工作和追求女孩子的弗朗索瓦。

那个把厨房搞得一团糟、把浴室水漫金山、把门像节日的鼓一样砸得巨响，让他妈妈头疼的弗朗索瓦。

这就是他每天接触到的弗朗索瓦，他的儿子！而他相信他的儿子！

可他相信又有什么用呢？他眼含热泪地说着，这个问题还在。宪兵说，这起抢劫发生在四个月前，也就是4月23日的上午。现在问题的关键是要搞清楚4月23日上午11点到中午12点之间，弗朗索瓦在干什么。

4月23日是个星期四，可弗朗索瓦怎么会记得四个月前的一个星期四自己在干什么呢？

有几个人能在4个月后想起自己在4月23日星期四曾做过的事？人生有太多不重要的日子，不值得特意被记住，不像生日、与人有约这种特殊的事件更容易被回想起来。就是普普通通的一天，不会有人记得起来。

几乎可以预见，宪兵会问他：

"所以，也就是说，你没有不在场证明？"

弗朗索瓦没有工作，也就没有老板可以替他说话，更不可能为他当证人。

自从他退伍回家后，他的空闲时间就很多。他在找工作的间隙有大把的时间，起得晚了，就去家里的乳品店帮忙，或者在镇子上转转,给客户送下货,但都是不固定的时间,没有什么具体的记忆点,无法为他做有效的时间证明。宪兵队不会相信这样的证据。

但是家里人都相信他是无辜的,他一定能证明自己的清白。

"可是,除了家里人,还有谁会相信他的清白?"佩里尔先生说道。

这可不是一件小事,一个人被杀了,贵重的珠宝被窃,得有几百万的损失。这两个真正的凶手肯定盼着有一天能脱罪,也许他们就是凭空捏造出了另一个同伙,这样才能让自己脱身,这手段简直显而易见。

他们是罪犯,不择手段、没有诚信的罪犯。在这时候不能任由他们来陷害,善良在这种情况下是一个弱点,弗朗索瓦如果听宪兵的话,按规定被审问,他不但无法还自己一个清白,还将被关进监狱不知多少年,失去他生命中最美丽、最重要的岁月。一个男孩在牢狱之中又怎么会成为顶天立地的男子汉呢?弗朗索瓦准备躲起来,直到找到证明自己无辜的证据。

佩里尔先生现在最重要的事,是替儿子找到那个4月23日发生过的事情,当作证据。

他要走遍每一个地方,询问每一个接触过他儿子的人。这样才能还原那天发生在弗朗索瓦身上的一切,不可能所有人都忘记了那一天,总会有人记得,那就是佩里尔先生需要找到的关键点。保不准哪个人记忆中的一部分,就可以证明弗朗索瓦是被冤枉的。佩里尔先生相信自己能办到,只是证据需要花费些时间和精力才会浮出水面。他会不遗余力，他不想弗朗索瓦被关进监狱里，也不想让他不见天日地躲起来，不想让他被困住，连话都不敢多说一句；他想让儿子像原来一样，光明正大地活在阳光照射之下的广阔世界中。

家里人给弗朗索瓦准备了一些钱，一个行李箱，准备让他出去躲起来。弗朗索瓦看着通往家门外的门口，黑漆漆一片，让他对未来充满了不安，正犹豫不决时，他看向了父亲，父亲从未这么认真地凝视过他。

"赶紧走吧，弗朗索瓦，我来找证据。"

宪兵不久后果然又来了，佩里尔先生对他们说自己还是没有见过儿子，依然不知道弗朗索瓦的踪迹。这次宪兵确定弗朗索瓦是畏罪潜逃了。邻居、朋友、警察、法官都说他有罪。藏起来不出面更说明他是这起抢劫杀人案的一分子，而诬陷他的两名罪犯也没有改变他们的指控。

## 四

1963年4月23日，案发时间在上午11点到中午12点之间，弗朗索瓦被怀疑驾驶一辆失窃的汽车守在珠宝店门口。人们只是看到了没有熄火的汽车停在店外，抢劫结束后，那辆车立即逃离得无影无踪。没有人在案发现场见过弗朗索瓦。这个犯罪团伙究竟有两人还是三人，谁能说得清楚，谁又能证明？所有的案发经过都是一人一个说法，没有有效证据来证明。

他们口中的第三个小偷是金发还是黑发？身材高大还是矮小？年轻还是年长？既然被捕的两个小偷一起指控还有另外一名同伙，为什么他们之间的口径仍不统一？甚至争吵不断？佩里尔先生并不关心这些。他不关心那两名嫌疑犯给弗朗索瓦泼的那些脏水，也不关心他们在证词中都说了些什么，他不关心这一切。他只在乎儿子弗朗索瓦在4月23日那个周四，案发时在做什么。佩里尔先生走访了牙医、医生、维修技师、杂货店、朋友、儿子的女朋友，他试图在别人的记忆和看似毫无关联的资料中寻找儿子人生中的这一个小时究竟干了些什么。哪怕是一次约会、一个偶遇、一次拜访，最细微的点点滴滴，只要能证明弗朗索瓦无罪，他都仔细对待那些线索。

佩里尔先生已经把整个家、所有的文件、日记、账单都翻了个遍，他觉得自己对这些东西了如指掌。但是弗朗索瓦那时究竟在哪里？在店里？去送货了？在外面散步？这一小时好像凭空消失了一样……这让佩里尔先生感到有些绝望。

仿佛4月23日是一个被遗忘的一天，没有什么特别的事情发生，也没有任何被记住的理由，是一个普通得不能再普通的一天，是被偷走的一天。

找寻证据的日子很快就过去了，8月、9月过去了，秋天、冬天和春天也过去了。弗朗索瓦已经躲起来整整6个月。这件案子已发生了一年，仿佛所有的事都尘埃落定了，可佩里尔先生还是在不停寻找线索，没有停歇。

记忆中的那个4月23日对他来说已经成为一种执念，时间越久，佩里尔先生就越不能放下这件事，他仿佛在迷雾中寻找光明，直到他消失的那一天。

对他来说，宣判日是一个重要的日子。

## 五

这是一个黑色的一天，法院判处缺席的弗朗索瓦-佩里尔死刑，判处另外两名同伙终身监禁。

被抓住的那两人把责任都推到了逃走的弗朗索瓦身上。

从现在开始，佩里尔先生就是一个死刑犯的父亲了。

他一人承担着这件事的责任及其所带来的折磨，他有时甚至会问自己："如果当时我告发了我的儿子，让警察把他抓走，他们是不是就不会判他死刑？"

他是一个疲惫不堪的老人，总是在夜幕降临之后，在他那打烊的店里，不知疲倦地翻阅着账本、发票、送货单，想找到些关于4月23日的线索。

失望对他来说已经习以为常。而那个想起来就令人痛苦万分的4月23日，突然有一天出现在了他的面前，一张小小的送货单上写着：1963年4月23日，L先生，糕点师，5升鲜奶油。这张纸是弗朗索瓦手写的。佩里尔先生简直不敢相信奇迹真的会发生。

这是平常送货量的两倍。

弗朗索瓦如果真的在4月23日给L先生送去了5升鲜奶油，

那对方一定会留有单据，在L先生那里应该会有他签名的交货单的原件……而L先生，会记得这件事！

L先生离佩里尔的奶乳品店很远，佩里尔先生记得他在另一个镇上。

L先生比佩里尔先生想象的还要稳妥，经过一周的时间，在好几百张单据中，他找到了那张4月23日弗朗索瓦的送货单。L先生是在上午10点左右打电话下单的，那天是周四，弗朗索瓦接到电话后，立刻出发去送货，大概中午之前就到了L先生那里。这批货是要为附近一家举办宴会的人家做奶油泡芙糕点用的。这张让人寻而不得的小纸片，就是弗朗索瓦的不在场证明！在活页夹底部清清楚楚地记着送货人信息和L先生的签名确认，收货日期为1963年4月23日。这份有效证据，终于让弗朗索瓦洗刷了犯罪嫌疑，那一天，那一刻，弗朗索瓦成了无可争议的无辜者。

1964年11月17日，弗朗索瓦-佩里尔在证据找到后的第二天就去了警察局，很快就得到了公正的判决。在他自由后没多久，命运又展现了无情的一面，他的父亲佩里尔先生在12月不幸去世。

他的父亲，死于心力交瘁，死于救子任务成功后的了无牵挂。

顾欣 译

# 感谢您的不惊讶

一

1943年,一个从事黑市交易的男人被捕了。他无法忍受家人每天仅靠土豆和大头菜勉强果腹,想让家人不再过这样困苦的悲惨生活,于是不惜铤而走险。被警察逮捕之后,他被移交到法院,最终被判处6个月监禁。

这个圣诞节,他将离开家人,独自在监狱中度过。男人有两个孩子,分别是4岁和6岁。他不敢想象没有他陪伴的圣诞节,孩子们会有多么伤心,于是他决定在12月23日的晚上,暗自越狱与家人共度圣诞佳节。这件事想要办成,看上去并不难。

男人叫克劳德-特平,他从小就有一双巧手。在他五岁的时候,他的父母就经常说:"这个孩子只要有纸、笔和剪刀,就能一整天都玩得很开心。"

在他刚被关进监狱的时候,监狱里的神父立刻从这个活泼聪明的人身上发现了一些闪光点,请他参与一些狱中举办的教会活动。克劳德欣然答应。他小时候曾在布洛涅圣母院参加过两年的唱诗班,对这类活动很有好感。

每天清晨五点半,他都会在一名狱警的带领下离开自己的牢房,到监狱大楼内的小教堂去。在那里,他准备弥撒,为教堂点燃蜡烛,并帮助神父回答祈祷,有时候还一起唱诗。他和神父的关系一直相处得不错。拉比奥兹神父曾经是一位传教士,为人正直善良,是监狱里最有见识和学识的人。

在这几个月里,克劳德经常用纸、胶水和一把圆头剪刀(为保障安全,圆头剪刀是监狱中唯一允许使用的利器)在空闲时间里制作些奇奇怪怪的小玩意儿。他常常会花费好几个小时的时间来黏合、建模、塑形。渐渐地,这些小玩意儿就有了雏形。看上去乱七八糟的材料,慢慢出现了动物的模样。一头驴、一头牛、一只绵羊和一只山羊,做完动物之后,克劳德又做了些仿真小人,看上去像模像样的。克劳德还做了一个圣婴诞生时需要用到的小马槽。很快,一个奇妙的小世界就有了规模和色彩。监狱教堂里的圣婴诞生日布景从来没有如此美丽过。

可克劳德做的这些小物件,有很多都是怪模怪样,并不是每一件都能让人第一眼就看出它们是做什么用的。这些像谜一样的东西成了拉比奥兹神父好奇的对象。

他有时会忍不住问道:"这件做什么用的?那件又是什么?"对于这样的问题,克劳德无一例外都会答复道:

"圣诞节到的时候,您就会知道这些是什么了。"

## 二

终于等到了圣诞节来临的这一天。克劳德做的圣婴诞生马槽精致得让人赞不绝口,他按照《圣经》故事里所描述的画面进行布置,每个细节都挑不出一丝毛病来:圣婴耶稣在午夜时分降生在马槽中,圣母玛利亚把他细心地裹在一个精致的襁褓之中,地上被晒干的稻草铺满,驴子和牛就窝在旁边。克劳德甚至连东方三贤士里麦琪骑的骆驼都摆在了里面。

一切都显得如此平静安详,但就在子夜弥撒前,拉比奥兹神父发现克劳德看上去有点紧张。他不小心把一杯葡萄酒打翻在了自己的白色弥撒袍上,不得不赶紧让神父给他拿了一件新的换上。在这种情况下,大家只能把一名狱警的孩子先打扮成唱诗班成员的模样。

根据提前制定好的仪式安排,这次弥撒应该会非常成功:在弥撒结束时,克劳德将在唱诗班的陪同下一起去寻找圣婴耶稣,而在监狱里的犯人们将和神父们一起合唱圣歌《他生来就是神圣的孩子》。一切准备就绪,拉比奥兹神父已经穿上了专门的仪式服,唱诗班的孩子也穿上了一身应景的红衣,每个人手里握着蜡烛。在打开圣器室的大门之前,克劳德走近神父,

在他耳边轻声说道:

"神父,我可以请您帮个忙吗?"

拉比奥兹神父皱了皱眉头。通常情况下,监狱里有人向他提这种请求,往往是要有严重麻烦的预兆……

"如果我能帮得了的话,好的,当然了。"神父回答道。

"请您相信我,不管一会儿弥撒之后会发生什么事情,您都不要感到惊讶。总之,我明天会像往常一样来这里参加早上6点的弥撒。"

神父还想继续问个问题,但唱诗的孩子已经等在祭坛那里,就等他们过来后开始仪式。

神父只得先放下内心的疑虑,带领大家一起进行这场重要的弥撒。他拉开教堂的大门,管风琴演奏的圣诞颂歌立马响了起来,基督教世界最美丽的夜晚开始了,没有什么事比这场仪式更重要。而这一年的圣诞弥撒,对于拉比奥兹神父来说,好像充斥着一个大大的疑问号。

直到领圣餐前,一切都十分顺利。当神父掀开圣幕后,才惊讶地发现,原本准备给信徒们的圣体饼被随便地放在一个普通的圣杯里,而之前准备好的镀金银杯却消失得无影无踪。这时神父想起了克劳德刚刚说的那句"不要感到惊讶",于是他信守诺言,没有因为这件事而大惊小怪,弥撒继续进行着。随着一句"礼毕,会众散去",整场仪式终于结束,是时候去寻找圣婴耶稣了。拉比奥兹神父离开祭坛,坐在了一旁,同时管风琴又奏响了圣歌《他生来就是神圣的孩子》。

在唱诗班的带领下,克劳德本应按照计划走出小教堂,去把圣婴请到准备好的马槽中。但过了几分钟后,直到最后一首颂歌即将唱完时,他也没有回来。神父这时候才明白,克劳德不会带着圣婴回来了。神父装作什么事都没有发生一样,起身去了圣器室。他匆忙地在屋内巡视了一圈,发现克劳德和唱诗班的孩子没有在这里,同时,他发现他的蕾丝饰边祭服、黑色大披风和宽檐礼帽也一起消失了。拉比奥兹神父不禁又想起了那句"不要感到惊讶"的叮嘱。

神父只能自己从圣器室里抱出圣婴耶稣,把他放在马槽中,信徒们一起高唱赞美诗,子夜弥撒圆满结束。

没过多久,当神父在圣器室里更换衣服时,一阵铃铛声叮叮当当地提醒他,唱诗班的孩子回来了。孩子把头低着,一言不发,放好手里的小铃铛后,脱掉了红色的外衣,说:"谢谢您对发生的事情不感到惊讶……"

神父还是没忍住内心的疑虑,问了问孩子:"克劳德从监狱溜走了?"

孩子狡黠地一笑,点头承认了。

拉比奥兹神父还想问问孩子,克劳德用什么好处让他同意做同谋,帮他溜出去,但耳边又想起了那句"请您不要感到惊讶"。

总之,现在神父把一切都想明白了。

有时他会把圣餐送到监狱病房里,那里经常有不能参加弥撒的病人或即将死去的人。有好几次,只要打一通电话,他就可以轻易地穿过看似安全的牢门，去给垂死的人带去宗教的精神安慰。狱警们都知道这一点，所以这次也没有为难假扮成神父模样的克劳德。孩子晃了晃手中的铃铛后，门轻而易举地就为他们敞开了，没有一句询问，不费吹灰之力。

真相终于大白，身穿神父全套服饰的克劳德，用宽大的斗篷和遮住脸部的帽子做掩护，还有一位狱警的儿子带路，这样万无一失的越狱计划怎么可能不成功！过了一会儿，一名狱警准备带克劳德回牢房时，拉比奥兹神父对他说道："我邀请了克劳德和我一起享用圣诞大餐，稍后我会把他送回去。您不用担心。"

撒完这个谎后，神父做了一番祷告，祈求上帝原谅他迫不得已撒的谎。

## 三

大约凌晨两点的时候，克劳德的妻子刚刚睡下不久，她居住的蒙特鲁日区那间小公寓的房门就被敲响了。她一跃而起。丈夫回来了，他就在门外，他兑现了承诺！前一天她去探监的时候，克劳德告诉她会回来陪孩子们一起过圣诞节，但是不能久留，他还说："亲爱的，你要发誓，绝不问任何关于这件事的问题。"她保证不多问一句，而他，现在就活生生地出现在了家门口，把她拥进怀里，用一个又一个的吻来证明他的爱。

克劳德说："我们大概有一个小时的时间团聚，虽然不长，可也足够了。"

在片刻的温柔拥抱后，克劳德恋恋不舍地离开了妻子的怀抱，半跪在两个孩子放鞋的壁炉前，从他带来的包中掏出精心为孩子们准备好的花环、星星，还有闪闪发光的粉末。克劳德在几秒钟内就把壁炉装扮得好似天空一角那般梦幻。他将一块块压成型的纸板拼了拼，像施魔法般，壁炉旁便出现了一个有门有窗还可以打开的玩具屋。这就是孩子们日思夜想的仿真堡垒了，有吊桥、大炮，还有士兵。一切准备就绪，克劳德点燃了一些蜡烛，他的妻子把小家伙们叫醒。

"孩子们，快醒醒，看，圣诞老人来了，是爸爸带他来的。"

从睡眠中醒来的孩子不敢相信眼前的一切。克里斯托弗和娜塔莉的眼睛兴奋地看着像画一样的装置，感觉自己还没有从梦中醒来。克劳德和妻子手牵着手，眼含热泪，看着乐疯了的孩子们，一句话都没有说，就让这来之不易的团聚再久一点吧。

孩子们问着爸爸许多稀奇古怪的问题，克劳德向他们一一展示这些他亲手制作的玩具，怎么玩，哪些部分可以拆卸，哪些地方还有小窍门，就像介绍一把左轮手枪一样，有的玩具也的确仿得让人辨不清真假。克劳德就是用这些小东西把唱诗班的男孩拉拢过来的，他也随身带着它们，以备不时之需……

时间飞逝，幸福的团圆时光马上就到尾声了。

孩子们依依不舍地吻着父亲，准备回到床上继续睡觉。妻子看着他久久不语，她答应过他，不问任何关于他如何回家的问题。哪怕再疑惑,她也强忍住了内心强烈的好奇心,在最后一吻之后,她的丈夫离开了。在这个美妙的夜晚,每个人都会深深地记住这些美好的回忆。这场"越狱"画上了一个圆满的句号。

清晨六点一刻,监狱小门的门铃响了起来。一位狱警昏昏欲睡地打开了门镜往外看,看到一个人站在外面,手里拿着一个圣体盒和一顶神父的帽子。他身穿囚犯的衣服,而手臂上搭着一件神父的袍子。

"我是克劳德-特平,拉比奥兹的教事助手,他让我给他带些东西。"

看到守门人有些怀疑的神情,他又加了一句:

"您可以打电话问他一下,他在等着我……"

就这样,在1943年圣诞节的清晨,克劳德-特平没有引起任何人的怀疑,顺利地回到了属于他的牢房中。拉比奥兹神父之后被行政部门叫去问了一些关于这件事的问题,他对他们说这样的事很寻常,不要大惊小怪。

为了表示感谢,克劳德反复地对拉比奥兹神父说着:"谢谢您对发生的任何事都不感到惊讶。"

顾欣 译

# 第十个人

## 一

1940年6月15日，法国战役①结束，巴黎沦陷。法军残余的士兵不过是一群士气低落、等待被德军处理的丧家之犬。他们像没头苍蝇一样，甚至连个能做主的领导人都没有。雷蒙德-马奎中士所属的团是为数不多的仍在战斗的部队之一。这些日子以来，他们一直在圣迪埃进行最后的抵抗。但这是一场没有希望的战役，仅仅是为了保住面子，因为在弹药快要耗尽的时候，他们也不得不向德军投降。

雷蒙德-马奎像他的战友们一样放下了手中的武器，跟着长长的法军队伍走向运送战俘的带篷卡车。天空低得仿佛要把

---

① 法国战役，是指在第二次世界大战时，纳粹德国从1940年5月10日开始进攻法国及比利时、荷兰等国家。

人压死一般,大片乌云聚集在这些俘虏的头顶,天气热得令人难以忍受。他不时地看一眼身穿灰绿色军装押送他们的德国士兵。这些德国佬一个字也没有多说,似乎早就料到了这一幕。

马奎中士深深地叹了一口气。他感觉这下可完了,他变成了一名囚犯。这种感觉五味杂陈,混合了羞耻、悲伤,却又感到解脱了不少。战争对他来说已经结束了,他幸存了下来。

德国人的卡车行驶了几个小时,没有一个人说话。他的战友们也和他一样,正在慢慢让自己接受这个现实,一个改变他们未来人生的现实:成为一名阶下囚。

终于,卡车停了下来。德军的营地到了,远远看去,那里全是人。目光所及之处,塞满了营房和帐篷。

熙熙攘攘的人群让营地门口一片喧嚣。德国士兵把这些战俘像牲口一样用力地推着。

突然之间,一声刺耳的枪声响了起来。无论囚犯还是士兵,都愣在了原地。

紧接着是喊叫声,有德语还有法语,简直乱成了一团。雷蒙德-马奎最初以为:"应该是一个哨兵向空中或者向战俘开了一枪。"但随后他吓得脸色苍白,意识到事情没有那么简单。抱住腹部应声倒下的人,是个德国军官。一个战俘开枪射中了他,但无法从人群中判断出究竟是谁干的。

## 二

德国人马上从四面八方奔向这里。数十名士兵围着这些法国俘房,用步枪枪托推搡着他们,而他们的上级在高喊着什么,试图维持秩序。雷蒙德意识到,在军官倒下的地方隔离了一群战俘,正是他所在的那个团。有多少德国人在用步枪和机枪瞄准他们?可能超过两百人。

现在,他们被对方勒令排成一排,几分钟后,他们在营地入口处站成了一条长长的队伍,等待下一步的安排。

一名看上去是军官的德国人走到了队伍一端,慢慢地走着。雷蒙德-马奎不太清楚自己和其他俘房要做什么。这位军官走着走着,做了一个手势,然后停了下来,说了一些很简短的话,两个士兵急忙把一个俘房从队伍里弄出来。之后,军官继续向前走着,这次雷蒙德-马奎恍然大悟:他在数数!军官又停了下来。雷蒙德听到他用德语说"zehn",也就是法语"十"的意思,说完这个字,又有一个人从队伍中被拖了出来,军官再次开始计数,很快就把之后的俘房选了出来。

这位德国军官离雷蒙德越来越近了,雷蒙德正试图算出他会不会被挑出去,军官的手又数到了十,一个新的俘房被拎出了队伍。马奎中士紧紧地盯着排在他前面的四五个战友。如果这几个人中有人被拉出去,他就有救了。军官刚刚又念出了那个致命的"十"字。雷蒙德-马奎屏住了呼吸。他前面约有10个人,他听到军靴声离他越来越近,他把头死死地低下去,不敢面对这种恐惧。

随着一声恐怖的"十"声传来,雷蒙德-马奎感觉时间停滞了,他甚至有足够的时间把身子直起来,还有时间看到指着他的德国军官那张恶魔般的脸。雷蒙德立即被两个德国兵架出了队伍,拖到几米之外。

在那一刻,雷蒙德没有任何感觉。他觉得自己仿佛在做梦,梦里的他飘飘忽忽,却什么都抓不住。他听到军官走开的声音,伴随着一句又一句越来越远的数数声,一切好像都那么不真实。

## 三

这些被拖出来的俘虏约有20个人,他们形成了一个与其他俘虏完全分开的小团体……马奎中士不想就这样放弃求生的欲望。毕竟他们现在还不知道德国人想对他们做什么。也许他们只是被挑了出来,德国人不会对他们做什么……

但希望是虚幻的。他要做的,就是看着面对着他的那些曾经的战友们,那些刚刚从死神手里逃脱的俘虏们。在这些人脸上,雷蒙德看到了一种可悲的如释重负。这种复杂的表情既表达了对自己逃过一劫的惊喜,却也表达了对战友被抓走的痛苦。

至于其他被选中的"第十个人",他们脸上的表情也不会骗人。有的人目瞪口呆,张着大嘴,挥舞着手臂,不敢相信发生的这一切。另一些人则带着宁静的微笑,打算就此认命。在这种情况下,任何话语都显得多余,世界仿佛已经对他们关上了活着的大门。这两批命运不同的囚犯不仅仅是被德国士兵简单分离开来,他们之间有着一条隐形的深渊。

开枪!这句话是雷蒙德说的,还是他刚从某个战友那里听来的?他不知道,也无所谓。但他一下就回忆起来五年前的一些事,一段当时的记忆突然浮现在他的脑海里:毫无疑问,这段记忆影响了他的一生。那是在摩洛哥的梅克内斯,当年的他是个二等兵。有一天,他被带到了一个种满橄榄树的地方,他被上头指派成为执行死刑队的一员。他们要枪决的人是杀死了一位下士军官的穆斯林士兵。雷蒙德和其他人一起,在初凉的拂晓时分等待了很长时间,过了不久,他看到了一个被黑色绳索捆得结结实实的白色身影被押了过来。

"他现在能想些什么呢?"二等兵马奎在心里嘀咕道。

现在,他懂了。这个人什么都没时间想,只是用尽全力去感受生命终结前的几分钟。

当年那个被枪决的摩洛哥士兵,一直抬着头望着摩洛哥黎明前那纯净的天空,仿佛要把生命沉浸其中,在仅剩的时间里,用尽全力去感受这个世界。

在1940年6月的这个傍晚,雷蒙德也不由自主地凝视着布满云层和灯光的沉重天空。他能体会到一种前所未有的愤怒和力量。他感受到了干涸大地上枯萎的树木,所有的颜色、气味,还有一切周围的噪声都在他的感官世界里。

雷蒙德-马奎清楚地记得,当年的自己在步枪后边一动不动,问着自己:"他能感觉到什么?"他现在全懂了。这不是恐惧,不是害怕死亡。这是一种超越一切的状态,甚至连失去生命都不能让他害怕。他感觉流淌在血管里的不再是血液，而是一种冰冷的、难以用语言表达的液体，这种液体能切断人的呼吸，让人心悸神慌，最终窒息。

雷蒙德-马奎在他的噩梦中见过这个摩洛哥士兵千百次，每次都是当时行刑的场景。但他能做什么呢？他只是一个最普通的士兵，他只能听从上级的命令，去枪毙一个杀人犯。他清楚地记得，开枪时他最后安慰自己说："我不一定能射中他，我可能会失手，我们这么多人一起开枪，谁知道究竟是哪颗子弹送他上的西天……"

## 四

6月末的天空阴沉得不像话。不时有一阵阵夹杂着尘土的大风从地面卷起。暴风雨就要来了。雷蒙德-马奎看着几米外用枪指着他的德国士兵。他看上去年纪不大，应该有20岁了吧，这也是他在摩洛哥那年的岁数。这孩子可能就是送他们这些人去死的行刑队中的一员。他可能也在跟自己说着："我是奉命行事，只能服从上级的命令。我没有其他选择，这些法国兵是有罪的。一个俘虏用枪杀了我们的一个军官。这是一种可以被判处死刑的行为。再说，我可能根本射不准这些犯人……"

雷蒙德一直盯着那个年轻的德国士兵。对方也注意到了，反过来也盯着雷蒙德看。他们就这样互相关注着，久久没有转换视线的角度。雷蒙德有这样一种恍若隔世的感觉，好像眼前的这些场景都那么不真实，他忍不住对这个德国人笑了笑。

没过多久，营地入口处一片骚动。德国军官们发出了一些不知道是什么的命令，军靴声咔咔作响。尘土飞扬中，一辆大卡车突然刹车急停。一位看上去是头儿的军官从车上走了下来，用简短的手势行了一个标准的纳粹礼。从他肩膀上的军衔看，这人是个将军。他站在了被选出来的"第十个人"小团体面前，说了几句德语。一个光头的法国俘虏捧着头盔从队伍中走了出来。雷蒙德-马奎这时明白过来，这位德国将军刚才是在找个会德语的俘虏做翻译。

然后他开始发号施令。就像希特勒一样激烈地演讲，句句都透着一股恐怖的氛围。他喊得满脸通红，声嘶力竭，时而转向他们这些法国俘虏，时而转向其他方向，还时不时地指着被挑出来的这些倒霉蛋。雷蒙德对将军的喊话完全不在意，毫无疑问，将军在送他们去死之前，肯定会用侮辱的话语来掩盖他们的真实情况。雷蒙德又看了看天空，他带着困惑问自己："这场暴风雨究竟什么时候才爆发？"仿佛这场风暴很重要，仿佛他就要去风云里面看个究竟一样。自从对着那个德国士兵露出笑容之后，他已经找到了内心的宁静。基本上，他控制不了自己的命运，他对此无能为力。他已经被选为受害者之一，正如当年他被选为刽子手一样。这只是上天安排的一个角色转换的问题，再简单不过。

将军的长篇大论终于结束了，他说完就迅速回到了自己的车里。这时翻译上前一步，他的情绪有些激动，看上去很难保持正常的声音。

他说道："将军说，这些被抽出来的人不会被枪毙，破例宽大处理，之后会被送去战俘营。"

几分钟后，雷蒙德-马奎重新回到战友那里，他依旧对战友们热情的拥抱和话语毫无反应。他好像失去了感受外界的能力，脑袋里空无一物，除了一个念头，一个傻乎乎的、一直出现在他脑海里赶也赶不走的执念："今晚，那个年轻的德国兵不会做噩梦。"

顾欣 译

# 钢琴家之死

## 一

这是4个背景完全不同的男人。4人在马德里一个小广场的两侧埋伏着,他们之间相隔不过50米的距离。这是1939年3月初,这4个人,正处于西班牙内战[①]刚结束、佛朗哥[②]一派刚取得了战争胜利的特殊时期。他们之中的3个人即将被卷入一场血雨腥风之中,而剩下的那一位,则为这一幕做了见证人。这4人中有两人是佛朗哥将军口中的"西班牙国民军"[③]成员:

---

[①] 西班牙内战:在西班牙第二共和国发生的一场内战,认为是第二次世界大战发生的前奏。
[②] 弗朗西斯科·佛朗哥,西班牙政治家,军事家,西班牙内战期间推翻民主共和国的民族主义军队领袖,法西斯主义独裁者。
[③] 西班牙国民军:指的是1936年7月18日至1939年4月1日的西班牙内战中,对共和政府发动叛乱的军队。

何塞-戈麦斯，20岁，在他叔叔的恳请下加入了佛朗哥军队。他的这位叔叔是毕尔巴鄂的一位牧师，为了说服何塞，讲了不少关于共和政府军[①]在离开他所处城市时所犯下的暴行，另外，加入当时的国民军会得到丰厚的报酬及津贴。

另外一个人，他的名字是马尼埃尔-普里莫-阿索纳，他从1936年7月开始就站在佛朗哥这一边，是最早和佛朗哥将军一起离开加那利群岛[②]，加入西班牙国民军的忠实部下之一。他精通各式武器，也痴迷于这个领域。他是一名天生的士兵，就像其他人擅长做面包师一样，命运让这些人找到属于自己的一片天地。他凭借自己在武器上的特长当上了中尉。他勇敢却不鲁莽，严厉却又宽容，并且一向主张拒绝私刑，把经手的犯错之人都交由法院来审判和定罪。

在共和政府军这边，一名士兵名叫米歇尔-普伊格。他曾是巴黎的一位钢琴家，因为厌恶人们对自由伸出的魔手，于是加入了当时的国际反西班牙国民军的组织，再简单不过的理由。米歇尔是巴斯克人，曾在巴黎音乐学院就读。1937年4月的一天，他正在巴黎蒙马特的一家歌舞厅上班，德国空军轰炸了西班牙北部巴克斯重镇格尔尼卡，1654人被炸弹夺去了宝贵的生命——他被这起事件深深地撼动了。1937年底，他加入了

---

[①] 共和政府军：当时西班牙共和国总统曼努埃尔-阿扎尼亚统领的共和政府军。
[②] 加那利群岛：是非洲西北海域的岛屿群，面积7273平方公里，现在是西班牙的一个自治区。

国际援助军组织。他是一位满腔热血的理想主义者,哪怕他最好的朋友被拥护佛朗哥主义的人抓走,并在国民军攻占特鲁埃尔①的战役中受尽酷刑,也从未动摇过他反击叛军的决心。

4人中的最后一位是年轻的法国记者,也是一位热爱自由的人,他叫安德烈-拉巴特斯,是共和国政府军派往前线的战地记者。

## 二

这4位主人公和其他人一起,蹲在被德国神鹰军团的飞机反复轰炸过的房屋废墟中伺机而动。飞机轰炸过后紧接着就是地面大炮交火,然后是手榴弹的攻击,最后是用刺刀甚至短刀进行徒手搏斗。在长达两周的对峙中,双方寸土必争,哪怕是一个广场、一条街道甚至一堵墙,都不遗余力地争夺。抢占马德里的战斗已经进入到了白热化阶段……

在这个春天的早晨,马尼埃尔-普里莫-阿索纳中尉负责的

---

① 特鲁埃尔战役:西班牙内战期间,共和国政府军与叛军国民军争夺特鲁埃尔的一系列战斗。1937年12月初,萨拉维亚和梅嫩迪斯指挥共和国军向叛军进攻。德阿古尔上校所率叛军守卫的特鲁埃尔城遭到攻击后反击,但被共和国军击退。12月15日,特鲁埃尔守军投降,共和国军占领该城后,反被叛军包围达两个月之久,以损失2万余人的代价击退了叛军骑兵的进攻。不久,亚格指挥的摩洛哥部队从北面切断了特鲁埃尔与外界的联系。1938年2月22日,萨拉维亚只得放弃特鲁埃尔,向巴伦西亚撤退。

侦察班向一个堆满房屋残骸的小广场前进。米歇尔-普伊格所在的安德烈-拉巴特斯侦察班也正巧来到了这里，突然，两支队伍的队长用一个停止的手势阻止了士兵的继续前进。

在这片荒凉的地面中间，在已经被炸得面目全非的房屋里，有些家具、一个楼梯，还有一架钢琴。这架钢琴是从哪来的，它是怎么幸存下来的，没有人知道真相。毫无疑问，这些巧合堆积在一起，大家都感觉不可思议，甚至可以说是一个奇迹。总之，钢琴就在那里摆着，几乎完好无损——虽然布满了灰尘，但完好无损。

马尼埃尔-普里莫-阿索纳转过身子，对何塞-戈麦斯努了努嘴，说道：

"这不是在做梦吧？"

时间仿佛停止了，一连串的回忆涌进了他的脑海。他感觉自己回到了孩童时期，在父母的客厅里弹奏着音阶。他的父亲手里拿着一根小木棍，盯着他手指弹奏的轨迹，在手指变得"僵硬"时，就轻敲一下，把错误的动作帮他纠正过来。那时的生活多么让人怀念啊，一股幸福的热流把他淹没了。但他很快就意识到那些画面只是幻象，背后何塞的枪尖杵了他一下，说："快看！"

在那边，在一些瓦砾的后边，有一个蹲伏的身影在前进着。何塞调整了一下他的步枪，但马尼埃尔招手让他别心急，再等等看。现在就算开枪也徒劳无功，只会打草惊蛇。按兵不动才是最好的法子。没有人能从后边袭击他们，而前方的视线足够清晰开阔，可以先看看对方想干什么，不用着急。

中尉以身作则，他坐在木头堆上，整个侦察班也是如此。当时是下午1点左右，万里无云的蔚蓝天空中，阳光灿烂。只有昆虫的嗡嗡声不时扰乱宁静的小广场。突然，在这片寂静的地方，4个音符的声音一个接一个地响起，听着有些疏离感，更让人感觉仿佛不是真的。马尼埃尔不费吹灰之力就认出了它们，哆、咪、嗦、哆。男人们互相交换了一个惊讶的眼神，这声音是从钢琴那里发出来的。

还没等大家做出反应，又有三个音符响起，然后是一个漂亮的和弦声。马尼埃尔立即示意他的手下不要动。会弹奏《红》这首曲子的肯定是位钢琴家，那完美的和弦是不会骗人的。这是世界上所有钢琴家试琴时的做法。马尼埃尔弯下腰看了看钢琴的背面，有些破损的帆布像旗帜一样在风中挥舞着。

共和政府军那边的钢琴家小心翼翼地藏在钢琴另一面演奏着琶音。他的手指在键盘上优雅又准确地上下飞舞，让大家对这位演奏者的水平深信不疑。然后，在一个新的和弦之后，一个旋律自然而然地随之而来，马努埃尔立即认出了这段音符——钢琴家格拉纳多斯创作的著名的《西班牙舞曲第五号》，他的母亲经常弹奏这首曲子来自娱自乐。

中尉转过身看着被音乐迷住的手下。生命中的确有些时候，会遗忘时间。在这荒寂的废墟，在这无情又残酷的战争中心，在这血缘相通却又以自由为名互相残杀的地方，这段钢琴曲的出现就像梦一般不真实，让所有在几分钟前还在毫无怜悯互相杀戮的士兵们都感觉自己又活了过来。

格拉纳多斯的壮丽旋律就这样在残破的首都那万里无云的天空中升起，替这些士兵们按下了停战的按钮。战争被强烈的情感所替代。相同的感受让他们暂时忘却了残酷的现实。马尼埃尔闭上了自己的眼睛，他仿佛回到了母亲点头示意他翻开乐谱的那一幕里。母亲那美丽的双手，白色的长袖下樱桃色的指甲充满了光泽……

在广场的另一边，距离国民军几米远的地方，共和军也受到了钢琴曲的影响，法国人安德烈-拉巴特斯观察着这位演奏者一点一点坐直了起来，以便更好地弹奏这首曲子。他好像从这残酷的战场中抽离了出去，在他身边，国际援助军队的其他人也享受着这难得的一刻，士兵们全都纹丝不动。

马尼埃尔稍稍斜了下身子，看向钢琴的方向。现在他看到了钢琴家的脸。他也一样，在这一刻没有人是战场上的战士，他戴着眼镜，一撮大胡子遮住了半张脸，脸上映出了一种耐人寻味的幸福感，头还随着旋律的节奏轻轻地摇摆着……

## 三

在耳边一声爆炸声响起的一瞬间，马努埃尔还没有反应过来发生了什么。钢琴家那边的演奏声戛然而止，他还没弹完之后的一个和弦，意外发生了。中尉转过头来，看到何塞慢慢放下了步枪，枪管的末端仍冒着一缕烟。马努埃尔多希望自己真的在梦中,在噩梦里,当情绪达到了一个人不能承受的程度时,就会一觉醒来。但这不是梦,一切都是真实的。钢琴那里又恢复了一片死寂。

面对这种冷血的偷袭,马努埃尔从何塞手中把枪抢了过去,用手枪瞄准了他的方向。几米开外的法国人安德烈,和所有身处此境的这起悲剧目击者一样,目瞪口呆。在钢琴前面,音乐家正双臂打开,仰面倒在地上。他额头正中被击中,血像溪水一样涓涓流出,鼻梁上的眼镜也被甩到了下巴那里。他的手张得大大的,就像他的双眼一样,面对天空,再也发不出任何声音。愤怒和反感突然蔓延在这些目击者之中。安德烈站起身来,握住枪,正准备张嘴说点什么。但他没有时间说出任何言语。对面那些佛朗哥派的拥护者们又对他们这边扣响了扳机。

他垂头丧气地放下枪,慢慢坐下来。他感觉太累了,浑身一点力气都没有,整个人被这愚蠢的战争彻底击垮了。他的脑海里不禁浮现出一本书的名字,前几年法国作家马尔罗[①]写的一本书:《人的境遇》[②]。眼前的这一切,就是最好的证明。

顾欣 译

---

[①] 马尔罗(1901—1976),法国作家、政治家,曾任法国文化部长,为促进法中文化交流做出过很大的贡献。
[②] 《人的境遇》,获得1933年度法国的文学大奖龚古尔奖。

# 一个真实的形象

## 一

不知道这是好是坏。发生在罗耶先生上的事情不会发生在其他人身上,但也许发生了也不是坏事。

我们死去,我们消失,我们回归大地,我们只不过是那些爱我们或恨我们的人心中的灰烬和记忆。这一定有原因,有充分的理由。

活在世上的81年中,罗耶先生很少度过这样一个令人不愉快的早晨。罗耶先生现年81岁,性格开朗,就像对待其他事情一样,从这个世界上消失的想法不会让他沮丧,他会努力不去想太多。但是今早即将发生的事真是令人毛骨悚然,因为在欧洲的基督教中仍存在这种不可思议的习俗。

罗耶先生的家族拥有一个历史久远的地窖。那是一个巨大的地窖，也可以说是第二居所或永恒居所，在那里，兄弟、姐妹、父亲和堂兄弟姐妹已经沉睡了一个世纪。然后不愿发生的事已经发生了。这个大地窖已没有更多的空间，必须执行以下措施，用官方术语来说：缩减空间。也就是说，将所有棺材里的骸骨和骨灰聚集在同一口棺材里，为他人腾出空间。这是常规操作，即使异常恐怖，也必须在见证人的监督下进行。这需要一位家庭成员和一位警局的特派员在场。必须这样执行，这是就是法律、法则，这正是今早等着罗耶先生的事情。他的堂兄逝世，需要一个空间。而且他是家族直系血脉中唯一的长辈，因而此事会优先召唤他而不是家族的其他后辈们。在这个大地窖中，有罗耶先生的父亲、母亲、叔叔们和姑妈们。因此，必须由他来参加每个棺材的开棺仪式，如果在棺材里发现了珠宝或者其他私人物品，将会在警官的见证下，交还给他，并由他签署收据。

　　罗耶先生戴上黑色领带，穿上灰色西服。他的手有点发抖，今日他不得不看向那些骸骨，但他更希望保护未破坏的记忆。他的父亲是一名医生，他信仰耶稣，一生都在不断学习。父亲在他出生时便丧偶，失去了至爱。他未曾见过母亲，母亲在32岁时就与世长辞，因精疲力竭和肺结核，生下最后一个儿子便撒手人寰，而他活了下来。罗耶先生只见过仅存的她的一张照片。这张照片长期以来一直是父亲的珍宝，当父亲去世时，照片也随之陪葬。那件珍宝永远消失了。它是那么的珍贵，因为它独一无二。

## 二

椭圆形的浅金色相框中，有一张美丽的女人脸庞，她梳着金色的辫子，像那些只存在于梦中或童话中的人一样美丽。罗耶先生仿佛可以听到父亲讲述她的美丽：雪白的肌肤，明亮的双眸，金色的长发，娇弱的身体……

艾米莉，莫里斯·罗耶的妻子，一位受到宠爱的女人。儿子罗耶常常想起她把他生下便死去的情景，她是如此的美丽，而他如此的难看。尤其如今，80年后的1978年，他时常想念母亲。

罗耶先生出发前最后看了一眼父亲的画像，那是一位无可争议的杰出医生，也是一位永远的鳏夫。随后他想到了母亲，哽咽起来。

当想到只见骸骨和尘土而非被金色的辫子包围的脸庞时，可怜的罗耶先生感到不适。"我不愿面对……"他自言自语。

"但是必须这么做。我不愿看。但是我会被迫观看！这些令人震惊的习俗是多么愚蠢。为什么不把堂兄埋葬在别的地方呢？"

罗耶先生步履蹒跚，挂着拐杖，走过宁静的小路。天空湛蓝，阳光刺眼。为什么鸟儿在墓地唱歌？一些人已经在家族地窖入口处等待——守门人、工人们和警局专员。

"早上好！"罗耶先生说。

"我们跟随着您。"警官说道，他侧身站在地窖入口处的小教堂的栏杆旁。

"我们跟随着您……"罗耶先生认为这样不是太好。"无论如何，我就是第一个进来的人。"工人们干活的时候，一阵寒战让他背脊发凉。

　　按照他们离世的次序，倒序着先出现塞巴斯蒂安叔叔的清漆橡木棺材，而后是阿芙斯姑姑和堂兄皮埃尔的棺材。工人们用青铜扳手打开这些棺材，即使钉子生锈，也丝毫不影响工作进度。

　　罗耶先生低着头，尽量避免观看，而那些工人们已习惯这种工作，他们从容地对棺材内的珠宝进行归档分类。罗耶先生试图看向别处，但是这地方并不大。他想离开一会儿，然而眼下正在处理的对象是他的父亲，对父亲的敬重使他重新站直。他回忆着父亲那宽阔而聪明的额头，脸庞时常带着的淡淡笑容，他的恐惧感减轻了些许。罗耶先生坚定地伸出手，工人们将父母的结婚戒指交到了他手上。父亲生前一直都戴着两个，罗耶先生紧紧地将它们握在手心。最小的棺材是他母亲的，人们现在就要打开这个棺材。除了那张仅有的照片外，他一生从未见过母亲。艾米莉于1892年去世，享年32岁。

## 三

　　铅质棺材被密封得很严实，这让工人们感到十分惊讶。打开棺材的工作需要费一些时间。对于一个1898年死去的女人来说，棺材完全由铅打造，实在是匪夷所思……罗耶先生想休息一会儿吗？不，他想看下去。一种奇怪的吸引力使他在冰冷的地窖里完全无法动弹。他一动不动地看着那些工人们冷静地用各种工具敲打、切割、拆焊……他仿佛觉得被小心翼翼葬在这里的是一位女王。

最后铅质棺盖被炸掉,但发现仍有一块珍贵的木质棺盖,工人们小心地将其打开,因为它看上去似乎完好无损。罗耶先生呼吸急促,他的目光紧紧地跟随着工人们的动作,身体紧张地颤抖起来,而其他人突然吓了一跳。

棺材打开的瞬间,空气掠过一支保存完好的纤细苍白的手。艾米莉穿着白色蕾丝衬衫,她闭着眼睛,面孔苍白,梳着两条金色的辫子,完好无损。她终年32岁,而81岁的儿子之前却从未见过她,他内心充满惊讶、恐惧等复杂情绪。

年老的儿子面对年轻的母亲,他们在另一个年龄相遇,这真是太奇怪了。艾米莉正是照片中的那个女人,正如他想象的那样,这是他81岁的生命中日思夜想的人。警官提出了这样一个假设:

"我猜测您的父亲对他的妻子进行了防腐香料保存处理。他是一名医生,更是一位痴情人,他崇拜这张完美的脸庞……"

罗耶先生点点头。是的,他父亲的确做到了,这很明显。他曾希望完好地保存这个他在世上最爱的脸庞,但他从未向儿子透露过此事。儿子流下眼泪,全神贯注地看着从未见过的母亲,他突然感到一丝嫉妒,在81岁的高龄……

孔源源　译

# 世界上最大的蜘蛛

一

毛绒狼蛛是世界上最大的蜘蛛。腿伸展开来,长达20厘米。

它叮咬的毒性被夸大了,但仍然非常危险。因为毛绒狼蛛具有捕获小鸟的声誉,因此在南美被赋予了"捕鸟蜘蛛"的绰号。它的外表令人恐惧,身体和双腿都长满了绒毛,且可以惊人的速度跳跃。谢天谢地,它只生活在炎热的地区。

然而在1960年,在苏格兰一个迷人的小镇上,一家超市的仓库管理员克里斯蒂安·谢维特打开了装着南美香蕉的箱子。然后他突然看到一个巨大的蜘蛛从箱子里冒出来,停在距离他的脸不到40厘米的地方,用三双眼睛看着他。

某些蛇会催眠鸟类,黑色的狼蛛也会此技能,因此年轻的克里斯蒂安愣在那里，几秒钟内纹丝不动，嘴巴张开，眼睛因恐惧而睁大，手势暂停。蜘蛛往后退了一点，仓库管理员发出一声可怕的叫声，狼蛛跃起并消失在箱子后面。克里斯蒂安·谢维特冲进超市大喊：

"蜘蛛！蜘蛛！"

超市经理格伦·费尔班克急忙赶过来，生气地问：

"来吧，男孩，冷静点，你怎么了？商店里不能大吵大闹，可以做到吗？"

谢维特抬起胳膊指向仓库，哽咽地解释说他看到了一只蜘蛛。店长回答道，大家每天都见到它们，但是尽管如此，感谢上帝，没有人这么大吵大闹。

"但它是一个怪物，它有那么大！"

面对这位年轻雇员用手比出的巨大尺寸，格伦·费尔班克沉思了一会儿，以至于他忘记关上存放酒精饮料的仓库门，而另一声尖叫使他的血液凝固。

"在这里，它在洗衣粉货柜这边。"仓库管理员结结巴巴地说。

店长鼓起勇气，就从保洁员手中抢下了一把扫帚，冲上前去。当他刚来到洗衣粉货架的时，另外一声恐怖的尖叫声从罐头食品区传来。当他快要接近食品区时，尖叫声一路穿过了零部件区和照明灯具区，直到管理部门办公室的大门。

扫帚各种挥舞，格伦·费尔班克跟随着怪兽前进的路线，超市里弥漫着恐慌的气氛。他发现自己在办公室门口，恰好双臂接住了虚弱的芭蕾特小姐。

"那里……那里……那里……"

"是的,我知道,蜘蛛……它在哪?"

秘书用颤抖的手指着通往办公室的走廊。

"它被陷阱困住了。"店长说,顺手把门关上。临时军事委员会立即成立。所有见过蜘蛛的人们意见一致:它的体型非常庞大,它的身体有拳头那么大,它的腿张开有茶碟那么宽。

## 二

一位来自殖民地的老者一眼就认出这是著名的黑寡妇。他在墨西哥见过它。它一旦咬人是致命的!他这么补充道。一位女士谨慎地提出"因为它有绒毛",可能是毛绒狼蛛,但这不会降低这只动物的攻击性。

费尔班克说:"无论它叫什么名字,最主要的是找到它并杀死它,以免它伤及无辜。"

突击队组织起来了。一名男子在前,两名男子在后,装备来自于园艺货架——铁锹、铁叉、镐子。巡逻队逐步推进,搜索办公室。店长手持一把手电筒,仔细检查办公桌下、家具背后及壁橱里。三个男人仔细地搜查,不放过任何一个角落。

一无所获。经过半小时的搜寻,他们不得不面对事实。

显然,办公室的窗户是打开的,它可能已经逃走,然后爬上了墙。这种不确定性让格伦·费尔班克激动得跳了起来。上方正是他家公寓的窗户，如果其中一扇是打开的话。

突击队再次出发。清洁女工紧张不安地在店长家开展细致的搜索。

费尔班克家什么也没发现。这太好了，但对于其他人来说太糟糕了，就目前的情况来说，必须通知当地政府了。"一只巨大的蜘蛛从箱子里逃脱了，这给民众的生命安全造成威胁。"

在城里，人们已经很恐慌了。谣言散布开来且被添油加醋。这种毛绒动物能以超乎想象的速度前进，能爬上墙壁，这最能激起听过目击者叙述的人的想象力。市政厅被电话淹没。"我们必须保护自己。做点什么。"市长采取必要的紧急措施。由警察、消防员、志愿者组成几个巡逻队，他们配备棍子，出发搜索整个城市。

市民们被警告："请自备杀虫喷雾器。冷静地对准目标，并在尽可能长的时间内喷射。保持冷静。毕竟，它是一只大蜘蛛……"

经过五个小时的搜索，街道、下水道、地下室、阁楼、楼梯、庭院、花园、垃圾桶、客厅、厨房，没有任何发现……

夜幕降临，没有发现"怪物"的踪影。为了消除人们在夜间恐慌情绪，市政厅发表了一份声明："在几公里之外的地方，有人发现了大蜘蛛，它离开了城市。"无论这是真相还是谎言？那天晚上，大家都关好了门窗……

## 三

大约凌晨2点左右,格伦·费尔班克被门厅不寻常的噪声吵醒了。他立即想到那只蜘蛛。但他手上没有任何武器!杀虫喷雾器在厨房橱柜里。安静了一会后,噪声重现,声音越来越大。一只蜘蛛,甚至是巨型蜘蛛,都无法发出那种声音!

突然他房间的门开了,一只动物冲进来,停在床脚下。

猫!是猫在追东西。费尔班克出了一身冷汗。这只猫的怒气不可能是由普通的老鼠引起的,因为它一口就能将其吃掉。猫如此生气,那可能是毛绒怪物曾出现在它面前。

而就在店长伸出手打开床头灯的那一刻,他看到了它。它爬上墙,而猫发出愤怒的叫声。店长因恐惧而瘫倒。他的手指放在开关上,但不敢按下去。这个动物像个怪物一样!那些描述并不夸张。连猫都害怕。它躲在床底下,继续发出愤怒的吼声。

费尔班克心怀恐惧,脸色苍白,他双眼追踪着沿墙壁前进的动物,那可怕的动物已经到达天花板,开始沿着天花板向窗户爬去。至少他有个好主意——那就把窗户打开!如果它攻击他,他没有任何自卫的能力。格伦·费尔班克小心翼翼地转向床头柜。闹钟、水杯、台灯、电话以及他刚看完的一本书⋯⋯是的,书总比没有的好。

他推测着袭击的可能性,而蜘蛛则沿着窗户上方的墙壁继续前进,已经来到墙角了,它如果要跳向他身后的墙,则必将越过他的头……

格伦·费尔班克想跳下床,冲向走廊,但是他吓得好像被钉住了一样,连小手指也无法动弹。他只能眼睁睁恐惧地看着。

距他不到2米的那个凶猛动物沿着墙壁缓慢滑动,长长的毛爪一个接一个地移动,动作完全同步。它在离地面1米的地方停了片刻,然后以一个非常快的角度朝向床的方向移动。

简直太恐怖了,格伦·费尔班克抓起他的书,扔向那个怪物,随后怪物掉在地上。这时,猫从床底下像闪电一样跑出来,猫攻击了它,刹那间,这个男人重新获得了能量。他从床上一跃而起,捡起一只鞋子,拍向由猫爪控制住的蜘蛛。他不停地拍下去,向疯子一样发起攻击。

当他停止时,可怕的动物被杀死了。猫舔了舔爪子,费尔班克意识到猫被咬了。该男子毫不犹豫地将它抱在怀里,而后他叫醒了兽医,立即对它进行治疗。毛绒狼蛛的战胜者在两天内状况堪忧,但它最终活了下来,并将获得所有英国媒体的尊重。

根据英国人一贯的严谨做派,猫咪将获得迪金奖章[①],这是我们的动物朋友在英国被授予的最高官方奖励,一种荣誉军团奖。

孔源源 译

---

[①] 迪金奖章是英国的玛丽亚·迪金在第二次世界大战中设立的,用于授予并表彰英国军队中在战场上有出色行为的动物。

# 连续打嗝十五天

一

"胸部隔膜痉挛收缩,伴随着气体通过咽喉发出特别的噪声。"这是什么?呃逆,俗称打嗝。

还有什么比打嗝更令人不悦的呢?这种系统性的痉挛发生在一个无助的人身上是最糟糕的事情。他等待着,不敢呼吸,他小口地喝水,喘不过气来……"就这样,可能已经没事了。"当人们重新站起来……"咯!"它又发生了。

谁还没有经历过打嗝?这种令人痛苦、滑稽的痉挛会让人无法集中注意力,它会持续5分钟、10分钟、20分钟或一个小时,仅此而已。这是普通人平均打嗝的时长。

但如果打嗝持续一整天,再加上一个晚上,然后又是另一天……直到第六天,任何人都愿意做任何事情来克服它。真的是愿意尝试任何事。

在美国达拉斯市，杜利特尔夫妇的小公寓里，杜利特尔女士连续打嗝了六天，非常沮丧。杜利特尔太太躺在床上，靠在一堆垫子上，眼神惊慌，嘴巴微张，头发蓬乱。通常，每隔十秒或十二秒，她的身体就会因痉挛而颤抖，讨厌的小嗝就从嘴唇间跑出来。

杜利特尔先生尽了一切努力。目前所有流行的方法，那些所谓的"激进"方法都尝试过：窒息至极限，脖子上挂钥匙，将一根火柴架在杯子上并把水喝掉，将冰块突然放在太阳穴上，充满空气的纸袋被突然被压扁而爆开（通常情况下会让人突然发笑）。但一切无济于事。

杜利特尔太太甚至尝试过倒立、莲花式盘腿，尝试过全身浸入冷水或热水，或重复交替。他们非常绝望。杜利特夫妇咨询相关人士，他们一起去看了三四名医生，使用了不同的方法，沐浴、喝糖浆、电击、按摩，但没有任何效果。

## 二

但是在打嗝的第六天，杜利特尔女士充满了希望。最后的希望——GOLD-HANDS（金手指）要来了。他是名治疗师。据说金手指能治百病。他收集了各种神奇的治疗方法。杜利特尔先生之前去拜访他，向他介绍了妻子的病情，由于她拒绝离开床榻，他决定让治疗师来他家。

这位访客穿着红色缎面内衬，装饰着白鼬皮领子的大黑斗篷。杜利特尔太太抬头疑惑地看着他，有些惊讶。这个浑身散发着樟脑丸味的大胡子男人会做些什么呢？

杜利特尔先生急忙安慰她：

"这是金手指先生，你知道的，我跟你提过他，他会把你治愈的。"杜利特尔夫人同意了治疗，随后打了一声嗝，那声音比其他人发出的响亮很多，之后发出令人伤心的叹息。这六天里，她一直满怀希望。第六天，在没有打嗝的十五秒钟后，她相信的奇迹出现了，但突然之间一切又重新开始了。因此，毫无疑问，她愿意做任何事情来恢复正常的生活。

金手指脱下他的斗篷，卷起袖子，在手上洒几滴小瓶子里的药水，抹在不幸的女人的背上，并请让她躺下，随之猛地给她肚子一拳。在强烈的撞击下，杜利特尔太太张大了嘴，痛苦地睁大了眼睛。金手指平静地擦拭他的双手，翻下袖子，平静地说道：

"好了！"

杜利特尔太太等待着新的嗝，但并没有发生。真的治好了吗？治疗师露出自信从容的表情，杜利特尔先生将一张支票放入了他的手中，他穿上了斗篷，在丈夫的陪伴下离开。两分钟过去了。

丈夫回到房间冲向妻子：

"如何，成功了吗？"

"咯！"后者回答，瘫倒在床上。

打嗝又开始了。

## 三

日子一天天过去,七天、八天、九天。第十天,朋友推荐的一名社区医生建议杜利特尔太太恢复正常生活。他认为,这是唯一的解决方案:

"您越不期待,它发生的次数就会越少。必须要骗过自己的身体,首先要做的就是不听从它。"

无奈之下,杜利特尔太太接受了这个方法。她离开床,穿好衣服,逛街,准备食材,在一直打着嗝的状态。她接受这种不舒服而有节奏的生活,期待能骗过自己的身体。而且由于在第十一、十二、十三、十四天并没有什么特别的事情发生,在第十四天的早晨,杜利特尔先生决定制造一个非比寻常的"惊喜"。但不是普通的让人惊讶的事。

这会是一个令人震惊的、激进的、绝对出其不意的恶作剧!

杜利特尔太太离开家去购物不久,他就从秘密的袋子中取出了前一天买来的道具。蓬松的假发,吸血鬼的牙齿,用来涂眼窝的红笔,假胡须,假指甲。突然之间,最温情的丈夫变成了一个丑陋的怪物,有着充血的眼睛,并流着唾沫,那是由放在舌头下方的一小块肥皂产生的,总之,一副精神错乱、荒谬的样子。杜利特尔先生穿着一件旧陆军雨衣,戴上一顶脏帽子,手插在口袋里,左轮手枪正放在这口袋中,他之前小心地把空包弹放入弹夹，他急忙赶去妻子日常行走的轨迹路线。由于他非常了解妻子的行程，于是他在大街那里等着采购完的妻子。杜利特尔先生躲在一张敞开的报纸后面，等着妻子走过去，突然他发出可怕的叫声，冲到她身后。不幸的女人转头看到一个张牙舞爪的怪物，举着左轮手枪对着她的鼻子。

杜利特尔夫人撒腿就跑，她要逃离这个对她发火的疯子。可怜的女人极度恐慌，尖叫着寻求帮助。

目瞪口呆的路人看着这位惊恐的女人跑过，被一个丑陋的怪物追赶，他嘴角冒着白沫，手指上沾满了血，那是他双手捏破了血红蛋白胶囊造成的假血……这就是德古拉风格的最佳诠释。

他们通过时，如同一股浪潮。目击者如流水般躲进商店或建筑物的入口。有些人脸朝下，抱着头，还有一些人则冲到马路对面，冒着被汽车撞到的危险。恐怖的怪物试图向可怜的女人开枪，这惊悚的场景引起了正在银行前值班的警察的注意。他勇敢地追赶怪物。目击者们受到这一行为的激励，也纷纷加入行动中。马上，这一小队人群靠近了那个已经对着无辜女人打光子弹的疯子。

一个跑得很快的年轻人成功地踢了怪物重重的一腿。怪物倒在地面，彻底瘫在人行道上。他立即被殴打。他试图去解释，但人们并没有给他时间。拳头来自四面八方，他很快就毫无生气地躺在沥青马路上，碎片、碎布、碎屑散落四处。

这里有牙齿、头发、脱落的指甲、垂下的胡须。警察弯下腰，拿开多余的道具。

就在那时，围观的人群中有人认出了他，用谴责地语气说道：

"那不正是杜利特尔先生嘛！"

不幸的男人在医院刚缓过劲来，第一个询问的便是他的妻子是否还在打嗝。

杜利特尔太太不再打嗝。在这几分钟的奔跑过程中，恐惧感使她的身体非常不适，以致痉挛消失了。她赶到"怪物"丈夫的床旁，感谢他想象出这种有效的治疗方法。

几周后，杜利特尔先生被传唤到达拉斯法院。针对他的起诉已被提出，他必须在法官面前对自己的行为负责。经过漫长的开庭审理，法官做出了判决。

"被告人，请站起来。鉴于您传播可怕的形象以及开枪的行为给城市造成恐慌，让许多民众陷于混乱，随后您也在混乱中被警棍殴打……本法庭判你两个月的监禁。但考虑到您的行为旨在治愈妻子的顽固性打嗝，并考虑到打嗝症状已经消失……本法庭认为相应的惩罚已经在这奇怪的治疗方案结束后自发实施了，您现在自由了。"

杜利特尔先生倒在妻子的怀里，并提出晚上到餐厅庆祝。

她露出灿烂的笑容高兴地答应了。

孔源源　译

# 充满希望的晚报

19岁的理查德-斯威克,他对一切充满好奇,同时又有点天真,容易受人影响,有着怀疑精神。

理查德-斯威克从15岁起就在俄克拉荷马州的绍尼市出售报纸。现在是1955年,这意味着自从1950年理查德就开始了解世界上发生的事情。在周末报纸的最后一页上,他看到了各种各样的吸引眼球的悲惨故事、耸人听闻的故事。他知道关于冷战、好莱坞婚姻、政治选举的所有细节。

理查德-斯威克只是大声叫卖报纸,喊出文明世界的新闻而已,这很简单,但他不再相信任何事情。

在他看来,自从他出生以来,他什么都不相信。无论是对父亲,还是母亲,一个失业的酗酒者,另一个什么事也不做,简直是一无是处。他不相信学习,几乎不工作,也不打算换工作。如果我们可以把报童在街头叫卖报纸称之为职业的话。

每天晚上，在绍尼市的人行道上，理查德-斯威克穿着他的球鞋，一大捆报纸扛在肩膀上，他面朝向天空，大声喊道：

"新鲜出炉的晚间新闻……"

人们认识他，从热狗摊贩到擦鞋匠，到处都是他的朋友。这街头巷尾就是他的家，这街头巷尾上的人们就是他的家人。他的生活就在这街头巷尾。

如今，理查德-斯威克坐在人行道的边缘，这种情况极为罕见：他在读报纸。他读到一件非常奇特的新闻，没有人会相信这奇妙的事情发生！

该文章的标题占了五个专栏："转世轮回是存在的……一个死于一个世纪前的妇女讲述了自己在爱尔兰的前世生活。"

理查德是爱尔兰裔。他那棕红色乱糟糟的头发就是最好的证明。但让理查德着迷的并不是19世纪60年代的爱尔兰生活，而是转世轮回这件事。

嘲笑一切且什么都不相信的人刚刚发现了一件事物的本质：我们活着，我们死亡，我们可以重生。理查德从未想过自己会死去。与许多青少年不同，他不关心这话题。他甚至没有意识到自己还活着吗？

理查德并不是愚蠢或智障，他向朋友热狗贩子解释道：

"当我们活着时，我们没有意识到自己活着，难道你不觉得这很可笑吗？"

从那天起，理查德-斯威克不再满足于出售报纸，而是像1955年的所有美国人一样，热情地阅读报纸，因为大家都着迷于布莱迪-墨菲的奇幻故事。布莱迪-墨菲是一位爱尔兰女士，她大约在一个半世纪前，19世纪初时居住在爱尔兰。如今她是露丝-西蒙斯女士，在20世纪50年代，她居住在美国。

有一天，露丝-西蒙斯发现她经历了转世轮回。奇怪的回忆浮现在她的脑海里，科学家们、记者们、美国民众都对她进行询问。因为那位女士看起来一点也不疯狂。由于转世轮回不属于西方信仰的一部分，民众不会轻易相信这一说法。对于那些坚信天堂、地狱的人们，这同样难以相信。

露丝-西蒙斯是一位理智的女士，40多岁，表情平静，中等收入，住在科罗拉多州的普韦布洛。她有一位丈夫，一座房子，一群孩子，一台冰箱，右脸颊上有一颗美人痣。除此之外，她的生活中没有什么特别的。然而，有一天在与朋友共进晚餐时，露丝-西蒙斯突然感到不适，睁大了眼睛，她起身，道歉，离开座位去喝了一杯水，回来后惊恐地大叫：

"我曾经过了另一种生活！……我想起来了……那是我，那就是我，我叫布莱迪-墨菲。房子在爱尔兰，我的裙子是黑色的。我父亲在监狱里。我们输了都柏林战役，英格兰人拥有枪支，他们要屠杀我们，我逃跑了……"

恐惧与惊愕笼罩着露丝-西蒙斯，突然她又变成了爱尔兰的布莱迪-墨菲，讲述了罗伯特-埃米特领导下的1803年7月23日的起义。

朋友们惊讶地听到露丝如此准确地讲述着她之前从不涉及的话题，大家劝她寻求专家的帮助，结果慢慢引发了另一件事,那就是"布莱迪-墨菲事件"。事件传遍了整个美国。几个月后,她自述的前世生活全部收录在一本书中,发行量超过100万册。而报纸则一点点地连载片段,如肥皂剧一般,讲述着露丝-西蒙斯的转世轮回。

年轻的小报童理查德发现了一个未知的,充满了神秘感的世界,他怀着激情一直关注着这件事。他深信不疑,就像许多美国人一样相信这个故事,因为露丝-西蒙斯夫人没有陷入医生、学者、新闻工作者和其他怀疑者所设置的任何陷阱。我们必须承认她没有撒谎,必须承认,她从未弄错或混淆过她的回忆。她提供了有关她过去的极其精确的细节。她记得自己的死亡,她讲述着,这实在太不可思议。

年轻的小报童理查德-斯威克一点一点地了解到其他美国人也有着前世。几乎不到一周的时间,报纸的头版头条刊登了一个又一个新的案例,理查德在他的城市的街道上大声喊着轰动性的新闻。

"在路易斯安那州,一个美国人讲述了他在1800年作为印第安人的生活……以及在1042年作为西班牙士兵的生活!……3个人合为一体!"

"在多伦多……一个女人转世前曾生活在12世纪的意大利……"

"在洛杉矶……一名记者曾是17世纪德国的侍酒师。"

理查德-斯威克向他的热狗摊贩朋友读了有关该主题的文章。

甚至碰巧，在布法罗，一个女人回忆起她曾作为一匹充满激情的马。她曾是一匹公马，不幸的是无法确定是哪个年代。

围绕这些转世轮回的事情而引发的争议并没有困扰年轻的报童理查德-斯威克。一天，他向他的热狗摊贩朋友朗读关于一个"专家"的想法。

"通过对这些不同案件进行研究分析，所有结论一致表明转世的人在前世非自然死亡。因此，如果现在能回忆前世的生活，必须以这样的方式离开。"

爱尔兰布莱迪-墨菲就是最好的例子。在受到英格兰的镇压后，她遭受了一系列残忍的折磨，在都柏林的监狱中去世。印第安人死于白人的私刑，西班牙征服者被印第安人折磨，来自多伦多的意大利人被宗教法庭判处斩首，来自洛杉矶的德国侍酒师被心怀不满的封建领地主人钉死在十字架上……甚至那种马都死于一对一的格斗……

理查德-斯威克向他的朋友说明自己的目的："好吧，我明白了，这就是为什么，我不记得我前世的生活了。我一定是死得很蠢。因此，如果我记得那些事，我必须死于暴力。"

热狗摊贩向他指出，他对以后能回忆现在的生活不感兴趣，因为生活中没有什么让人激动的事情。但理查德-斯威克用说教式的口吻断言：

"听好了，你不明白这个问题。如果我死去，我可能会转世过更好的日子，并记住这段回忆。如果不是那样的话，我只是从头开始而已，这太奇妙了……"

理查德-斯威克因此丧生,他在街头自杀,身上有数处刀伤。

第二天,另一个报童在城里大喊:

"一个年轻人切腹自杀,以求探索死亡领域。"

后来,无数报童向美国民众揭露,著名的露丝-西蒙斯又名布莱迪-墨菲曾经被男人催眠,以复述1803年她作为爱尔兰妇女的生活。

这个来自普韦布洛的企业家莫雷-伯恩斯坦,在市镇图书馆了解到爱尔兰起义。正是他撰写了那位女士的回忆录,并在一百万册书上留下了自己的名字。他嘲笑了许多医生、精神病专家和科学家……而且他还远距离谋杀了年轻的、才19岁的理查德-斯威克,他所在州的报童。这可以说是一桩完美的犯罪。

孔源源　译